한국단편소설
다시 읽기

한국단편소설 다시 읽기

초판 1쇄 발행 | 2024년 1월 9일
지은이 | 김형준
디자인 및 본문편집 | 이가윤
펴낸 곳 | 도서출판 해오름
펴낸이 | 박형만
주소 | (07214) 서울시 영등포구 당산로 44길 3, 608호
전화 | 02) 2679-6270~2
누리터 | www.heorum.com

ISBN 978-89-90463-20-3 03800
값 16,000원

이 도서는 한국출판문화산업진흥원의 '2023년 중소출판사 출판콘텐츠
창작 지원 사업'의 일환으로 국민체육진흥기금을 지원받아 제작되었습니다.

한국단편소설
다시 읽기

김형준 지음

훌륭한 가이드북보다는 어설픈 말벗이 되기를

작가는 소설을 통해 새로운 세계를 창조합니다. 그러므로 독자인 우리들은 소설 한 편을 읽을 때마다 낯선 세계를 여행하게 됩니다. 여행하는 방법에도 요령이 있기 마련이기에 숙련된 여행자라면 혼자서도 낯선 곳을 충분히 즐길 수 있을 것입니다. 그러나 이제 막 여행을 시작하려는 사람들에게 이는 쉬운 일이 아닐 것입니다. 이 책은 그런 이들이 지치지 않고 새로운 세계를 계속 만날 수 있는 말벗이 되는 것을 목표로 합니다.

물론 세상에는 훌륭한 가이드북이 많습니다. 그들은 대체로 여행지에 대한 배경지식은 물론, 여행의 효율적인 동선과 우리가 꼭 봐야 할 경관까지 자세하게 기록하고 있습니다. 여행하는 사람에게 이 모두는 충분히 도움이 되는 말들입니다. 그러나 여행의 참된 기쁨이 새로운 세계에서 무엇인가를 능동적으로 발견하는 데 있다면, 훌륭한 가이드북은 오히려 여행의 기쁨을 반감시키기 마련입니다.

이런 까닭에 이 책은 훌륭한 가이드북이 아니라 어설픈 말벗이 되고자 합니다. 개개의 작품이 지닌 다양한 풍경과 의미 속에서 무엇을 봐야 하는지 결정해 제시하기보다는, 같은 여행자 입장에서 저의 마음에 인상 깊었던 산과 강, 도시와 사람들을 이야기하고 대답을 기다리는 말벗이 되기를 바랍니다.

그래서 이 책은 객관적이지 않습니다. 어떤 사람이 본 풍경은 그 사람의 견해와 이상과 따로 떨어질 수 없는 법이기 때문입니다. 이제 제 눈과 주관을 통해 본 우리 소설의 풍경들에 대해 이야기하고, 그 풍경 속에 들어와 저마다의 주관으로 대답해 줄 목소리들을 기다리려 합니다.

이 책이 주로 보고 있는 풍경들에 대해서 미리 말씀드리고자 합니다. 무엇보다도 이미 많은 가이드북에 자세히 소개된 내용들은 다루지 않으려 노력했습니다. 가능하면 작품의 의미를 새롭게 되새겨보고, 또 우리가 스쳐 지나가기 쉬운 곳들을 눈여겨보려고 노력했습니다. 좋은 말벗이 되기 위해서는 서로 다른 것을 봐야 한다고 생각하기 때문입니다. 좋은 대화는 서로 다른 곳을 다른 방식으로 볼 수 있기에 가능한 것입니다. 그러니 똑같은 가이드북의 내용을 서로 반복한다면 그것은 이미 말벗이라 할 수 없을 것입니다.

또한 가능하면 오늘 우리의 삶과 연관 지어 작품을 살펴보려 했습니다. 소설은 새로운 세계지만 그것은 어디까지나 지금 우리가 살고 있는 세계에 기반한 것입니다. 그 거리가 때로는 멀고 때로는 가깝지만 우리는 언제나 그 세계의 출발점이자 우리가 살아가야 할 지금, 이 자리의 눈으로 새로움을 받아들여야만 합니다.

마지막으로 제가 본 풍경이 옳고 그름의 문제에 중점을 두고 있다는 점도 빼놓을 수 없습니다. 그것은 옳고 그름에 대한 논쟁이 대화를 이어가기 위한 좋은 출발점이 된다는 점도 있지만, 소설이 지닌 재미와 감동이 근본적으로 우리의 윤리적 판단과 분리될 수 없다는 믿음 때문이기도 합니다.

좋은 여행은 여행지가 아니라 여행자의 마음에서 완성됩니다. 우리의 대화가 우리 소설을 탐색하는 더 많은 여정을 아름다운 여행으로 완성할 수 있는 작은 디딤돌이 되기를 바랍니다.

글 싣는 순서

1장_ 소설, 또 하나의 눈

10 현진건, 운수 좋은 날 – 불행은 어디서 오는가
     우리는 이 소설을 모른다

25 김승옥, 무진기행 – 현실, 비현실 그리고 안개
     명쾌함이 아니라 모호함을 즐겨보자

40 공선옥, 명랑한 밤길 – 평강공주가 본 세상
     프레임의 한계를 생각한다

53 이남희, 허생의 처 – 허생이 못 보는 것, 허생의 처가 못 보는 것
     패러디 소설의 선과 악을 생각한다

66 윤정모, 밤길 – 끝나지 않은 역사, 끝나지 않은 임무
     소설은 어떻게 역사를 초월하는가

76 이범선, 오발탄 – 불행은 왜 혼자 오지 않는가
     소설은 왜 고통을 말하는가

2장_ '나'와 다른 '너'

92   김유정, 동백꽃 - 나는 점순이가 아니고, 점순이는 내가 아니다
나와 다른 너는, 이상한 존재가 아니다

105   주요섭, 사랑 손님과 어머니 - 나의 눈, 너의 눈, 그리고 옥희의 눈
다른 시선이 없다면 다른 풍경도 없다

120   강경애, 지하촌 - 우리가 가난에 대해 말할 수 있는 것
비극을 바라보는 자는 어떤 의무를 져야 하는가

134   최윤, 하나코는 없다 - 부르는 자의 폭력
폭력과 차별의 뿌리를 들여다본다

3장_ 소설이란 거울에 비친 우리 시대

146   현진건, B사감과 러브레터 - 풍자와 혐오 사이
풍자는 때로 약자에 대한 혐오가 될 수 있다

158   이태준, 복덕방 - 노인을 위한 미래는 가능한가
노인 문제는 결국 삶의 속도에 관한 문제다

170   최은영, 씬짜오 씬짜오 - 사회의 죄, 개인의 책임
모든 '개인' 속에는 '사회'가 들어 있다

182   전광용, 꺼삐딴 리 - 능력주의와 반민족행위
능력주의의 비윤리성을 생각한다

194   채만식, 치숙 - 세속적 욕망과 반지성주의
무지가 정당화되는 사회의 비극을 생각한다

4장_ 지켜야 할 '무엇'들

208 성석제, 황만근은 이렇게 말했다 – 존경과 부러움
     '존경'의 의미와 가치를 되새긴다

218 황순원, 독 짓는 늙은이 – 우리가 노동을 잃어버릴 때
     노동의 가치를 어떻게 회복할 수 있을지 고민한다

228 이문구, 유자소전 – 총수와 운전수
     성공의 다양성과 복합성을 생각한다

241 황석영, 아우를 위하여 – 공포와 맞서는 법
     두려움을 이겨낸 경험은 반드시 다른 이에게 이어진다

253 김성한, 바비도 – 신념과 이념 사이
     부조리를 깨는 힘에 대해 생각한다

264 조세희, 뫼비우스의 띠 – '백만 년 후의 세계'를 위한 소설 읽기
     '오늘'의 우리가 '어제'의 소설을 읽는 이유를 묻는다

소설, 또 하나의 눈

운수 좋은 날

무진기행

명랑한 밤길

사랑 손님과 어머니

허생의 처

밤길

오발탄

현진건, 〈운수 좋은 날〉

불행은 어디서 오는가

문학은 정답이 없기에 문학이 되고, 고전은 거듭 새로워지기에
고전이 됩니다. 그런 까닭에 좋은 작품은 시대가, 삶이 변화할 때
마다 우리를 되돌아볼 수 있는 거울이 됩니다. 그럼에도 널리 알
려진 작품일수록 그 의미가 박제화되는 역설적인 상황을 자주 접
하게 됩니다. 오늘 이야기하고자 하는 작품 〈운수 좋은 날〉 역시
예외가 아닙니다. 교과서에도 실려 있고, 이런저런 방식으로 대
중문화의 소재로 쓰이면서 누구에게나 익숙한 작품이지만, 오히
려 바로 그런 까닭에 작품이 가진 풍부하고 깊은 의미가 단순화
되고, 희화화되는 것은 안타깝습니다.

〈운수 좋은 날〉이라는 작품을 생각할 때, 우리는 대부분 교과
서에서 배운 대로 '식민지 시대 하층민의 비참한 삶'이라는 주제
를 기계적으로 연상합니다. 물론, 그르다고 말할 수는 없을 것입
니다. 주인공인 김첨지가 도시 하층민으로 살아갈 수밖에 없고,

또 김첨지의 아내가 변변한 치료도 받지 못하고 사망하고 마는 상황의 밑바탕에는 식민지 착취 구조가 존재한다는 사실은 누구도 부인할 수 없는 진실입니다. 게다가 작가인 현진건의 삶 역시 동시대를 살았던 많은 다른 작가들과 달리 빈궁한 처지 속에서도 끝까지 일제에 저항하다가 삶을 마감했다는 점까지 고려한다면 이 작품이 식민지 현실을 고발하는 작품이라는 평가는 지극히 타당합니다.

그러나 다른 한편 그러한 해석은 작품이 그리고 있는 구체적인 삶과 사회의 모습을 지나치게 추상화할 뿐만 아니라, 문학작품을 단지 역사기록으로 평가절하할 위험성이 존재한다는 사실을 잊어서는 안됩니다. 모든 문학작품은, 설령 그것이 가상의 사회와 역사를 다루고 있다 할지라도, 현실의 산물, 구체적인 역사와 사회의 열매입니다. 단지, 좋은 문학일수록 그 역사와 사회를 날것으로 전달하는 것이 아니라 보편성의 힘으로 그것을 함축해 내놓기 마련입니다. 전혀 다른 역사와 사회를 살고 있는 우리들에게도 문학의 힘이 전달되는 까닭은 바로 이 처리 과정에 있습니다. 노예제를 노예제로만 기록한다면 노예제를 경험하지 못한 우리에게 그 의미는 매우 제한적일 수밖에 없습니다. 노예제라는 구체적인 역사적 사건이 차별에 대항하는 인간의 싸움이라는 보편적 의미에 다가갈 때 그것은 단순한 호기심을 넘어 마음을 움직이는 문학의 힘이 되는 것입니다.

그러므로 오늘을 사는 우리가 〈운수 좋은 날〉이라는 100년 전의 이야기를 바라볼 때 무엇보다 필요한 것은 그 구체성의 껍질 속에 놓여있는 보편성을 찾아내는 일이라 생각합니다. 그런데 여기서 우리가 이 작품을 '식민지 시대 하층민의 비참한 삶'이라는 구체성에 가두어버린다면 시대를 넘어갈 문학의 힘을 빼앗고, 문학을 역사의 보조기록으로 전락시키며, 그것은 이 작품을 읽는 독자들에게 성찰과 감동의 기회를 빼앗는 일이 될 것입니다.

무엇이 불행의 원인인가

여기서 우리는 하나의 결과를 만들어내는 다양한 원인들에 대해 성찰할 필요가 있습니다. 하나의 결과가 하나의 원인으로 만들어진다는 근대과학적 사고방식은 철저히 통제된 실험실 상황에서만 가능한 논리이며, 사실은 철저히 통제되었다고 믿어지는 상황에서도 종종 그릇된 결론을 만들어냅니다.

한 개인의 삶에 일어나는 현상은 자연에서 발생하는 현상과 마찬가지로 복잡계의 구조를 가지고 있습니다. 즉, 무엇이 궁극적 원인인지 알 수 없는 수많은 원인들의 상호작용이 만들어낸 것이 바로 우리 삶이라는 결과인 것입니다. 그러니 '내가 ~만 했더라면, 내가 ~만 안 했더라면'과 같은 수많은 탄식들은 그저 탄식이지 진실이 아닙니다. 하나의 원인을 통제함으로써 결과를 직접적으로 통제할 수 있다고 믿는 것은 단선적인 인과관계에서만 가능한 일입니다. 복잡계에서는 '나비의 날갯짓'과 같은 하나의 원인이 '태평양의 태풍' 같은 결과로 이어지거나, 반대로 당연한 원인으로 여겨지는 요소가 그것이 변화했을 때 발생하는 또다른 원인에 의해 상쇄되는 일이 종종 발생합니다. 그렇기에 우리는 하나의 결과를 하나의 원인에 종속시키는 것이 아니라, 그 결과를 둘러싼 다양한 힘들을 복합적으로 사고하는 태도를 가져야 할 것입니다.

이러한 관점을 이 작품 〈운수 좋은 날〉에 적용시켜 봅시다. 작품 속에서 현상, 혹은 결과는 명확합니다. 김첨지의 삶이 불행하다는 것입니다. 그렇다면 그 원인은 무엇일까요? 교과서적으로 보자면 '식민지 시대'였기 때문입니다. 그러나 식민지라는 하나의 원인으로 김첨지의 불행이 설명될 수 있을까요? 만약 김첨지가 살던 시대가 식민지가 아니었다면 김첨지는 그 불행을 겪지 않았을까요? 오늘날 우리가 사는 시대에는 김첨지와 같은 불행이 존재하지 않는다는 건가요? 사실 이 작품 속에서는 '식민지'라는 상황은 구체적으로 드러나지 않습니다. 만약 '식민지'라는 상황이 직접적인 원인으로서 작동하려면 일본 제국주의 수탈이나 식민지 조선인에 대한 차별이 등장해야 하지만, 작품에서는 그와 관련된 상황이 전혀 등장하지 않습니다.

김첨지를 직접적으로 불행하게 만든 것은 인력거꾼이라는 불완전한 고용, 그리고 의료혜택을 받을 수 없는 열악한 사회제도, 더 나아가 이 사회적 모순에 대해 대자적 인식에 도달하지 못하고 병적인 대응에 매몰된 개인의 태도를 꼽을 수 있을 것입니다. 한 걸음 더 나아가본다면 이 직접적 원인의 배후에는 개인의 의지와 무관한, 급격한 사회변동이 있습니다.

김첨지가 만약 전통적인 농촌사회에 사는 농민이었다고 가정해봅시다. 그 사회에서도 여전히 인간이 통제할 수 없는 질병이 존재하고 그로 인해 생명을 잃는 사람들이 있었겠지만, 지역공동체의 보살핌을 받을 수 있었고, 적어도 김첨지처럼 돈을 벌기 위해 아내의 임종도 지켜보지 못하는 상황을 피할 수 있었을 것입니다. 더 나아가서 김첨지가 겪고 있는 불안한 삶의 모습은 크게는 인력거꾼이라는 불안정한 수입형태 때문이며, 이는 개인의 의지와 무관하게 일어나는 경제적 변동에 기인한 것입니다. 김첨지의 불행은 그러므로, 매우 보편적인 인류 사회의 모습을 담고 있습니다. 김첨지의 불행에서 '식민지'라는 상황은 그 거대한 사회변동을 만들어 낸 하나의 요소일 뿐입니다. 이것이 바로 김첨지의 불행이 식민지 시대가 아닌 우리들에게도 성찰의 기회를 제공하는 이유입니다.

분명 〈운수 좋은 날〉은 식민지 시대에 쓰인, 식민지 시대의 삶에 관한 이야기입니다. 그러나 우리가 이 작품을 읽을 때는 식민지 시대를 넘어서는 '오늘'의 이야기로 읽을 수 있고, 또 그렇게 읽어야만 합니다. 이제, 이 작품을 오늘의 이야기로 읽을 수 있는 몇 가지 주제들을 구체적으로 생각해보겠습니다.

고용 불안정은 왜 문제인가

김첨지의 직업은 인력거꾼입니다. 엄밀히 따지면 인력거꾼이란 자영업자입니다. 흥미로운 것은 현재 우리 사회 역시 자영업자의 비율이 매우 높다는 점입니다.

자영업자 비율이 이렇게 높은 이유는 식민지 상황 속에서 산업화가 왜곡되었기 때문이라고 할 수가 있습니다. 자립적으로 경제가 산업화가 이루어졌다면 다양한 기업들이 발전하고, 그 인구들이 농촌인구를 흡수했을 것입니다. 그런데 식민지 상황에서 고용을 유지할 기업은 발전하지 못한 가운데 하층민들이 먹고살 길을 찾기 위해 자영업으로 나선 것으로 해석될 수 있습니다. 이런 점에서 김첨지가 인력거꾼을 시작한 상황도 상상할 수 있습니다.

식민지 시대 이후 산업화 시기에도 이러한 자영업자가 사라지지 않은 배경은 낮은 임금과 열악한 노후대책으로 설명될 수 있을 것입니다. 즉, 임금 노동자 입장에서는 임금도 낮고 노후대책도 없는 노동자 생활보다는 자영업을 선호하게 되었고, 퇴직금 등을 통해 자본이 모이면 자영업에 뛰어들게 되면서 높은 자영업자 비율을 유지했다고 생각할 수 있습니다.

그런데 어느 정도 유지가 되었던 자영업자들의 삶은 현재 심각한 위기에 처해 있습니다. 통계청 조사에 따르면 폐업률은 갈수록 증가하고 있습니다. 그 원인은 무엇보다 시장의 포화상태, 다시 말하자면 너도나도 자영업에 뛰어들고 있어 소비증가 속도를 능가하고 있는 상황에서 온라인 영업이라는 새로운 기술이 등장하고, 거기에 대기업의 진출 등을 꼽을 수 있을 것입니다. 문제는 이처럼 경제적 기반이 갈수록 불안정해지는 상황이 자영업자뿐만은 아니라는 사실입니다. 자영업자가 아닌 일반기업의 노동자 역시 상황은 다르지 않습니다. 많은 일자리가 사라지는 상황에서 새로 만들어지는 일자리 대부분은 비정규직이 차지하고 있습니다. 비정규직은 이미 2023년 통계로 전체 노동자의 37%를 차지하고 있습니다. 더 큰 문제는 기술발전과 기업의 이윤추구가 맞물려 비정규직의 증가가 더욱 확산될 것이라는 점입니다.

이제 김첨지의 삶을 다시 생각해봅시다. 우리가 던질 수 있는 질문 중 가장 중요한 것은 고용 불안이 우리 삶에 어떤 영향을 끼치느냐입니다. 〈운수 좋은 날〉에서 우리는 그 불안한 삶의 모습을 명백히 목격할 수 있습니다.

비정규직을 옹호하는 입장에서 펼치는 논리 중에는 비정규직이 기업뿐 아니라, 노동자에게도 도움이 된다는 주장이 있습니다. 자기가 자신이 원하는 만큼 일할 수 있기 때문에 보다 자유롭게 일할 수 있다는 것입니다. 그러나 현실은 어떤가요? 바로 이 작품이 그 실상을 그대로 보여주고 있습니다. 일자리의 불안정성은 곧 수입의 불안정성으로 이어집니다. 일하고 싶을 때 일하는 것이 아니라 일할 수 있을 때, 더 나아가서 일을 시켜줄 때 일해야 하는 것이 현실입니다. 아픈 아내를 놔두고도 인력거를 끌러 나가야 하는 김첨지의 모습이 오늘날 우리들에게 더 아프게 다가오는 이유입니다.

또 하나 눈여겨볼 점이 있습니다. 김첨지는 사람은 곤궁하고 위기에 처했지만 그를 도와주는 사람은 없습니다. 온전히 혼자서 그 짐을 감당해야 합니다. 치삼이라는 친구가 등장하지만 그저 술을 같이 마실 뿐 김첨지가 당하고 있는 문제를 해결하기 위한 동반자는 아닙니다. 여기서 우리는 불안한 고용, 비정규직의 문제가 사람들을 어떻게 개별자로 만드는지를 찾을 수 있습니다. 정규직은 노조를 만들어 같이 문제를 해결합니다. 그러나 고용의 불안정성에 처해 그때그때 닥치는 대로 일을 하는 사람은 그마저도 어렵습니다. 뿔뿔이 흩어져 개인화된 삶 속에서 부조리에 저항할 힘을 점점 상실해가는 개인의 모습을 우리는 〈운수 좋은 날〉에서 만나게 됩니다.

부조리한 사회가 어떻게 개인의 부조리를 만드는가

병든 사회는 병든 개인을 만듭니다. 병든 사회란 공동선이 붕괴되고, 개개인이 인간다운 삶을 누릴 수 없는 곳입니다. 그 속에서 살아가는 개인은 생존과 욕망을 위해 서로를 도구화하고, 진실을 추구하기보다는 허상에 만족하며 살아갑니다. 우리는 〈운수 좋은 날〉의 주인공 김첨지의 모습에서 병든 사회를 살아가는 개인의 모습을 생생하게 목격할 수 있습니다.

앓아누운 아내에게 욕을 하고 뺨을 후려갈기는 김첨지의 행위는 절대 빈곤을 벗어나 살아가는 현대인들의 입장에서는 전혀 이해하기 어려운 패악입니다. 더 나아가 합리성의 관점에서 바라보더라도 분노의 대상이 잘못된 것이 분명합니다. 무엇인가가 우리가 누려야 할 인간다운 삶을 방해할 때 우리는 마땅히 그에 대해 분노해야 합니다. 그러나 김첨지의 아내는 김첨지의 인간다운 삶을 저해하는 존재가 아닙니다. 오히려, 김첨지와 같은, 아니 김첨지보다 더한 피해자입니다. 그러므로 김첨지의 패악과 폭력은 병든 사회를 살아가는 병든 개인이 보여주는 하나의 전형성입니다.

정당한 분노는 그 대상이 정당해야 합니다. 그러나 사회의 힘은 거대하고, 복합적이면서, 은밀합니다. 개인이 그 속에서 정당한 분노의 대상을 찾는 것은 매우 어려운 일입니다. 그러므로 우리는 대부분 우리 삶에 대한 분노를 '정당한' 대상이 아닌, '찾기 쉬운' 대상에 쏟아냅니다. 김첨지에게 '찾기 쉬운' 대상은 바로 같은 피해자인 아내였습니다.

문제는 우리 역시 거대하고 복합적이면서 은밀한 사회의 힘 아래서 살아가고 있으며, 여전히 삶에 대한 분노를 '찾기 쉬운' 누군가에게 쏟아붓고 있다는 사실입니다. '갑질'이란 병든 행태가 일반화된 원인도 바로 여기에 있다고 생각합니다. '갑질'은 본래 강한 힘을 가진 소수에 의해 저질러지는 행위이지만, 우리 사회는 그것이 '을들끼리의 갑질'로 일상화되어 존재합니다. 아파트 주민, 패스트푸드점의 고객, 콜센터의 문의자들은 분명 그리 처지가 다르지 않은 '을'의 삶을 살아갑니다. 그들이 평소 참아낸 분노는 정당한 대상이 아니라 분노를 터트리기 손쉬운 대상이 발견될 때 터져 나옵니다. 진정으로 분노할 대상을 인식하지 못하는 무지와 강자에게 대항할 용기를 상실한 비겁함이 일상화된 모습입니다. 더 나아가 사회적 약자들을 대상으로 행해지는 '묻지마 폭력'도 근본적으로는 아픔을 나누며 같이 살아가야 할 아내의 뺨을 내려치는 김첨지의 모습과 다르지 않습니다.

〈운수 좋은 날〉에서 보여지는 병든 개인의 모습은 이뿐만이 아닙니다. 작품 속에서 오랜만에 거금을 번 김첨지는 그 돈을 술집에서 낭비합니다. 친구인 치삼의 걱정에도 술과 안주를 마음껏 시키는 그의 모습은 분명 올바른 태도라고는 할 수가 없습니다. 그러나 다른 한편, 우리는 그의 행동을 단순한 무절제라고만 치부할 수는 없습니다. 그가 작품 속에서 번 돈은 분명 다른 날에 비하면 엄청난 횡재라고 할 수 있을 것입니다. 하지만 그 돈이 과연 김첨지의 삶을 근본적으로 바꿀 수 있는 돈일까요? 그것은 어쩌다, 운이 좋아 번 돈입니다. 내일부터 수입이 하나도 없을지 모르는 것이 현실입니다. 그런 상황에서 과연 김첨지가 오늘의 행운을 오늘의 즐거움을 위해서 낭비하는 것을 쉽게 비난할 수 있을까요?

여기서 한번 오늘날의 상황을 되돌아봅니다. 최근 우리들에게 가장 큰 영향을 미치고 있는 미디어 중 하나는 인스타그램입니다. 인스타그램에 올라오는 수많은 사진들은 아름다운 풍경, 세련된 카페, 맛있는 음식들로 채워져 있습니다. 그럼 인스타그램에 사진을 올리는 사람들은 정말로 그렇게 여유있는 삶을 살아가고 있는 것일까요? 현실은 정반대입니다. 많은 이들이 지적하듯이 우리 사회는 갈수록 청년들에게서 기회를 박탈하고 있습니다. 취업의 문은 좁아지고, 집값은 치솟습니다. 노력만으로는 신분상승이 불가능해지고 있는 상황에서 비정규직으로 내몰린 청년들 처지는 김첨지와 별반 다르지 않습니다. 미래를 계획하고 인내해야 할 이유가 없는 것입니다. 다행히 오늘은 일자리가 있고, 최저임금이 올랐습니다. 오늘은 '운수 좋은 날'입니다. 그러나 내일은? 어떠한 보장도 없습니다. 그러니 오늘을 즐겨야 합니다. 누가 이들을 보고 참으라고 할 수 있겠습니까?

마지막으로 극심한 경제적·사회적 격차 속에서 서로에 대한 공감대를 잃어버린 파편화된 사회도 역시 병든 사회입니다. 극심하게 분리된 계층 속에서 살아가는 개인은 자신과 다른 처지에 대한 공감을 잃어버리고, 타인을 하나의 도구로만 여기게 됩니다. 작품 속에서 김첨지는 수많은 자신과는 다른, 부유한 처지의 고객들을 만납니다. 이는 인력거꾼과 인력거를 이용하는 고객이라는 상업적인 관계이며, 그 관계 속에서 김첨지는 속으로는 사람들의 처지를 이용해서 더 많은 돈을 얻어내려 하고, 심지어는 여성 고객을 희롱의 대상으로 삼습니다. 고객의 사정이 급하면 급할수록 더 많은 돈을 부르는 김첨지의 모습은 분리된 사회를 분리된 개인으로 살아가는 우리 사회의 한 단면을 보여줍니다.

병든 사회가 병든 개인을 만든다면 그 치유법은 사회의 병을 고치는 것에서부터 시작해야 합니다. 만약 우리가 김첨지의 삶에서 슬픔을 느낀다면, 우리는 그 슬픔을 벗어나기 위해서 어떤 사회를 만들어야 할지 고민해야만 합니다.

인간은 '운'을 벗어날 수 있는가? 그것은 긍정적인가?

마지막으로 생각해 볼 주제는 '운' 또는 '운명'에 대한 이야기입니다. '운'이란 근본적으로 우리의 예측에서 벗어나는 우연적인 일들을 말합니다. 예측할 수 없는 것이 '운'이라면, 우리는 그 영향에서 벗어날 수 없습니다. 만약 예측이 가능하다면 우리는 그 원인을 찾아 통제할 수 있습니다. 그러나 예측이 불가능하다는 것은 원인을 찾지 못한다는 것이며, 그것은 결국 우리가 그것을 통제할 수 없다는 뜻입니다. 이때 '운'은 '운명'이 됩니다.

따지고 보면 인간의 삶은 우연으로 시작해 우연으로 끝납니다. 어떤 성별로, 어떤 신체나 정신적 특성을 가지고, 누구의 자식으로 태어날지는 순전히 우연의 영역입니다. 죽음 역시 마찬가지입니다. 언제, 어떤 이유로 죽을지는 대체로 인간의 계획과는 무관한 우연의 영역입니다. 근대사회는 바로 이런 인간 삶의 본질적인 우연성을 극복하려고 노력했습니다. 우연에 의한 힘의 격차를 평등이라는 이념과 노력이라는 필연으로 바꾸어 놓으려 했습니다. 그 과정에서 우리는 신분제를 철폐하고, 인종과 성별에 의한 차별을 배격하고, 우리 삶에 우연의 그림자를 드리우는 질병이나 재해와 같은 자연적 요소들을 극복하려고 노력했습니다. 그중 일부는 성공했고, 그중 일부는 아직도 진행 중입니다.

이러한 관점에서 김첨지의 삶을 바라볼 때 그의 불행은 근본적으로 '운'에 의존할 수밖에 없는 상황에서 비롯된 것입니다. 그의 아내가 병에 걸려 죽는 상황은 '운'입니다. 질병에 대한 지식, 적절한 의료체계가 있다면 그의 아내는 '우연히' 죽지 않았을 것입니다. 김첨지의 생계 역시 철저히 '운'에 의존합니다. 그가 돈을 많이 번 날은 더 노력한 날이 아니고, 그가 돈을 적게 번 날은 덜 노력한 날이 아닙니다. 그저 '운수 좋은 날'과 '운수 나쁜 날'이 있었을 뿐입니다. 더 나아가 작품 속에 드러나지는 않았지만 그가 도시 하층민으로 살게 된 것도 '우연'의 영역입니다. 이런 점에서 김첨지는 비록 농민에서 인력거꾼으로 직업을 바꿨지만, 여전히 우연의 은총을 기다리는, 그리고 그 우연이 은총을 내리지 않았을 때 그것을 운명으로 받아들이는 봉건적 삶을 살아가고 있다고 할 수 있습니다.

근대적 사회의 이상이라는 측면에서 바라본다면 우리가 김첨지의 삶을 반복하지 않기 위해서 우리는 우리 삶에 존재하는 우연적 요소들을 가능한 한 제거해야만 합니다. 그리고 현재 우리 사회의 모습을 바라볼 때 해야 할 일들 역시 적지 않습니다. 한편으로 우리는 과학과 기술을 통해 더더욱 자연을 통제해야 합니다. 질병으로 우연히 고통받는 일이 있어서는 안 됩니다. 사회제도를 보다 투명하게 만들어야 합니다. 권력자의 취향이나 성격과 같은 우연적 요소에 우리의 삶이 좌우되어서는 안 되기에 법치와 민주의 이념은 여전히 지향해야 할 목표입니다. 경제적 재분배 역시 빼놓을 수 없습니다. 어떤 부모에게서 태어났느냐, 더 나아가서 어떤 자질을 가지고 태어났느냐와 무관하게 자신의 노력으로 삶을 만들어나갈 수 있는 사회로 나아가야 합니다.

그러나 다른 한편 탈근대적 관점에서 '운'과 '운명'의 문제를 바라본다면 우리는 전혀 다른 질문을 만나게 됩니다. 그 질문은 두 가지로 요약됩니다. 첫째는 인간이 과연 '운'과 '운명'을 벗어나는 일이 가능한가에 대한 것이며, 두 번째는 '운'과 '운명'을 벗어나려는 노력이 과연 우리를 행복하게 하느냐에 대한 것입니다.

인간이 '운'과 '운명'을 벗어난다는 것은 근본적으로 불가능합니다. 이론적인 면에서 보았을 때 결과를 예측하고 통제한다는 믿음은 인과관계에 대한 맹신에 기반하지만, 우리는 이제 이 우주가 그렇게 단순한 인과관계에 의해 만들어진 것이 아니라는 점을 알게 되었습니다. 현실적인 면을 보더라도 인간이 세운 수많은 계획들은 모두 불완전했습니다. 진리라고 믿었던 이론들은 시간이 지나면서 낡은 오류가 되었고, 완벽하다고 믿었던 시스템들은 시간이 지나면서 새로운 모순이 되었습니다. 특히 환경과 생태를 통제하겠다는 오만은 오히려 커다란 재앙을 낳았습니다.

가능성에 대한 질문과는 별개로 우리의 삶에서 '운'과 '운명'을 추방하겠다는 시도가 과연 우리 인간을 행복하게 했는지에 대한 질문도 존재합니다. 근대문명을 통해 우리는 분명 많은 것을 알게 되었고, 많은 일들을 스스로 결정하게 되었습니다. 그러나 그것은 거꾸로 우리가 많은 일에 대한 책임을 지게 되었다는 것을 뜻합니다. 빈곤은 이제 운명이 아니라 나 자신의 책임입니다. 무엇인가 잘못되었다면 그것은 '노력'이 부족하거나, 잘못된 판단 때문입니다. 가난은 운명이 아니라 잘못된 인식이나 행동에 대한 처벌입니다. 이러한 상황 속에서 인간은 이제 과도한 짐을 지고, 끝없는 노력과 자책에 내몰리게 됩니다. 이것이 과연 행복한 삶일까요?

이제 우리는 김첨지의 삶이 어떤 방향으로 나아가야 하는지 고민해야만 합니다. 우연에 의한 불행을 허용하지 않기 위해 싸우고 노력할 것인지, 아니면 우연과 운을 삶의 일부분으로 받아들이고 불행과 타협할 것인지. 물론 대부분의 경우처럼 어느 한 대답이 극단적인 진리이고, 다른 대답은 극단적인 오류라 할 수는 없을 것입니다. 그러나 우리는 이 질문 앞에서 보다 구체적인 대답을 찾으려 노력해야만 할 것입니다. 나는 과연 어떤 영역에서, 어느 정도의 우연과 운명을 받아들일 것인지는 우리 삶에 대한 가장 근본적인 태도가 되기 때문입니다.

'지금, 여기'의 문제로 읽는다는 것

지금까지 우리는 〈운수 좋은 날〉이라는 널리 알려진 작품을 오늘 우리 문제로 새롭게 살펴보려고 노력했습니다. 일제강점기 소설 중에서 〈운수 좋은 날〉은 특별히 뛰어난 문학 작품입니다. 일본 제국주의에 의한 급격한 사회변동 속에서 하층민의 삶을 함축적으로 담아냈을 뿐만 아니라, 단편소설의 핵심이라 할 수 있는 반전 요소를 축으로 한 형식미도 매우 뛰어난 작품이라고 평가됩니다. 하지만 아무리 좋은 문학도 독자가 읽어내고 생각을 키우기 전까지는 빈터에 지나지 않습니다. 그 땅에 무엇을 심고 어떻게 가꿀 것인지를 결정하는 것은 바로 우리가 살아가고 있는 이 시대와 사회에 대한 관심이며, 그 관심의 끈을 놓지 않을 때 좋은 문학이 피워내는 풍경과 향기가 나날이 새로워질 수 있을 것입니다.

김승옥, 〈무진기행〉

현실, 비현실 그리고 안개

우리 문학사에서 전문가 집단에게 높은 평가를 받는 소설 작품 중 하나가 바로 오늘 이야기할 〈무진기행〉입니다. 이 작품은 1964년 발표된 소설로, 당시 문학 전문가들 모두에게 강한 충격을 준 작품입니다. 당시 소설가들이 이 작품을 보고 이제 자신들의 시대는 끝났다고 한탄했다는 기록이 남아 있을 정도이니, 우리 문학계에 얼마나 큰 영향을 끼쳤는지를 알 수 있습니다. 사실, 이 소설의 파급력은 문학평론가나 소설가들에게만 한정된 것은 아니었습니다. 많은 문학청년들이 이 소설을 읽고 기차역에 가서 존재하지도 않는 '무진'까지 가는 표를 달라고 했다는 이야기는 이 소설이 당대의 젊은이들에게 큰 공감을 얻어냈다는 사실을 말해줍니다. 그러나 이 작품은 이해하기가 결코 쉽지 않은 작품입니다. 이 작품에 대한 문학적 평가도 매우 복합적이지요.

〈무진기행〉이 받는 문학적 평가에는 주로 세 가지 측면이 있습니다. 첫 번째는 문체의 변화입니다. 이 작품의 작가 김승옥은 1941년생입니다. 즉, 어린 시절부터 한글로 교육받고 한글로 자신의 생각을 표현한 첫 번째 세대라고 할 수 있는 것입니다. 김승옥 이전의 세대는 한문 교육의 잔재에 영향을 받거나, 아니면 식민지 시절에 일본어의 영향을 받으며 성장했습니다. 그 결과 김승옥 세대 이전은 김승옥 세대만큼 우리말을 우리말답게 쓸 수 없었다고 평가받습니다. 물론 이전에도 판소리체나 비속어를 통해 우리말의 맛깔스러움을 살려냈던 채만식이나, 사투리나 토속어 등을 활용해 삶의 모습을 생생하게 드러냈던 김유정 같은 작가들도 있었습니다. 하지만 그들이 사용했던 우리말은 모두 지적이거나 근대적이거나 도시적인 성격의 언어가 아니었고, 전통을 보존하는 언어였습니다. 반면, 지적이거나 근대적인 언어를 사용했던 이상과 같은 작가들은 많은 작품들을 일본어로 창작할 정도로 일본어의 영향을 깊게 받고 있었습니다. 그에 비해 김승옥의 〈무진기행〉에 쓰인 우리말은 현대적인 정서, 도시적인 정서를 담고 있으면서도, 우리말의 자연스러움이 살아 있는 언어였습니다.

버스가 산모퉁이를 돌아갈 때 나는 '무진 10km'라는 이정비를 보았다. 그것은 옛날과 똑같은 모습으로 길가의 잡초 속에서 튀어나와 있었다.

무진에 명산물이 없는 게 아니다. 나는 그것이 무엇인지 알고 있다. 그것은 안개다.

쓰고 나서 나는 그 편지를 읽어봤다. 또 한번 읽어봤다. 그리고 찢어버렸다.

짧고 간결하게 작성된 김승옥의 문장들은 직접적으로 작가의 생각이나 감정을 표현하는 것이 아니라, 문장과 문장 사이의 자연스러운 연결 속에서 독자가 스스로 그 사이에 있는 감정들을 추론하게 함으로써, 작품 속 상황과 등장인물들의 감정에 더 깊이 공감하도록 이끈다고 할 수 있습니다. 그리고 이런 문장을 쓸 수 있었다는 것은 한편으로는 작가 자신이 한 문장 한 문장을 섬세하게 선택했다는 것을 의미하지만, 다른 한편으로는 작가가 우리말의 미묘한 뉘앙스까지 충분히 이해하고 있다는 것을 의미하는 것입니다. 이것은 순수 우리말 세대가 아닌, 김승옥 이전의 작가들은 할 수 없었던 일이기에 많은 소설가들이 김승옥의 작품을 읽고 자신의 시대가 끝났다고 한탄한 것은 아닐까요?

그러나 사실 이런 방식의 글쓰기는 소설보다는 시에 더 적당한 방식이기도 합니다. 문장 하나하나에 집중하는 이러한 방식으로 긴 호흡의 소설을 써내려가는 것은 누구에게나 벅찬 일이며, 비록 단편소설이라고 할지라도 엄청난 노력과 시간이 필요한 일입니다. 이것은 김승옥 작가가 받고 있는 문학적 평가에 비해 창작된 작품이 많지 않으며, 그 창작된 소설 또한 대부분 단편인 이유를 설명해 줍니다.

두 번째로 〈무진기행〉의 서사 방식도 높은 문학적 평가를 받은 이유 중 하나입니다. 이 작품의 주된 사건은 주인공이 자신의 고향인 '무진'으로 내려가는 버스에서 시작해 다시 서울로 올라오는 버스에서 끝이 납니다. 소설의 주된 사건은 '무진'에서 주인공이 사람을 만나고 대화하는 내용이 전부입니다. 특별히 극적인 사건이나 갈등이라고 할 만한 충돌을 보여주지는 않습니다. 물론 표면적으로는 '무진'에서 음악선생님인 하인숙과 만나고 이별하지만 이는 사건의 본질이 아니라 '무진'이라는 공간과 그에 대한 애증을 드러내는 장치라고 봐야 할 것입니다. 그럼에도 불구하고 이 작품을 읽는 동안 독자들은 묘한 긴장감을 느끼게 되는데, 그 긴장감은 '무진'이라는 공간 자체와 그 공간에 대한 사람들의 모순된 애증 속에서 발생합니다. 그러므로 이 작품을 읽을 때 우리는 가장 먼저 '무진'이라는 공간이 함축하고 있는 의미가 무엇이냐는 질문을 던지게 됩니다. 그리고 이 '무진'이라는 공간에 작가가 부여한 의미가 바로 이 작품이 높이 평가받는 마지막 이유입니다.

'무진'은 어떤 곳이며, 주인공은 왜 그곳으로 가는가

작품 속에서 '무진'이라는 공간은 '서울'과 대비되는 공간이면서, 단일한 의미로 정의되기 어려운 다층적인 의미를 지니고 있습니다. 이러한 다층적 의미 구조는 문학의 함축성을 가장 잘 표현하는 방식이지만, 한편으로는 독자들에게는 모호하고 추상적으로 느껴지기도 합니다. 사실, 그 모호함과 추상성이야말로 일상적 언어와 달리 문학적 언어가 추구하는 의사소통 방식이라는 점에서, 그것을 굳이 명쾌하고 구체적으로 말하는 것은 오히려 작품을 좁은 테두리에 가두는 일이 될 수 있다는 점에서 늘 조심해야 할 필요가 있습니다. 그러나 우리가 개인적인 감상을 넘어, 교육적인 목적을 위해 작품을 이해하고자 한다면, 어느 정도의 틀은 필요할 수밖에 없습니다. 이러한 점을 고려해서 '무진'이라는 공간을 살펴본다면 그곳에서 우리는 적어도 두 가지 의미를 찾아낼 수 있고, 그것은 다시 유기적인 관련성을 맺고 있습니다.

첫 번째로 무진은 '공적인 이상향'이 아니라 '사적인 이상향'입니다. 우리는 이상향, 혹은 유토피아에 대해 일반적으로 공적인 의미를 부여합니다. 즉, 공동체 혹은 사회의 구성원이 모두 행복한 곳, 혹은 공공의 가치가 최대한 실현되는 공간이 바로 우리가 생각하는 일반적인 의미의 '이상향'입니다. 사실 '이상향(理想鄕)'이라는 말에서 '향(鄕)'은 장소이자 마을이라는 뜻을 담고 있다는 점도, 우리가 생각하는 일반적인 이상향이 바로 공적인 의미를 지닌다는 것을 시사하고 있습니다.

그러나 '공적인 이상향'이라는 관점에서 바라보자면 소설 속 '무진'이라는 공간은 어떻게 생각해봐도 이상적인 장소라 할 수 없습니다. 그곳의 특산물은 '안개'이며, 그 외에는 아무런 특별함도 없는 곳입니다. 그곳은 매년 술집 여자가 몇 명씩 자살하는 곳이며, 그곳에서 만나는 사람들 역시 지나치게 속물적이거나, 지나치게 순수하거나, 지나치게 가벼운 사람들뿐입니다. 공동체 구성원이 행복한 삶을 누리거나, 공동체의 이상적 가치가 실현되는 공간이 아닙니다. 주인공 역시 이러한 사실을 매우 잘 알고 있습니다. 그래서 주인공은 무진을 떠날 때도 "한 번만, 마지막으로 한 번만 이 무진을, 안개를, 외롭게 미쳐가는 것을, 유행가를, 술집 여자의 자살을, 배반을, 무책임을 긍정하기로 하자."라고 말합니다. 즉, 그에게 무진이란 안개의 공간, 외롭게 미쳐가는 고독의 공간, 유행가와 같은 세속적 욕망의 공간, 술집 여자가 자살하는 비정한 공간, 배반과 무책임의 비윤리적 공간인 것입니다.

그러나 비록 공적인 관점에서 부정적이고 어두운 성격을 지니고 있음에도, '무진'은 주인공에게 편안함을 주는 공간입니다. 여기서 우리는 인간에 대한 작가의 통찰력을 느낄 수 있습니다. 그것은 '공적인 이상향'과 '사적인 이상향'의 괴리에 대한 성찰이기도 합니다. 우리는 흔히 '쉼터(사적인 이상향)'라고 하면 깨끗하고 밝은 어떤 곳을 떠올립니다. 이것은 곧 개인적인 이상향과 공적인 이상향이 일치한다고 믿는 것입니다. 그리고 실제로도 우리 대부분은 더러운 곳보다 깨끗한 곳을, 어두운 곳보다 밝은 곳을 선호합니다.

그럼에도 우리들은 마음 한 켠에서 깨끗하고 밝은 공간에 대한 불편한 마음도 가지고 있습니다. 왜냐하면 깨끗하고 밝은 곳은 우리 자신의 더러움과 어두움을 드러내는 공간이기도 하기 때문입니다. 만약 우리 자신이 우리 자신의 더러움과 어두움에 대해 무지하다면 깨끗하고 밝은 곳이 아무런 부담이 되지 않을 것입니다. 반면, 우리가 우리 자신의 더러움과 어두움을 잘 인식하고 있다면 우리는 깨끗하고 밝은 곳이 아니라 어둡고 더러운 곳에서 오히려 편안히 쉴 수 있을 것입니다.

작품 속 주인공이 '무진'에 대해 가지고 있는 모순된 감정 역시 같은 맥락에서 설명될 수 있을 것입니다. 주인공은 자신이 그렇게 선량하고 결백한 존재가 아니라는 점을 잘 알고 있습니다. 그렇다고 해서 완전히 악한 존재도 아니며, 오히려 이 사회에서 살아가기 위해서는 선량하고 결백한 삶을 위해 노력해야 한다는 사실도 잘 알고 있습니다. 그러기에 주인공은 '무진'으로 상징되는 공간에 가끔씩만 돌아갑니다. 비록 영원히 머무를 수는 없지만 가끔씩 돌아가 깨끗하고 밝은 삶에 대한 압박에서 돌아갈 수 있는 사적인 공간이 바로 무진인 것입니다.

이런 점에서 생각해보면 이 작품은 개인과 사회에 대한 깊은 성찰을 담고 있다고 할 수 있습니다. 사회가 아무리 깨끗하고, 정의로우며, 물질적인 풍요가 넘친다고 하더라도, 그것이 곧 모든 개개인의 행복으로 이어지는 것은 아닙니다. 개인은 전적으로 공적이고 합리적일 수는 없습니다. 그러므로 개인에게는 사적인 불합리성이 허용되는 공간이 필요합니다. 그것은 때로는 사생활이기도 하고, 때로는 가족이기도 하고, 때로는 '무진'이기도 한 것입니다.

그러나 소설의 결말에서 주인공은 이제 '무진'을 완전히 떠납니다. 그는 다시 '무진'으로 돌아가는 것이 불가능해졌다는 것도 알게 됩니다. '한 번만 긍정하자'는 그의 다짐과 달리 '서울'이라는 공간으로 떠나면서, 그는 '사적인 이상향'을 완전히 상실하게 되는 상황, 다시 말하자면 집단적·전체적 이상에서 이탈할 수 있는 개인만의 공간을 스스로 저버리게 되었다는 점을 자각하게 됩니다. 여기서 우리는 '무진'의 두 번째 의미를 읽어낼 수 있습니다. 그것은 이제는 더 이상 갈 수 없는 '어떤 곳'에 대한 이야기입니다.

주인공은 왜 '무진'을 떠나는가?

'무진'이라는 공간이 지닌 두 번째 의미는 '전근대적 공간'이라는 것입니다. 그것은 주인공이 현재 살아가고 있는 '서울'이라는 공간과 대비되어 잘 나타납니다. 서울에서 주인공은 '돈 많은 과부'를 만나 - 그러니까 개인의 노력이나 자질과는 무관하게 - 성공한 사람입니다. 이러한 주인공의 상황은 단순히 개인적인 상황이 아니라, 시대적 상황의 압축적 표현입니다. 1960년대부터 시작된 급속한 경제개발 속에서 한국인들은 모두 '돈 많은 과부'를 만난 것과 같은 기회를 얻게 됩니다. 물론 개인이든, 사회이든 성공은 그에 합당한 노력을 통해서 이루어지는 것이라 생각할 수도 있습니다. 그러나 그 어떤 노력도 시대적 상황의 뒷받침이 없다면 성공할 수 없는 것이 현실이며, 더 나아가 때로는 거대한 시대적 흐름 자체가 성공의 비결이 되기도 합니다. 이런 점에서 서울이라는 공간은 '기회의 공간'이며, 그 밑바탕에는 경제개발이라는 거대한 시대적 변화상이 놓여 있습니다.

반면, 이와 대비되는 '정체된 공간'이 바로 무진입니다. 당연한 이야기이지만 만약 '무진'이 변화가 빠른 공간이었다면, 주인공은 그곳에서 어떠한 편안함도 느끼기 어려웠을 것입니다. 그곳은 별다른 변화가 없는, '매년 술집 여자가 몇 명씩 자살하는 곳'입니다. 무진에서 만난 하인숙이 서울로 데려다 달라고 조르는 대목도 일종의 상징으로 읽어야 할 부분입니다. 주인공과 같이 지내고 싶다는 것이 아니라 '서울'이라는 공간에 가고 싶다는 하인숙의 말은 '무진'이라는 정체된, 전근대적 공간에 '서울'이라는 기회와 변화의 공간이 얼마나 매력적인가를 함축적으로 표현하고 있는 대목입니다.

'무진'의 전근대성은 단지 정체되어 있는 공간이라는 점에서만 드러나는 것은 아닙니다. 근대화된 공간의 상징인 '서울'과 명백히 대비되는 것은 인간관계의 양상입니다. '무진'에서의 인간관계는 지극히 사적인 관계입니다. 그곳에서는 오래가는 비밀도 없습니다. 다른 사람의 비밀이 부주의하게 전달되고, 개인적인 욕망이 알기 쉽게 드러납니다. 그것은 한정된 인원이 고정된 공간에서 맺는 전근대적인 인간관계의 특징입니다. 그리고 그 관계 속에서 옳고 그름이나 합리성과 같은 기준은 적용되지 않습니다. 주인공과 하인숙의 관계가 통념적으로 보면 비윤리적임에도 어떠한 가치평가도 드러나지 않는 이유도 여기에 있습니다.

반면, 작품 속에서 주인공이 서울에서 맺는 인간관계는 거의 묘사되지 않습니다. '무진'으로 내려갈 때 부인이 주인공에게 한 말은 업무지시와 같은 간결하고 명확한 말입니다. '무진'을 떠날 때는 말도 아닌 '전보'를 통해서 '지시'가 옵니다. 매우 합리적이고, 명확하고, 사무적입니다. 여기서 우리는 '무진'의 명산물이 '안개'라는 구절을 다시 떠올리게 됩니다.

안개 속에서 우리는 전체를 생각하지 않습니다. 시야가 좁아지고 바로 가까이에 있는 존재만 보게 됩니다. 이것은 명확하고 합리적으로 이해해야 만족할 수 있는 근대인의 시각에서는 괴로운 상황입니다. 하지만 거꾸로 내가 볼 수 없다는 것은, 남도 나를 볼 수 없다는 것을 뜻합니다. 나의 모습이 가까이 있는 사람들에게만 허용된다는 것은 '안개'가 개인의 삶을 보호하는 장치이기도 하다는 점을 말해줍니다. 하지만 '안개'가 있는 것은 전근대적 공간입니다. 근대적 공간에서는 '안개'가 없습니다. 근대적 공간에서 나는 더 멀리 볼 수 있지만, 그만큼 나 자신도 많은 사람에게 관찰됩니다. 이것은 주인공이 '무진'이라는 공간에 왜 애착을 갖는지 이해할 수 있는 부분입니다.

하지만 아무리 주인공이 '무진'이라는 공간에 집착한다고 하더라도 그것은 지속될 수가 없습니다. 왜냐하면 개인은 '공간'을 선택할 수 있을지는 몰라도 자신이 살아가는 '시대'를 선택할 수는 없기 때문입니다. 어떠한 공간도 시대적 조건 속에서 존재하기 마련입니다. 조선시대의 한양과 오늘날의 서울이 동일한 공간적 좌표 속에 존재한다고 하더라도 시대의 흐름에 따라 그 의미가 달라지는 것처럼, 모든 공간은 그 속에 시대적 의미를 내포하고 있습니다. 바로 이런 점에서 '무진'은 하나의 '공간'이자 하나의 '시대'입니다. '서울' 역시 단순한 '공간'이 아니라 또다른 '시대'입니다. 이미 주인공의 실제 삶은 서울이라는 '근대적 시대' 속에서 이루어지고 있습니다. 그곳에서 주인공은 '안개' 없는 삶을 살아가고 있고, 서울이라는 근대적인 시대는 그 보상으로 성공과 풍요를 부여하고 있습니다. 물론 이 시대적 변화는 주인공이 스스로 선택한 것이 아닙니다. 마치 주인공이 결혼을 통해 엉겁결에 출세하게 된 것처럼, 근대화는 개개인들이 의식적으로 선택한 것은 아니지만 마치 서울로 가는 버스에 몸을 실을 수밖에 없었던 주인공처럼 필연적이고, 불가역적인 변화입니다.

이제 주인공은, 우리는 다시 돌아갈 수 없습니다. 그것은 모든 시대적 변화, 사회적 변동에 내포될 수밖에 없는 공간적 상실이며, 특히나 1960년대 우리 사회가 겪었던 급속하고, 인위적인 근대화 과정에서 가장 강렬하게 나타난 현상이었습니다.

주인공은 왜 '무진'을 떠나며 부끄러워하는가

덜컹거리며 달리는 버스 속에 앉아서 나는 어디쯤에선가 길가에 세워진 하얀 팻말을 보았다. 거기에는 선명한 검은 글씨로 '당신은 무진읍을 떠나고 있습니다. 안녕히 가십시오'라고 씌어 있었다. 나는 심한 부끄러움을 느꼈다.

〈무진기행〉은 '부끄러움'으로 끝이 납니다. 그리고 그 부끄러움은 자신이 무진을 떠나고 있다는 사실을 새삼 깨닫게 되면서 발생하는 감정입니다. 여기서 우리는 주인공이 느끼는 부끄러움이 과연 어디서 출발하고 있는지 생각해볼 필요가 있습니다. 물론 표면적인 사건으로 생각해보면 하인숙에게 한 마디 말도 하지 않고, 세속적인 성공이 보장된 서울로 떠나버리는 자신의 모습에 부끄러움을 느꼈다고 볼 수 있습니다. 하지만 하인숙을 떠난다는 행위가 '무진'을 떠난다는 결정의 일부에 속한다는 점을 생각해 본다면, 그의 부끄러움은 근본적으로 '무진'을 떠나는 행위 자체에서 기인하고 있는 것입니다.

또한 우리는 그의 부끄러움이 양심의 가책과는 다르다는 점도 생각해보아야 합니다. '무진'이라는 공간에서 주인공은 어떠한 공적인 일도 하지 않습니다. 책임져야 할 일이라고는 하인숙과의 관계가 유일하지만, 그 자체가 비도덕적인 관계이기에 '무진'을 떠나는 일은 양심의 가책과는 관계가 없습니다. 따라서 그가 느끼는 부끄러움은 윤리적인 문제가 아니라고 할 수 있습니다. 우리는 일반적으로 무엇인가 비도덕적인 행위를 했을 때 느끼는 자책감을 부끄러움이라고 생각하지만, 사실 부끄러움은 매우 다양한 성격을 지니고 있습니다. 구멍이 난 양말이나 뚱뚱한 체형, 이혼이나 장애와 같이 윤리와는 아무런 관련이 없는 상황에서도 우리는 부끄러움을 느낍니다.

그러나 이 모든 부끄러움에는 근본적인 공통점이 있습니다. 그것은 자아의 분열입니다. 즉, 부끄러움의 대상이 되는 자신과 부끄러움을 느끼는 자신이 분리된다는 것입니다. 이때 부끄러움을 느끼는 자아가 자신이 생각하는 이상적인 자아라면, 부끄러움의 대상이 되는 자아는 현실에 존재하는 자아입니다. 이 두 자아의 격차가 어떤 계기를 통해 드러날 때 우리가 느끼는 감정이 바로 부끄러움이라고 할 수 있습니다.

이런 점에서 생각해보자면 '무진'을 떠나고 있다는 한 팻말이 바로 주인공의 분열된 자아를 드러내는 계기라 할 것입니다. 또한, 그 팻말을 통해 드러나는 주인공의 현실이 '무진'을 떠나고 있는 모습이라는 점을 생각해본다면, 주인공의 이상적 자아는 현실적 자아와 정반대로 '무진'에 남아 있는 것입니다. 하지만 그 이상은 좌절됩니다. 주인공은 '서울'로 상징되는 시대적 변화를 거부하고, 또 공적인 목표에 휩쓸리는 것을 거부할 수 있는 '개인'을 자신의 이상으로 삼고 있지만, 전보 한 통에 황급히 '무진'을 떠나는 자신의 모습 속에서 자신이 더 이상 시대적 변화에서 벗어난 삶을 살아갈 수 없는 존재라는 점을 직시하게 됩니다. 이때 느껴지는 이상적 자아와 현실적 자아의 격차가 바로 주인공이 느끼는 '부끄러움'의 본질입니다.

이런 맥락에서 주인공이 느끼는 '부끄러움'은 주인공 혼자만의 것이 아닙니다. 근대화된 거대 도시에서 살아가는 우리 모두가 느끼는 감정입니다. 사회의 흐름에 맞춰 살아가며, 자신의 고유한 공간을 잃어가는 현대인들이 느낄 수밖에 없는 무기력과 상실감의 다른 표현이 바로 '부끄러움'인 것입니다. 그렇기에 〈무진기행〉은 '무진'이 아닌 '서울'의 이야기입니다. 제목 그대로 '무진'은 잠깐 다녀오는 여행지이며, 우리 삶은 바로 여행을 끝내는 곳에서 이루어지기 때문입니다.

명쾌함이 아니라 모호함을 즐기는 공부를

우리는 지금까지 '무진'이라는 공간이 담고 있는 함축적 의미에 대해 생각해 보았습니다. '무진'은 급속하고 타의적인 근대화 과정에서 잃어버리고 있는 삶의 방식과 형태들을 상징합니다. 비록 '무진'이 상징하고 있는 '전근대적 삶'이 공적인 면에서는 부정적으로 평가받을 수 있을지는 모르지만, 공적인 이상향과는 다른 개인적인 이상향으로서의 가치까지 부인될 수는 없다는 점도 생각해볼 수 있었습니다. 이러한 성찰은 보다 근본적으로 선과 악의 이분법에 대해 되돌아보게 합니다. 많은 이들이 이 작품을 난해하게 여기는 이유도 근본적으로 '무진'이라는 공간에 대한 가치판단이 명확하지 않기 때문인데, 그것이 바로 이 작품의 단점이 아니라 오히려 미덕이라고 할 수 있을 것입니다.

다른 한편 이 작품을 읽었을 때 우리는 여러 가지 의문에 빠져들게 됩니다. 개인의 가치와 공적인 가치가 과연 조화될 수 있는 것인가, 또 거대한 시대적 변화 앞에서 개인이 저항할 수 있는 방법이 존재하는가 등의 질문을 던지게 됩니다. 그에 대해서 작가는 아무런 대답을 하지 않습니다.

그러나 생각해보면 기행이란, 여행이란 본래 그런 것인지도 모릅니다. 좋은 여행은 답을 주는 것이 아니라, 우리가 미처 던지지 못했던 질문을 가능하게 하는 것입니다. 좋은 문학도 답을 주는 것이 아니라 우리가 미처 생각하지 못했던 성찰을 가능하게 합니다. 그런 점에서 사회가 모두 근대화의 열풍에 휩쓸려갈 때, 우리가 가고 있는 곳에 대해 되돌아보게 만든 〈무진기행〉은 좋은 여행이며, 훌륭한 문학임이 분명합니다.

평강공주가 본 세상

　세상은 광대하고 인간의 시각은 협소합니다. 그러므로 우리는 늘 세상의 일부분만을 볼 수밖에 없지만, 한편으로는 우리가 본 일부분에 의지해 판단하고 결정할 수밖에 없습니다. 우리가 볼 수 없는 부분은 우리의 생각과 행동을 결정하는 데 영향을 끼칠 수 없기 때문입니다. 여기서 우리는 공자의 잘 알려진 일화를 다시 한번 되짚어볼 필요가 있습니다.

　공자가 제일 아끼던 제자 중에 '안회'라는 사람이 있었습니다. 공자가 제자들과 함께 채나라로 여행을 하던 중 식량이 떨어져 큰 곤란을 겪게 되었습니다. 이때 안회가 밥을 짓는 일을 담당하게 되었는데, 다른 제자들이 계속 안회에 대해 안 좋은 말을 전합니다. 안회가 밥을 몰래 훔쳐먹는다는 것이었습니다. 공자는 안회를 아끼기 때문에 그 말을 안 믿습니다. 그런데 어느날 아침 우연히 안회가 밥을 짓다 솥을 열고 밥을 한 움큼 집어 먹는 것을 발견하게 되었습니다. 공자는 고민에 빠집니다. 자신이 평소 보았던 안회의 모습과 다른 모습을 발견하게 되었기 때문입니다. 고민 끝에 공자는 안회에게 묻습니다.

"안회야, 내가 방금 꿈속에서 선친을 뵈었는데, 밥이 되거든 먼저 조상에게 제사를 지내라고 하더구나."

제사를 지내기 위한 음식은 사람이 먼저 손을 대면 안 됩니다. 공자는 안회가 밥에 먼저 손을 댄 것을 알고 있었기 때문에 안회로 하여금 스스로 반성할 기회를 주기 위해 이렇게 말한 것입니다. 그런데 그때 안회의 말을 듣고 공자는 오히려 그를 의심한 자신에 대해 반성하게 됩니다. 안회는 이렇게 말합니다.

"스승님! 이 밥으로 제사를 지낼 수는 없습니다. 제가 뚜껑을 연 순간 천장에서 흙덩이가 떨어졌습니다. 스승님께 드리자니 더럽고 버리자니 아까워서 제가 그 부분을 이미 먹었습니다."

공자의 눈은 공자를 속였습니다. 공자의 눈은 안회가 밥을 먹는 것은 보여주었지만, 떨어진 흙덩이는 보여주지 않았습니다. 공자는 자신의 눈이 보여준 세상으로 안회를 판단할 수밖에 없었고, 그것은 자칫하면 안회에 대한 잘못된 평가로 굳어질 수 있었던 것입니다. 이에 공자는 탄식하면서 이렇게 말합니다.

"예전에 나는 나의 눈을 믿었다. 그러나 나의 눈도 완전히 믿을 것이 못 되는구나. 예전에 나는 나의 머리를 믿었다. 그러나 나의 머리도 역시 완전히 믿을 것이 못 되는구나! 너희들은 알아 두어라. 한 사람을 이해한다는 것은 진정으로 어려운 일이라는 것을 말이다."

우리의 눈은 우리를 속입니다. 우리의 이성은 감각적 정보를 바탕으로 판단을 내립니다. 그러니 눈이 우리를 속인다면, 우리의 이성과 판단도 오류를 범할 수 있는 것입니다.

공자마저도 벗어날 수 없었던 인간 시각의 제한성 속에서 우리가 보는 세계는 늘 전체가 아니라 일부입니다. 우리가 인식하는 이 제한된 시각을 흔히 '프레임'이라고 합니다. 말 그대로 전체 풍경의 일부만을 보여주는 한정된 '틀'을 뜻합니다. 그러나 그렇다고 우리는 '프레임'을 벗어날 수는 없습니다. 그것은 세계 전체를 인지하는 '전지'의 능력이 불가능하기 때문만이 아니라, 오히려 우리는 '프레임'을 통해서만 판단과 행동의 기준을 세울 수 있기 때문입니다. 만약 우리가 수많은 가치와 정보를 무질서하게 받아들인다면 판단과 행동의 기준을 세울 수 없습니다. '프레임'이 문제가 되는 진짜 이유는 그것이 오류가 있을 수 있기 때문이 아니라, 우리가 그것을 실제 세계로 착각하고, 오류가 없을 것이라 맹신하기 때문입니다. 공자가 부끄러워했던 것도 바로 이 지점입니다. 우리는 늘 제한된 시각 속에서 불완전한 판단과 행동을 합니다.

그러니 오류를 범하는 것은 당연한 일입니다. 그것은 불가피한 인간의 한계입니다. 공자가 부끄러워한 일은 자신의 눈과 머리를 믿었던 일입니다. 다시 말해 오류 자체가 아니라, 눈을 통해 얻은 정보를 자신의 머리로 해석해 만들어낸 '프레임'을 맹신하고 있었던 일을 부끄러워한 것입니다. 공자의 눈은 실제 세계가 아니라 제한된 세계를 보여준 것이고, 그에 기반한 공자의 판단 역시 실제 안회의 모습이 아니었습니다. 그럼에도 공자는 자신의 눈과 머리를 믿었습니다. 오류가 아니라 이 '맹신'이야말로 우리가 부끄러워해야 마땅한 일인 것입니다.

사람을 바라보는 '프레임'

이 작품 〈명랑한 밤길〉 역시 사람을 바라보는 '프레임'에 대한 이야기입니다. 사람은 세계만큼이나 광대한 존재입니다. 그러니 우리가 한 사람의 전체를 인식하는 것은 불가능합니다. 이런 점에서 우리가 어떤 사람을 평가하고 판단할 때 프레임이 작동하는 것은 어쩔 수 없는 일인지도 모릅니다. 〈명랑한 밤길〉의 주인공 역시 주변의 인물들을 판단하는 프레임을 갖고 있습니다. 그녀가 사람들을 바라보는 기준은 그녀를 '새로운 세계'로 데려갈 수 있느냐는 것입니다. '새로운 세계'로 가고 싶다는 것은 그만큼 현재의 세계가 불만스럽다는 뜻입니다. 소설 속에서 그녀가 처해있는 상황은 그러한 욕망에 충분히 공감할 수밖에 없도록 합니다.

나는 나의 스물한살 봄밤을 그와 함께 먼 나라, 그가 없으면 닿을 수 없는 나라를 여행하는 것만 같았다. 나 혼자서는 도저히 갈 수 없는 낯설고 아득한 나라를, 그가 있어야만 닿을 수 있는 나라를 여행하는 것은 그래서 슬펐다. 아름답고 슬프고 쓰라린 여행을 끝내고 집에 돌아왔을 때, 나는 이번에는 낯익고 낯익어서 슬픈 풍경과 맞닥뜨려야만 했다.
- 공선옥, 〈명랑한 밤길〉, 《명랑한 밤길》 (창비) 수록.

이제 21살이 된 그녀는 치매에 걸린 어머니를 홀로 돌봐야 합니다. 신용불량자가 된 오빠들과 미혼모인 언니에게 의지할 수는 없습니다. 그녀는 자신의 젊음이 이러한 상황에서 '아욱처럼' 시들어가고 있다는 공포에 시달리고 있습니다. 당연하게도 그녀는 이곳에서 탈출하고 싶습니다. 미디어에 등장하는 세련되고 반짝이는 삶을 살고 싶어 합니다. 그러나 그녀는 이곳을 벗어날 수 없습니다. 착하고 성실한 사람이기 때문입니다. 그녀가 이기적인 사람이라면 그녀는 어머니를 버리고 자기 혼자 도시로 떠나 꿈꾸던 삶을 살았을 것입니다. 이처럼 해결될 수 없는 불만, 이루어질 수 없는 소망 속에서 살아가는 그녀는 남자를 볼 때마다 그가 그녀를 '새로운 세계'로 데려갈 수 있는지를 중심으로 바라봅니다. 이러한 프레임 속에서 그녀 주변에 있는 남자들은 모조리 마음에 안 차는 사람들뿐입니다.

그러다 그녀는 도시에서 온 남자를 만납니다. 이 작품에서 남자의 이름은 언급되지 않습니다. 왜냐하면 주인공에게 그 남자는 전체적인 인격체로서 인식되는 것이 아니기 때문입니다. 그녀는 한 인간으로서 남자를 이해하지 않습니다. 그녀는 자신이 가진 '프레임'으로만 남자를 바라봅니다. 그 프레임 안에서 중요한 사실은 남자가 도시에서 왔다는 것, 그리고 그녀가 모르는 노래의 가수와 제목을 줄줄이 말한다는 것뿐입니다. 이러한 사실만으로 그녀는 그를 좋아합니다.

그러나 그를 만나면 만날수록 그녀는 '프레임' 바깥의 남자에 대해 알게 됩니다. 그는 갈수록 그녀를 함부로 대하고, 급기야는 그녀의 친구와 바람을 피웁니다. 그녀는 이 사실을 알고도 그에게 정성을 다하지만 남자는 잔인한 막말을 하며, 그녀를 버리고 맙니다.

그녀의 비극적인 모습은 마치 신데렐라 이야기의 현실판을 보는 듯합니다. 동화 속에서 신데렐라는 왕자님의 힘으로 현실을 탈출하지만, 현실은 대개 그렇지 못하다는 것을 우리는 모두 알고 있습니다. 곰곰이 생각해보면 '백마 탄 왕자님'이라는 표현 자체가 현실에서 탈출하고 싶다는 욕망의 표현이라고 할 수 있습니다만, 그것은 그야말로 드물디 드문 이야기입니다. 왜냐하면 내가 '왕자님'을 바라는 만큼이나 '왕자님' 역시 더 큰 나라의 '공주님'을 바라기 때문입니다. 나는 '왕자님'을 원하는데, '왕자님'이 '하녀'를 원할 리는 없습니다.

거짓말을 하면서 받는 가장 큰 벌은 그것이 발각되어서 받게 되는 처벌이나 비난이 아닙니다. 거짓말을 하는 사람이 받는 가장 큰 벌은 남이 자신에게 거짓말을 할 수 있다는 생각에서 빠져나올 수 없다는 것입니다. 외모로 사람을 평가한다면 나 자신도 외모로 평가받는 것이 당연한 일입니다. 이처럼 우리의 행위는 어떤 초월적인 존재의 심판에 의해 그 대가를 받게 되는 것이 아니라, 그 행위 자체의 내재적 속성에 따라 대가를 얻게 됩니다. 이 인과응보는 필연적인 것이며, 불가피한 것입니다.

오늘날 우리의 현실에서도 이는 너무나 흔하게 발견됩니다. 인터넷 게시판 등에서는 자신보다 사회적 조건이 떨어지는 사람을 소개받아서 화가 난다는 글을 종종 발견하게 됩니다. 그것이 화가 나는 일이라면 우리는 결혼정보회사에서 우리에게 점수를 매겨 관리하는 일을 당연하게 받아들여야 합니다. 자신이 하나의 인격체가 아니라 몇 점짜리 상품이라고 인정해야 합니다. 이 모든 것은 사람을 바라보는 우리 자신의 시각이 불러오는 필연적이고 불가피한 인과응보입니다. 작품 속에서 주인공이 남자를 바라보는 시각은 남자가 주인공을 바라보는 시각과 다르지 않습니다. 주인공에게 남자가 세련된 도시의 삶을 상징하듯이, 남자 주인공은 촌스러운 시골을 상징할 뿐입니다. 그러기에 주인공이 남자에게 버려지는 것은 필연적이며, 불가피한 것입니다.

신데렐라가 바라보는 세계

물론 주인공이 남자를 통해 신분상승을 하겠다는 신데렐라의 꿈을 꾼 것은 아닐지도 모릅니다. 주인공은 그저 남자와의 만남을 통해 이루어질 수 없는 소망에 대한 대리만족을 얻으려 했을지도 모릅니다. 그러나 확실한 것은 그녀가 자신을 '새로운 세계'로 데려갈 남자를 찾고 있던 순간, 그리고 남자의 곁에서 '새로운 세계'로 간 것 같은 착각에 빠져있던 순간, 그녀는 이 세계를, 사람들을 신데렐라의 눈으로 보고 있었다는 사실입니다.

신데렐라의 눈으로 바라본 세계는 왕자와 거지, 공주와 하녀로 나뉩니다. 이런 세계에서 인격은 사라지고, 집단적 명칭만이 남습니다. 싸부딘, 깐쭈 같은 이름은 없어지고 그저 외국인 노동자라는 존재로만 기억됩니다. 신데렐라에게 외국인 노동자는 필요가 없습니다. 오히려 지저분하고 두려운 존재입니다. 그들과 인격적인 관계를 맺으면 맺을수록 자신이 왕자의 세계와 동떨어져 있다는 것을 상기시키기 때문입니다.

신데렐라가 바라보는 지금 이 세계는 영원히 자기가 살아가야 하는 세계가 아닙니다. 자신은 언젠가는 왕자의 세계로 떠날 사람이기 때문입니다. 그러니 그녀는 자신이 속한 세계를 경멸하고 혐오합니다. 그 주변의 사람들에 대해서도 마찬가지입니다. 왜냐하면 자신이 속한 세계를 경멸하고 혐오할수록 자신은 다른 세계로 갈 사람이라는 증거가 된다고 생각하기 때문입니다. 흔히 말하는 '강자와의 동일시'라는 심리적 함정에 빠져든 것입니다. 역설적으로 '강자와의 동일시'는 자신이 강자가 아니라는 증거입니다. 강자가 아닌 자신이 강자와 같다고 믿기 위해서는 자신과 같은 처지에 있는 사람들을 더욱 강하게 경멸하고 혐오해야만 합니다. 바로 이런 점에서 신데렐라가 바라보는 세계는 경멸과 혐오의 세계가 될 수밖에 없습니다.

경멸과 혐오의 세계는 다른 한편 공포의 세계이기도 합니다. 내 주변의 인물들이 그렇게나 혐오스러운 인물들이라면 그들이 나에게 어떤 패악을 저지를지 모릅니다. 그러니 주인공에게 '밤길'은 '명랑'할 수 없습니다. 밤길은 아직 왕자의 세계로 가지 못한 주인공의 처지를 상징하면서, 경멸과 혐오의 대상들을 마주쳐야 하는 순간이기 때문입니다. 그 밤길의 끝에는 치매에 걸린 어머니가 기다리고 있는 자신의 집이 있습니다. 오직 도시남자를 만나는 순간만이 자신의 현실을 잊게 만듭니다.

다시 말해두지만 그녀는 나쁜 사람이 아닙니다. 그녀는 착하고 성실한 사람입니다. 그럼에도 경멸과 혐오, 공포의 밤길을 걷습니다. 그것은 전적으로 그녀가 사람을 바라보는 방식이 불러온 결과입니다. 왕자와 거지, 공주와 하녀, 상과 하로 사람을 구분하고 판단하는 사회의 자연스러운 귀결입니다. 여기서 우리는 자연스럽게 되묻게 됩니다. 지금 우리 사회가 세상은 바라보는 세상은 어떤 것인지 묻게 됩니다. 우리 사회를 살아가는 구성원 대다수는 그녀처럼 착하고 성실한 사람들입니다. 그럼에도 불구하고 우리 사회의 경멸과 혐오, 그리고 공포는 갈수록 증폭되기만 합니다. 그 원인이 혹시 우리 역시 각자만의 '새로운 세계'에 중독되어 있기 때문은 아닌지, 자신은 언제가 왕자의 세계로 가겠다는 '신데렐라의 꿈'에서 벗어나지 못하고 있기 때문은 아닌지 돌아보게 됩니다.

고추와 상추와 치커리와 가지

그러나 세상은 왕자와 거지, 공주와 하녀, 상과 하로 존재하는 것이 아닙니다, 우리는 결혼정보회사의 점수 몇 개로 환원될 수 없는 존재입니다. 인간은 각자가 고유하고 광대한 인격체이며, 고정된 '프레임'으로 박제될 수 없는 존재입니다. 이 당연한 사실이 바로 우리를 중독시키고 있는 '신데렐라의 주술'을 깨는 열쇠입니다.

'도시남자'에게 비참하게 버림받은 그녀는 우연히 싸부딘과 깐쭈의 대화를 훔쳐듣게 됩니다. 그녀가 좋아했던 남자가 '도시남자'라는 프레임 바깥에서 보여주던 치사하고 이기적이고 폭력적인 모습과 달리, 싸부딘과 깐쭈는 '외국인 노동자'라는 프레임 바깥에서 배려와 이해, 사랑으로 가득찬 인격을 드러냅니다. 그들은 힘들고 고단한 자신의 처지에도 자신들의 가족을 생각하고, 심지어는 자신의 임금마저 체불하고 있는 사장의 입장까지 배려하는 모습을 보입니다. 그러나 그렇다고 해서 그들의 생각이 '강자와의 동일시'는 아닙니다. 왜냐하면 그들은 사장의 잘못된 행동에 대해서도 비판하고 있기 때문입니다.

이해할 부분을 이해하고 잘못된 부분을 비판하는 것은 쉽고 당연한 일 같아도, 상하의 틀로 세상을 바라보는 사람에게는 쉬운 일도 당연한 일도 아닙니다. 이런 점에서 싸부딘과 깐쭈의 태도는 한 사람을 사람 그 자체로 보는 태도를 보여줍니다. 사장이라는 사회적 역할이 아니라 한 개인으로 사장을 볼 수 있기에 그들은 맹목적인 추종이나 비난의 시각을 벗어날 수 있었던 것입니다. 사람을 사람으로 보는 그들의 시각이 그녀를 바꿉니다. 도시남자를 왕자님으로 여기고 외국인 노동자를 경멸하는 그녀의 프레임이 완전히 뒤집어지는 순간입니다. 그들의 대화를 들으면서 그녀의 인식 속에서 이름없는 외국인 노동자는 사라지고, 그녀는 이제 '싸부딘'과 '깐쭈'라는 구체적인 인격과 만나게 됩니다.

여기서 주목해야 할 것은 '고추와 상추와 치커리와 가지'입니다. 이 채소들은 원래 그녀가 '도시남자'의 환심을 사기 위해 가져간 것이었습니다. 가난한 그녀에게는 그의 환심을 살 다른 방도가 없었습니다. 이 채소에는 그녀의 시간과 노동, 그리고 희생이 담겨져 있습니다. 그럼에도 '도시남자'는 그녀가 가져간 채소를 냉정히 뿌리칩니다. 왜냐하면 그가 사물을 바라보는 '프레임'은 화폐였기 때문입니다. 화폐라는 프레임으로 채소를 바라보면 그녀의 시간과 노동, 희생은 보이지 않습니다. 오히려 새로운 여자가 사다준 노트북이 더 가치있는 물건입니다. 이것은 '도시남자'가 세계를 바라보는 시각이 얼마나 천박한 것인지를 보여주면서, 다른 한편으로는 그녀가 사람을 평가했던 시각과 별반 다르지 않다는 점에서 인과응보적 모습을 보여줍니다.

반면 싸부딘과 깐쭈에게 고추와 상추와 치커리와 가지는 값싼 상품이 아니라, '맛있는 먹을 것'입니다. 이것은 그들이 사람을 상하의 프레임으로 보는 시각에서 벗어나 있듯이, 사물을 화폐의 프레임으로 보는 시각에서도 벗어나 있다는 것을 말해줍니다. 사람이 국적과 직업 이전에 사람이듯이, '고추와 상추와 치커리와 가지'는 상품 이전에 먹을 것입니다. 그녀는 싸부딘과 깐쭈의 대화를 통해 그들이 외국인 노동자가 아니라 싸부딘과 깐쭈라는 사실을 알았을 뿐만 아니라, 고추와 상추와 치커리와 가지가 소중한 먹거리라는 사실을, 아니 그렇게 볼 수 있는 시각을 회복하게 됩니다. 이것이야말로 진정한 의미에서 치유라 할 수 있는 순간입니다.

이제 그녀는 밤이 두렵지 않습니다. 사람과 사물을 보는 병적인 시각에서 치유되었기 때문입니다. 이제 사람은 경멸과 혐오의 대상이 아니라 존중받아 마땅한 개개의 인격체입니다. 마주치는 사람 모두가 인격체인데 두려울 리가 없습니다. 아니, 오히려 새로운 인격을 만나는 즐거운 길입니다. 그래서 '명랑한 밤길'입니다. 밤길을 가는 그녀를 네팔의 달이 반겨줍니다. 네팔은 사람을 사람으로 보고, 고추와 상추와 치커리와 가지를 먹을 것으로 생각하는 곳입니다. 이 결말은 그녀가 이제 사람과 세상을 어떻게 바라볼지 말해줍니다.

'프레임'을 넓히는 소설 읽기

일찍이 신영복 선생님은 평강공주 설화에 대한 새롭고 의미있는 해석을 통해, 신분상승을 꿈꾸는 신데렐라와 반대로 높은 신분을 버리고 스스로 민중인 온달의 편이 된 평강공주의 삶을 높이 평가한 바 있습니다.

물론 〈명랑한 밤길〉의 주인공은 공주가 아닙니다. 그가 온달과 같은 사람을 만날 지도 미지수입니다. 그러나 주인공의 깨달음과 변화는 어딘가 평강공주의 모습을 떠올리게 만듭니다. 개인적 욕망의 더 많은 실현이 행복과 동일시되는 우리 사회의 현실 때문인지도 모르겠습니다.

그러나 우리가 가지고 있는 대부분의 프레임들은 우리의 선택에 의한 것이 아니라는 점도 지적하고 싶습니다. 우리의 선택에 의한 것이 아니기에 우리는 그것을 당연시 여기고, 그 문제점을 제대로 직시하지 못하는 경우가 많습니다. 그럼에도 우리에게는 프레임 바깥의 가능성을 생각할 책임이 있습니다. 공자가 부끄러워한 것은 오류가 아니라 맹신이었습니다. 우리가 가진 프레임을 맹신하는 것은 부끄러워해야 마땅한 일입니다. 무지는 죄가 없을지도 모르지만, 알려고 하지 않는 것은 분명 죄입니다.

안타까운 것은 제한된 프레임의 문제가 소설 읽는 태도에도 나타난다는 점입니다. 분명 우리가 소설을 읽는 이유는 우리의 프레임 바깥을 상상함으로써 우리가 가진 프레임을 의심하고, 확장하기 위함이라는 점을 생각해보면 역설적인 상황입니다. 특히 교과서에 일부분만 실린 소설들은 그 자체가 프레임으로 작동한다는 사실을 잊지 않았으면 합니다.

특히 이 작품은 소설의 전반부와 후반부가 유기적인 관계를 맺고 있는데, 교과과정에서 이 소설을 접한 이들은 소설의 후반부만을 감상하기에 소설의 가치가 제대로 전달되지 않는다고 생각합니다. 가능하면 많은 이들이 전문을 감상해보고, 이 작품의 아름다운 풍경을 가능한 한 넓게 바라보길 기대합니다.

허생이 못 보는 것,
허생의 처가 못 보는 것

소설이란 근본적으로 새로운 세계와 이야기, 그리고 인물을 창조하는 것입니다. 그러나 인간의 창조는 한계가 있는 것이기에 무에서 유를 창조하는 것이 아닙니다. 어디까지나 인간의 창조는 이미 존재하는 어떤 것을 변형함으로써 이루어지기 마련입니다. 아무리 창조적인 소설이라 할 지라도 그것은 이미 현실에 존재하는 사건과 생각, 인물과 갈등에 기반하고 있습니다. 그리고 그것은 거꾸로 작가와 독자가 소설을 통해 소통할 수 있는 이유이기도 합니다. 만약 소설이 현실의 변형으로서의 창작이 아니라 무에서 유를 창조해 낸 순수한 의미의 창작이라면 독자는 그 세계를 이해할 열쇠를 찾을 수 없을 것입니다. 그러므로 소설의 가치는 순수하고 완전한 창작인지 아닌지로 평가될 수는 없습니다. 오히려 그 변형이 우리가 더 많이 알고 있다고 생각하는 현상이나 질서에 기반하고 있을 때, 소설의 창작은 더 폭넓은 소통의 힘을 지니게 된다고 말할 수 있을 것입니다.

그런데 소설이 변형시키는 것은 우리의 현실뿐만은 아닙니다. 소설은 때때로 이미 존재하는 또다른 작품을 변형시킴으로써 새로운 창작을 이루어 내기도 합니다. 흔히 이것을 패러디 소설이라고 부릅니다. 일반적인 소설이 현실을 변형해 새로운 세계를 창조해 낸다면 패러디 소설은 이미 현실을 변형한 작품 속 세계를 다시 변형해 또다른 세계를 창조해 내는, 말하자면 변형의 변형이 됩니다. 2차 창작이라는 용어도 바로 이런 특성을 표현하고 있는 말이라고 볼 수 있을 것입니다.

패러디 소설, 어떻게 읽을까

창작의 기반이 현실 그 자체가 아니라 변형된 작품 속 세계라는 점에서, 패러디 소설은 일정한 의미와 한계를 동시에 지니기 마련입니다. 패러디 소설은 무엇보다 작가의 문제의식을 뚜렷하게 보여준다는 특징을 지닙니다. 패러디 소설의 기반이 되는 작품 속 세계는 현실보다 한층 더 정리된 세계이기 때문입니다. 작품이 현실을 변형시킬 때 우리는 그 작품이 우리가 이해하고 있는 현실을 어떻게 변형하는지 추론함으로써 작가의 문제의식과 소통합니다, 그런데 우리는 현실을 다양하고 복합적인 관점으로 바라보기 때문에 작가가 변형시킨 세계에 대해서도 다양한 관점으로 접근하기 마련입니다.

반면 작품 속의 세계는 작가가 자신의 문제의식에 따라 변형시킨 공간입니다. 이는 현실보다 정돈된 세계이기에 이를 다시 변형시키는 패러디 작품에 대해서는 우리가 그 변형의 이유와 목적을 훨씬 더 명확하게 이해할 수 있습니다. 더구나 패러디의 대상은 대개 널리 알려진, 그리고 우리가 공통된 이해를 하고 있는 작품들입니다. 우리가 이미 잘 알고 있는 작품을 변형시키는 순간 그 변형의 목적은 명확히 드러날 수밖에 없습니다. 따라서 패러디 소설은 대체로 작가의 문제의식을 독자들에게 뚜렷하고 일관성 있게 전달한다는 특징을 지니게 됩니다.

또한 소설이 현실을 변형시키는 이유가 우리에게 새로운 관점을 보여주는 데 있다면, 패러디 소설 역시 그 소설의 가치를 잘 실현하는 방법이라고도 할 수 있습니다. 왜냐하면 우리는 현실뿐만 아니라 문학작품에 대해서도 정해진 관점과 틀로 이해하려는 성향을 지니고 있기 때문입니다. 이런 점에서 작품을 섞고 뒤집어 새로운 그림으로 구성하는 것은 그 자체로 익숙한 것을 새롭게 보게 한다는 문학의 가치에서 벗어나는 것이라고 볼 수는 없을 것입니다.

하지만 바로 이렇게 문제의식이 뚜렷하다는 패러디 소설의 특성은 다른 한편에서는 한계가 되기도 합니다. 작가가 말하고자 하는 바가 다른 해석의 가능성이 없이 전달된다는 것은 문학의 본질적인 가치이자 특성인 함축성을 위협하는 일이 되기 때문입니다. 이러한 한계는 패러디 소설이 왜 문학적 가치를 인정받기가 쉽지 않은지를 설명하는 근거가 됩니다.

다른 한편으로 독자와 공감을 하기 위해서는 '원본'의 이해가 필수적이라는 점도 패러디 소설이 지닌 또다른 한계입니다. 일반적인 소설이 작가와 독자가 공유하고 있는 현실 인식에서 소통과 공감이 일어난다면 패러디 소설은 패러디의 대상이 되는 '원본'에 대한 이해가 그 기반이 됩니다. 이런 상황에서 패러디 소설은 어디까지나 원본의 그림자 같은 존재가 됩니다. 그림자가 본체를 뛰어넘는 일 역시 쉬운 일은 아닙니다.

사실 패러디 소설이 이러한 한계를 극복하기 위해서는 패러디 자체에 의미를 두기보다는 하나의 새로운 세계를 구축하는 데 초점을 두어야 합니다. 즉, 원본과 독립된 복합적인 세계를 창조해야 하고, 이것이 가능하기 위해서는 원본의 '반대말'에 그쳐서는 안되며 자체적인 세계를 만들어야만 합니다. 그러나 그 정도의 성취를 이룬 패러디 소설은 매우 드물며, 그렇기에 패러디 소설은 진지한 문학작품보다는 오히려 대중문화의 2차 창작 등을 통해 많이 나타나는 것이 현실입니다.

〈허생전〉과 〈허생의 처〉

고등학교 교과서에 실려있는 〈허생의 처〉는 그리 흔하지 않은, 진지한 문학작품으로서의 패러디 소설입니다. 원본인 〈허생전〉이 허생의 뛰어남에 초점이 맞추어져 있다면, 〈허생의 처〉는 그에 가려져 묵묵히 희생을 감당해야 했던 허생의 아내를 주인공으로 내세워 〈허생전〉, 더 나아가 조선 사회의 남성 중심 이데올로기에 대해 통렬히 비판하고 있는 작품입니다.

본래 패러디(Parody)란 단순한 의미에서는 문학, 음악 등의 작품에 다른 사람이 먼저 만들어 놓은 어떤 특징적인 부분을 모방해서 자신의 작품에 집어넣는 기법을 말하지만, 보다 구체적으로는 "특정한 작품의 매우 진지한 소재나 특정 작가의 고유한 문체를 흉내내어 저급한 주제에 적용하거나 희화화(戱畵化)하는 수법. 또는, 그런 수법으로 만든 작품. 흔히, 풍자와 위트, 아이러니를 내포하고 있으며, 작가가 전대(前代) 또는 당대의 신념에 대한 억압적 요소나 허위의식을 폭로하려 할 때 이용하는 수법"이라고 이해됩니다. 여기서 중요한 부분은 패러디는 본래 원본을 '저급화하거나 희화화'한다는 것, 그리고 그 목적이 '권위와 통념에 대한 비판'에 있다는 점입니다. 그러니 패러디는 단순히 원본을 차용하거나 모방하는 것이 아니라, 원본을 우스꽝스럽게 만들어버림으로써 원본이 담고 있는 세계관에 흠집을 내는 것을 목적으로 하고 있다는 말입니다.

이런 점에서 보았을 때 〈허생의 처〉는 일반적인 의미의 패러디와는 성격이 좀 다른 부분이 있습니다. 분명 〈허생전〉에서 소재를 따와 그것을 일부 사용했다는 점, 그리고 원본이 담고 있는 남성 중심적인 세계관을 비판하고 있다는 점에서는 패러디의 일반적인 성격에 부합하지만, '저급화나 희화화'가 아니라 매우 비극적이고 진지한 정서로 접근하고 있다는 점에서 차이가 드러납니다. 만약 패러디의 일반적인 정의에 맞춰 구성되었다면, 허생은 능력자가 아니라 무능력자, 위선자의 모습으로 조롱의 대상이 되어야 합니다. 그러나 〈허생의 처〉에서도 허생은 여전히 뛰어난 능력자이고, 진지한 사람입니다. 비록 그가 남성 중심주의적 사고에서 못 빠져나와 부인에게 고통을 주는 사람이라고 할지라도 그의 모습이 저급해지거나 희화화되어 묘사되지는 않습니다. 그리고 이러한 모습은 〈허생의 처〉가 지닌 진지함의 핵심적인 요소가 됩니다. 허생을 희화화하면 할수록 허생 부인의 고통은 허생 개인의 책임으로 환원됩니다. 그렇기에 작품에서는 허생의 인간적인 결함에 초점을 맞추지 않습니다. 오히려 허생이 진지하고 능력있는 사람일수록 허생을 그렇게 행동하도록 만든 사회의 책임이 드러나기 때문입니다. 이를 뒷받침하기 위해 작가는 원본 소설에는 등장하지 않는 허생 처의 아버지나 시어머니 등 주변인물을 등장시켜 허생의 처가 겪는 비극이 사회구조의 산물임을 보여주려고 하는 것입니다.

허생이 보지 못하는 것

〈허생의 처〉는 분명 〈허생전〉이 그리고 허생이 보지 못한 세계를 그려냅니다. 그것은 〈허생전〉을 변형하는 것이고, 〈허생전〉이 만들어낸 우리 머리 속의 세계에 도전하는 것입니다. 〈허생전〉은 어디까지나 허생이 주인공이고 허생이 본 세계입니다. 우리 역시 허생의 관점에 공감하면서 허생의 눈을 따라 세상을 봅니다. 그 과정에서 허생의 처는 잠깐 등장합니다. 그것도 허생의 고매한 뜻을 방해하는 세속적인 존재로 등장합니다.

허생은 부인의 말에 10년으로 예정했던 공부를 7년 만에 그만 두고 집을 나갑니다. 허생의 눈은 10년 동안의 공부를 통해 도달할 높은 경지에 머물러 있습니다. 비록 10년을 채우지 못하고 집을 나간 후에도 그의 눈은 지금 이 자리가 아니라 지금보다도 높은 어떤 곳을 향합니다. 그것은 당연히 개인의 삶을 초월한 어떤 것입니다. 이것을 우리는 이상(理想)이라고 말할 수 있을 것입니다. 이상을 추구하는 사람에게 세속적인 욕망은 단순한 방해물입니다. 고매한 경지란 근본적으로 지금의 욕망을 초월하는 것입니다. 그 세속적인 욕망은 돈과 출세, 명예는 물론 가족까지 포함합니다. 그리고 그 이상에 도달하는 방법이 바로 공부입니다. 삼라만상의 섭리를 꿰뚫고 이해함으로써 도달할 곳만을 바라보는 것이 바로 허생입니다.

그렇기에 그는 역설적으로 보지 못하는 것이 많습니다. 아니, 보지 못하는 것이 아니라 보지 않으려 합니다. 그는 지금 이 자리의 자신을 보지 않습니다. 그가 보는 곳은 오직 도달할 곳뿐입니다. 그는 지금의 욕망을 보지 않습니다. 막대한 돈을 벌었어도 그것에 욕심을 내지는 않습니다. 당연히 세속적인 출세를 하려고 하지도 않습니다. 그러나 한편으로 그는 자신만을 봅니다. 자신이 가고 싶은 곳만을 봅니다. 주변 사람들을 보지 않습니다. 〈허생전〉에는 허생의 처 외에는 다른 가족도 친인척도 등장하지 않습니다. 〈허생전〉에 등장하는 허생을 떠올려보면 허허벌판에 세워진 초가집에서 혼자 책을 읽고 있는 선비의 모습이 떠오릅니다. 허생이 보는 것은 자신뿐이기 때문입니다. 그는 또한 자신의 처도 보지 않습니다. 세상만물을 이해하고자 누구보다도 열심히 공부했던 그였지만 바로 자신의 가족인 처의 삶과 욕망은 모릅니다. 아니, 정확히는 보지 않으려 합니다. 그것이 그가 가진 공부의 한계고, 아무리 뛰어난 능력을 가진 사람도 결국 사회의 틀을 벗어나지는 못한다는 하나의 사례입니다.

물론 허생 역시 자신의 공부가 사회에 도움이 되어야 한다고 생각합니다. 그렇기에 비록 10년을 채우지 못하고 세상에 나갔지만, 세상에 도움이 되는 일을 합니다. 돈을 모아 도적을 거둬 그들을 먹고살게 해줍니다. 이완대장을 만나서는 병자호란의 치욕을 씻을 계책을 논합니다. 그러나 그것 역시 허생이 본 세계, 허생이 바라는 이상일 뿐입니다. 백성을 편안히 하고, 나라를 튼튼히 한다는 유교적 질서의 이상을 실현하려고 하는 것뿐입니다. 그가 바라본 이상에서 여성의 삶은 빠져 있습니다.

〈허생의 처〉는 그런 허생을 '오만'하다고 표현합니다. 같이 사는 부인의 삶은 바라보지도 않으며 세상일을 다 아는 듯이 말하는 허생의 태도는 그야말로 '오만' 그 자체라고 느낍니다. 허생은 그가 세상에 나가 막대한 돈을 벌고 이름을 떨치는 동안 부인이 어떤 삶을 살았는지 보지 못합니다, 아니, 보지 않습니다. 그가 보지 못하고, 보지 않는 일을 그의 처는 생생히 보고 기억합니다. 이렇게 보는 것이 다르니 공동의 삶을 이뤄나갈 수 없다고 생각합니다. 그러니 예측되는 여러 불이익에도 불구하고 '절연'을 말하는 것입니다.

그러나 허생은 이에 대해서도 거부합니다. 왜냐하면 그가 보는 것은 그의 처가, 더 나아가서 개인이 겪는 행불행이 아니기 때문입니다. 그에게 개인의 행불행은 중요한 문제가 아닙니다. 그에게 중요한 것은 섭리와 이상입니다. 그렇기에 그는 부인의 말에 인륜과 신의를 내세웁니다. 이 대목은 몇 가지 측면에서 곰곰이 생각해볼 필요가 있습니다. 부인은 무엇이 우리에게 행복한 길인지를 따집니다. 반면 허생은 무엇이 옳은 일인지를 따집니다. 부인은 각자가 다른 삶을 살자고 말하지만, 허생은 같은 삶을 살아야 한다고 말합니다. 물론 이것은 남성 중심의 이데올로기가 여성에게 어떤 윤리적 강압으로 작동하는지 보여주는 사례라고 할 수도 있습니다. 하지만 이 둘의 충돌 속에 내포되어 있는 다른 측면 역시 간과할 수가 없습니다. 이 두 사람의 충동은 다른 한편으로는 개인적 삶과 사회적 당위의 충돌이기도 합니다. 개인의 삶은 옳고 그름의 문제가 아니라 좋고 싫음의 문제입니다. 사회적 당위는 좋고 싫음으로 판단되는 것이 아니라 옳고 그름에 대한 판단입니다. 그렇기에 허생은 좋고 싫음을 말하지 않습니다. 자신의 처와 같이 살고 싶다고 말하지 않습니다. 같이 살아야 하기에 산다고 말하는 것입니다. 허생의 처 입장에서는 더더욱 절망적인 반응일 수밖에 없습니다.

허생은 많은 것을 보지만, 많은 것을 보지 못합니다. 그러나 많은 것을 보지 못하는 것은 허생뿐이 아닙니다. 인간의 역사에는 수많은 명분과 이상이 존재합니다. 그리고 그 모든 명분과 이상은 저마다, 보지 않거나 보지 못하는 것들이 있습니다. 그것이 허생의 처가 말한 '오만'이라는 것을 이해하지 못하는 순간 우리는 확고한 선이 확고한 악으로 변모하는 순간을 목격하게 됩니다. 이것은 그 어떤 이상을 추구하는 사람이든 잊어서는 안될 치명적인 교훈입니다.

허생의 처가 보지 못한 것

허생의 처에게 삶은 책에 있는 것이 아니라 자신의 몸과 생활에 있습니다. 그리고 그 삶은 대체로 고통스럽기 짝이 없는 것입니다. 전쟁으로 인해 어머니를 잃은 악몽에 시달리면서, 가난과 외로움으로 점철된 삶을 살아갑니다. 그렇기에 허생의 처가 가진 욕망은 바로 지금 이 순간의 것입니다. 배고픔과 외로움에서 벗어나길 원하고, 남편이 돌아오기를 기다리고, 남편으로부터 벗어나길 원합니다. 소설의 도입에서 허생의 처에 대해 연암에게 말하는 노인이 "그러고도 그 여잔 여전히 굶주렸던 거요."라고 말하는 대목은 그녀가 가진 바람이 구체적이며 현실적이라는 것을 단적으로 보여주는 표현입니다.

이처럼 구체적인 고통과 욕망 앞에서 허생이 바라는 경지는 허황할 따름입니다. 그래서 그녀는 허생에게 따집니다.

"나는 열 살 때 전란을 겪었고 그 와중에서 뼈저리게 느꼈어요. 당신은 무엇 때문에 십 년이나 기약하고 독서했지요? 당신은 대답할 수 없으시지요! 난 말할 수 있어요. 그건 사람이 살고 자식을 낳고 그 자식들을 보다 좋은 세상에서 살게 하려는 때문이라고요. 난 그렇게 하고 싶고, 꼭 할 거예요…."

　소설은 이렇게 마무리됩니다. 어떻게 생각하면 〈허생전〉과 〈허생의 처〉는 모두 같은 목적을 가지고 있습니다. 그것은 '보다 좋은 세상'으로 가고 싶다는 것입니다. 하지만 그곳으로 가는 방법은 확연히 차이가 납니다. 〈허생전〉은 분명 이상과 당위라는 방법으로 그곳으로 가고자 합니다. 이상과 당위의 세계를 건설하기 위해서는 세계의 섭리를 꿰뚫어보는 뛰어난 인재가 필요합니다. 그것이 허생이 10년을 목표로 공부하는 이유입니다. 뿐만 아닙니다. 그 이상과 당위의 세계로 가기 위해서는 현실의 욕망을 끊어내야 합니다. 왜냐하면 현실의 욕망을 실현하기 위해서는 현실의 질서를 수긍하고 따라야 하기 때문입니다.

　그러나 〈허생의 처〉는 지금 이곳에서 더 나은 삶을 실현하고자 합니다. 그렇기에 허생의 처가 생각하는 '보다 좋은 세상'을 위해서는 이상과 당위가 오히려 방해가 되는 존재일 뿐입니다. 오히려 그 이상과 당위야말로 자신에게 고통을 가하는 당사자이기에 그것의 허황함과 오만함을 공격하는 것이고, 자신의 고통이 지금 이 순간의 문제임을 이야기하는 것입니다.

　분명 허생은 당대의 사회구조 속에서 자라고 성장한 인물입니다. 그렇기에 그가 추구하는 이상도, 그것을 위한 방법도 유교적 질서 속에 뿌리내리고 있습니다. 그가 보지 못한 것을 보여준다는 점에서 허생의 처는 분명 의미있는 주장을 하고 있습니다. 그러나 허생의 삶과 태도를 남성 중심적 생각이라 단순하게 치환할수는 없습니다. 그는 더 넓은 의미에서 '보다 좋은 세상'을 위한 이상주의자의 모습을 대표하기도 합니다. 그가 비록 보지 못하는 것이 있다 하더라도 그가 보고자 하는 것의 가치는 여전히 존재합니다. 그렇기에 아직까지도 〈허생전〉은 여전히 읽을 만한 작품으로 남아 있는 것입니다.

한편으로 허생의 처 역시 허생이 보는 것을 보지 못하는 것은 마찬가지입니다. 그녀는 분명 전쟁과 가난, 남성 중심의 사회구조에서 고통받는 삶을 살아갑니다. 그러나 그 고통이 지금 이 자리에서 해결될 수 있는 것인지는 분명하지 않습니다. 개인의 삶으로 사회적 고통을 측정한다는 것은 언제나 형평성의 문제를 만들어냅니다. 나 자신이 고통은 벗어나는 것이 사회 전체의 고통을 줄이는 방법이 되지는 않습니다. 역설적으로 사회 전체의 고통을 줄이기 위한 길이 특정한 개인의 고통을 가중시킬 수 있다는 사실을 가르쳐주는 것이 바로 인간의 역사입니다. 개개인이 각자가 고통을 벗어나려는 개별적 행위가 만들어내는 것이 '공유지의 비극'이라는 점을 되돌아볼 필요가 있습니다.

'보다 좋은 세상'에 대한 다양한 대답

우리는 소설을 통해 '보다 좋은 세상'을 꿈꾸게 됩니다. 작가가 애써 현실을 변형해나가는 이유도, 독자가 그 창조물을 통해 우리의 현실을 다양한 가능성으로 받아들이는 이유도 결국은 모두 그곳에서 벗어나지 않습니다. 그러나 '보다 좋은 세상'이 무엇인지, 그곳에 어떻게 갈 수 있는지에 대해 우리 중 누구도 정답을 알지는 못합니다. 설혹 지금은 정답이라고 여겨질지라도 사회가 바뀌고, 우리의 욕망이 바뀌면 어제의 정답은 오늘의 오답이 되기 마련입니다.

그렇기에 소설은 계속 창작되고, 이미 창작된 소설 역시 새롭게 변형됩니다. 따라서 패러디 소설은 '보다 좋은 세상'에 대한 어제의 답과 오늘의 답을 비교해볼 수 있는 좋은 참고서이기도 합니다. 바로 이런 이유에서 〈허생의 처〉를 읽고 난 우리는 이런 질문을 던져볼 수 있습니다. 앞으로 백 년이 지났을 때, 또 그 후 백 년이 지났을 때 그곳에 있을 소설은 〈허생전〉일까요? 〈허생의 처〉일까요? 아니면, 두 작품 모두일까요?

끝나지 않은 역사,
끝나지 않은 임무

신부님과 대학생이 밤길을 갑니다. 사방은 어둡고, 의지할 수 있는 것은 희미한 달빛뿐입니다. 다른 이들은 모두 잠에 취해 밤이 온 것도 모르지만, 이들만은 그 어둠을 온몸으로 맞서야 합니다. 그것은 그들이 진실이라는 무거운 짐을 지고 있기 때문입니다. 80년 광주의 진실을 알리기 위한 두 사람의 발걸음은 그래서 한 걸음 한 걸음 고통스럽고 고독하고 불안합니다. 그러나 이 소설은 비단 광주 민주화 항쟁이라는 역사적 사건에 대한 이야기만은 아닙니다. 세상의 수많은 밤, 홀로 깨어 무거운 짐을 지고 길을 가는 모든 이들에 대한 이야기이기도 합니다. 이런 점에서 윤정모의 〈밤길〉은 역사적 사건이라는 구체성이 어떻게 소설을 통해 인간 삶의 보편성으로 확장될 수 있는가를 보여주는 좋은 작품이라고 할 수 있을 것입니다.

역사의 구체성, 문학의 보편성

많은 소설들이 역사적 사건들을 소재로 합니다. 역사적 사건들 역시 하나하나 인간의 삶이 들어있기에 그 자체가 한편의 소설처럼 여겨지기도 합니다. 이런 점에서 어떤 이들은 역사와 소설이 본질적으로 구분되지 않는다고 말하기도 합니다. 역사가와 소설가 모두 인간의 과거에서 의미를 찾아내 재구성한다는 점에서 보면 이 주장에 일면 수긍이 가기도 합니다. 그러나 엄밀히 따져보면 소설가와 역사가는 의미를 부여하는 방식이 다릅니다. 역사가가 찾는 의미는 어디까지나 사실에 기반한 것입니다. 때로는 자신이 찾고자 하는 의미에 따라 선택되는 사실이 다를 수는 있겠지만, 사실의 범주를 벗어날 수는 없습니다. 반면 소설가는 역사에서 의미를 찾더라도 사실의 한계를 벗어나는 일이 가능합니다. 아니, 오히려 사실의 한계를 벗어나고자 합니다. 왜냐하면 사실보다 사실의 의미를 더 잘 보여줄 수 있는 상상력이 바로 소설가 고유의 영역이기 때문입니다.

소설이 허구를 통해 역사를 다룬다는 것은 어떻게 생각하면 매우 역설적인 일입니다. '역사적 사실'이라는 말에서 알 수 있듯이 역사란 실제로 있었던 일이라는 것이 우리의 상식이기 때문입니다. 이러한 역설은 종종 왜곡된 방향으로 실현되기도 합니다. 사실의 테두리를 벗어나지 못하는 역사가가 한걸음 한걸음 두드려가며 의미를 제시하는 것이라면, 소설가는 상상력을 통해 자신이 찾은 의미를 향해 한번에 나아가기 때문입니다. 그러니 만약 소설가가 찾은 의미가 잘못된 것이라면 그것은 사실이라는 견제장치 없이 독주하는 위험한 상황이 될 수도 있습니다. 결국 역사를 소재로 한 소설은 소설가가 그 사건에서 무엇을 발견했느냐에 따라 그 가치가 달라진다고 할 수 있을 것입니다.

그럼에도 허구라는 소설적 장치는 역사적 사건을 바라보는 데 있어 뛰어난 장점을 지니고 있습니다. 그것은 역사적 사건을 인간의 문제로 회복한다는 것입니다. 역사가는 사실의 테두리 안에서 의미를 전달합니다. 사실은 기록과 유물을 통해서 추론됩니다. 그러나 대부분의 기록과 유물은 사람의 생각과 감정을 전달하지는 못합니다. 물론 몇몇 역사적 위인들 같은 경우 그 생각과 감정이 기록으로 남아 있기도 합니다. 이순신 장군의 '난중일기' 같은 경우가 그 대표적인 사례입니다. 그러나 그것은 그 자체로 또다른 한계가 됩니다. 우리가 알 수 있는 사실은 역사적 위인들의 생각과 감정뿐입니다. 그 '사실'을 그대로 받아들인다면 우리는 은연중에 역사를 소수의 생각과 감정으로 해석하게 됩니다. 그러나 역사는 수많은 이름 없는 사람들이 모여 만드는 것입니다. 그 이름 없는 사람들의 생각과 감정은 대부분 기록이 없습니다. 즉, 사실이 될 수 없는 것이고, 그래서 역사에서 종종 생략됩니다. 역사가가 알 수 있는 것은 그들의 구체적인 희노애락이 아니라 기록된 사건과 수치들입니다. 여기서 역사는 종종 비인간화됩니다. 분명 역사를 만들었고, 그 사건에 존재했던 수많은 사람들의 삶이 생략되어 버리는 것입니다.

소설가는 상상력을 통해 그 삶을 복원하고, 우리에게 전달합니다. 물론 소설가가 만들어 낸 삶은 실제 인물은 아닙니다. 그러나 소설가가 창조해낸 허구의 인물은 역사 속에 존재했던 수많은 이름없는 인물들의 모습을 우리에게 전달해줍니다. 그리고 그 허구의 인물을 통해 독자들은 역사를 공감의 영역으로 끌어올립니다. 단순히 역사적 명칭과 수치 속에 숨겨져 있던 당대의 희노애락을 우리가 만지고 느낄 수 있는 것으로 만들어 독자들로 하여금 같은 공기를 마시게 합니다. 이것이 바로 허구라는 소설적 장치를 통해 역사를 바라보는 이유입니다.

그러나 공감은 단순한 상상력으로 가능한 것은 아닙니다. 타인의 생각과 느낌을 이해하기 위해서는 우리가 그와 같은 삶의 토대와 경험을 가져야 가능합니다. 여기서 허구라는 소설적 장치는 역사적 사건의 구체적이고 일회적인 시간을 뛰어넘어 보편성으로 나아갑니다. 지금을 사는 우리가 과거의 고통과 기쁨에 동조할 수 있다는 것은 곧 그 고통과 기쁨에 보편성이 존재한다는 것을 말해줍니다.

작가가 창조해 낸 허구를 통해 우리는 과거를 생생하게 느낄 뿐만이 아니라 그 공감을 통해 지금을 되돌아보고 마침내 인간의 삶의 보편적 의미를 성찰하게 됩니다. 훌륭한 작품이란 많은 이들에게 이런 공감과 성찰을 가능하게 하는 소설을 말하는 것이 아닐까요?

외적 풍경과 내적 풍경

윤정모의 〈밤길〉 역시 우리로 하여금 많은 공감과 성찰의 계기를 제공하는 작품입니다. 그러나 그것이 제대로 작동하기 위해서는 무엇보다 광주 민주화 항쟁이라는 역사적 사건을 인간화해야 할 필요가 있습니다. 정치 경제적 배경, 사건일지, 희생자 수와 같은 추상화를 넘어 그 비극을 경험했던 한 사람 한 사람의 마음이 되어볼 필요가 있습니다.

이 소설 역시 광주 민주화 항쟁의 구체적인 원인이나 전개 과정을 상세히 기록한 소설이 아닙니다. 끔찍한 폭력을 세세하게 기록한 소설도 아닙니다. 불의한 폭력을 행하는 이들은 '로마군'이라는 비유로, 그 폭력의 희생자들은 '등나무꽃'이라는 상징으로 표현할 뿐입니다. 왜냐하면 이 소설은 불의한 폭력이 아니라 그에 대항하는 의지를 다루고 있기 때문입니다. 따라서 이 소설은 철저하게 '신부'의 내적 갈등에 초점을 두고 있습니다.

독자들은 이 소설 속에서 극단적으로 상반되는 두 가지 풍경을 발견하게 됩니다. 하나는 수많은 갈등과 괴로움으로 가득 찬 '신부'의 내적 풍경입니다. 다른 하나는 그와 달리 무서울 정도로 조용하고 한적한 시골의 밤길이라는 외적 풍경입니다. 이 두 풍경의 부조화는 한편으로는 '신부'가 짊어져야 하는 고통과 고독함의 무게를 생생하게 드러내면서, 다른 한편으로는 독자들로 하여금 막중한 짐을 지고 밤길을 가야 하는 주인공의 내면에 온전히 공감하게 만드는 효과를 만들어 냅니다.

'일기장과 필름 두 통'으로 피와 죽음의 진실을 알리기 위해 밤 길을 떠난 신부의 내적 풍경은 한 걸음 한 걸음이 고통과 고뇌로 채워져 있습니다. 무엇보다도 두려움이 있습니다. 그러나 그 두 려움은 개인적인 것이 아닙니다. 자신이 잘못되어 체포된다면 진 실을 알릴 수 없다는 두려움입니다. 그러니 남의 눈을 피해 산길 을 끝없이 걸어갑니다. 며칠째 밥도 제대로 먹지 못하고 밤길을 걸어가야 합니다. 군인과 경찰의 눈을 피할 수 있을지도 자신이 없습니다. 자칫 검문이라도 걸리면 진실은 영원히 어둠 속에 잠 길지도 모릅니다. 두려움은 그뿐만이 아닙니다. 설사 성공적으로 검문을 벗어나 '일기장과 필름 두 통'을 알린다고 해도 무엇이 달 라질 수 있는지도 알 수가 없습니다. 자신의 이 모든 고통과 노력 이 의미 없는 일이 될지도 모르는 일입니다.

신부가 짊어진 괴로움은 두려움과 불안함 뿐만이 아닙니다. 신 부는 커다란 죄책감에 시달리고 있습니다. 신부는 수습위원으로 사람들의 죽음을 막기 위해 '장군'과 협상했으나 실패합니다. 이 제 군대는 장갑차를 앞세우고 진입할 것이고, 무수한 죽음이 있 을 것입니다. 이 상황에서 그는 혼자 살아나와 있습니다. 협상에 실패한 자신이 살아남고, 다른 이들이 지금 이 순간 죽어갈 것이 라는 죄책감 역시 우리가 쉽게 상상하기 어려운 고통입니다.

그러나 그는 묵묵히 밤길을 갑니다. 두려움과 불안, 그리고 혼 자 살아남았다는 비겁자라는 죄책감마저 혼자서 견디고 묵묵히 밤길을 갑니다. 동행하고 있는 젊은 요섭은 신부가 애써 억누르 고 있는 마음을 보여주기 위한 장치입니다. 그는 우연히 만난 농민들에게 광주의 진실을 말하고 싶어하고, 자신이 걷는 이 길이 어떤 의미가 있는지 의심하고, 스스로를 비겁자라고 자책합니다. 신부 역시 한편에서는 요섭과 같은 감정을 갖고 있습니다. 그러나 신부는 요섭의 불안과 자책을 달래면서 묵묵히 길을 갑니다.

한 개인으로서 견디기 어려울 정도로 막중한 짐을 지고 묵묵히 견디는 신부의 모습을 보면서 우리는 자연스럽게 하나의 질문을 던지게 됩니다. 과연 무엇이 이 두려움을, 이 불안을, 이 죄책감을 견딜 수 있게 하는 것일까요?

신부는 한 마디로 말합니다.

"어서 일어나거라. 너의 임무는 아직 끝나지 않았어."

국밥과 임무

'임무'란 맡겨진 일입니다. 누군가로부터 부여받은 일입니다. 어떤 일을 부여받았는지는 분명합니다. 광주의 진실을 알리는 일입니다. 물론 그 임무도 간단한 일은 아닙니다. 신부도 그것을 알고 있습니다. '일기장과 필름 두 통'을 전한다고 끝이 아닙니다. 신부의 독백처럼 '그곳에도 장벽이 있을 것'입니다. 그 장벽을 깨는 것까지도 신부의 임무입니다. 부끄럽게도 오늘날 우리들 역시 그 임무가 완수되었다고 자신할 수는 없습니다. 소설 속에 등장하는 어린 소녀처럼 철없이 "빨갱이가 쳐들어왔대요"를 말하는 이들이 아직도 우리 사회에 존재하는 것이 현실입니다.

그러나 임무가 어렵다고 해서, 성공이 불확실하다고 해서 그것을 포기할 수는 없습니다. 왜냐하면 임무는 내가 선택한 것이 아니라 누군가로부터 부여된 일이기 때문입니다. 이런 점에서 임무는 국밥을 먹는 일과는 전혀 다른 일입니다. 소설은 신부와 요섭이 국밥을 먹는 장면에서 시작합니다. 밥을 먹는다는 것은 생명을 유지하기 위해서는 필수적인 일입니다. 더 정확히는 나의 생명을 유지하기 위해 필수적인 일입니다. 한 마디로 사적인 이익을 추구하는 일입니다. 나의 이익을 위한 선택이기에 무엇을 먹고 얼마나 먹을지 어디서 먹을지 온전히 나의 선택에 달린 일입니다.

시장경제 속에서 살아가는 우리들은 대부분 국밥을 먹는 것과 같은 방식으로 선택을 합니다. 아니 그러한 선택이 선(善)이라고 생각하고 살아갑니다. 그러니 임무라는 말에 대해서는 거부감을 갖고 그것이 개인의 자유를 침해한다고 생각합니다. 물론 이러한 생각이 전혀 잘못된 것은 아닙니다. 임무라는 말이 개인들의 자유를 침해하는 명분이 되었던 것이 대부분의 인류 역사였습니다.

그러나 여기서 우리는 신부와 요섭에게 누가 임무를 부여했는지 생각해봐야 합니다. 광주의 진실을, 그 부당한 폭력의 실체를 알리라고 말한 것이 권력의 명령인가요? 아닙니다. 물론 표면적으로는 수습위의 결정이기는 합니다. 하지만 수습위는 진압당하고 이제 그들을 강제할 사람은 아무도 없습니다. 이제 진실을 알려야 한다는 임무는 온전히 자신이 자신에게 부여한 임무입니다.

희생자들에 대한 슬픔, 그 부당한 폭력에 대한 분노, 그리고 이 불의를 바로잡아야 한다는 의지. 우리는 이것을 흔히 양심이라고 부릅니다.

소설의 첫부분에서 신부와 요섭은 어렵사리 마주한 국밥을 포기하고 길을 나섭니다. 양심이 부여한 의무를 실현하기 위해 사익을 포기하는 것입니다. 건강한 사회란 국밥과 의무 중 하나를 포기하지 않아도 되는 사회입니다. 그러나 지금은 밤이고 사방이 어둡입니다. 불의한 사회, 불의한 시간은 때때로 우리에게 선택을 강요합니다. 그 선택에서 국밥을 포기하고 묵묵히 임무의 밤길을 가는 신부와 요섭의 모습을 보며 우리는 역사적 순간에서 개개인의 가치와 무게를 다시 한번 느끼게 됩니다. 그리고 다시 한번 내가 선 자리를 되돌아보게 됩니다. 내가 짊어져야 할 의무를 생각해보게 됩니다.

끝나지 않은 밤길

이 작품은 1985년에 발표되었습니다. 광주에서 참혹한 폭력을 저지른 전두환이 아직 권력을 잡고 있었을 시기입니다. 지금 우리는 그 이후를, 그리고 또 그 이후의 이후들을 알고 있습니다. 신부와 요섭의 임무는 때로는 성공한 듯이 보였고, 또 때로는 실패한 것처럼 보였습니다. 지금 신부와 요섭은 다시 한번 무거운 짐을 짊어지고 밤길을 가야 할 시간이 된 것 같습니다.

흔히 '밤'은 부패와 불의가 승리하는 시간을 상징하는 말로 많이 쓰입니다. 그러나 낮과 밤의 비유는 인류의 역사를 설명하는 데 일정한 한계가 있습니다. 인류의 역사는 해가 뜨고지는, 단순반복적 순환이 아니기 때문입니다. 비록 인간이 천체의 회전을 멈출 수는 없었지만 인간의 밤은 끝없이 밝아졌습니다. 달빛만 의지하던 시대에서 횃불의 시대로, 그리고 더 밝은 빛의 시대로. 우리는 끝없이 밤을 이겨왔습니다. 그러나 우리가 꼭 기억해야 할 일은 인간 사회의 밤을 이기는 것은 저 무신경한 천체법칙이 아니라, 고통 속에서도 의무의 밤길을 멈추지 않았던 수많은 신부와 요섭의 힘이었다는 사실입니다. 그러므로 지금 우리는 스스로에게 다시 한번 이렇게 말해야 합니다.

"어서 일어나거라. 너의 임무는 아직 끝나지 않았어."

이범선, 〈오발탄〉

불행은 왜 혼자 오지 않는가

〈오발탄〉은 매우 읽기 힘든 소설 중 하나입니다. 내용이 난해하거나 복잡해서가 아니라 주인공의 삶이 너무나 비참하고 괴롭기 때문입니다. 사실 우리 소설 대부분이 삶의 즐거움을 다루기보다는 삶의 고통을 다루고 있다는 점을 생각해보면 주인공의 고통과 불행이 그리 낯선 것은 아닐 수 있습니다. 그럼에도 이 소설의 주인공이 겪는 고통과 불행은 그 어떤 소설보다도 독자들의 마음을 무겁게 만듭니다. 그 가장 큰 이유는 주인공의 불행이 복합적이고, 동시적이며, 연속적이라는 데 있습니다.

인간다운 삶을 유지하지 못할 정도로 극심한 빈곤은 기본이고, 제 정신을 잃고 "가자"라는 말을 반복하는 어머니, 사회적 지탄을 받는 '양공주'의 삶을 살아가며 매일 눈물을 쏟는 누이동생, 일자리를 얻지 못하고 범죄의 유혹에 흔들리고 있는 남동생, 거기에 젊은 시절의 활기와 재능을 잃어버리고 임신과 육아로 시들어가는 아내, 심지어는 치료를 받지 못해 점점 심해지고 있는 충치의 고통까지. 그러나 이렇듯 고통의 백과사전, 불행의 백화점과 같은 상황보다도 더더욱 독자들을 괴롭게 만드는 것은 어떠한 해결책도 제시되지 않고 오히려 그 모든 고통과 불행이 가장 최악의 경우로 끝나는 파멸적인 상황입니다. 주인공은 그 수많은 불행 중 어느 하나도 해결하지 못하고 결국은 길 한 가운데서 사망합니다. 택시 안에서 경찰서로 가자는 말과 병원으로 가자는 말을 반복하다 결국은 어디에도 가지 못하고 끝을 맺는 소설은, 우리에게 인간이 감당할 수 있는 불행은 어디까지인지 고민하게 만듭니다.

그러나 주인공의 삶이 비참하게 느껴지는 것은 주인공이 극심한 고통과 불행을 겪기 때문만은 아닙니다. 극심한 고통과 불행을 통해 오히려 삶의 희망과 의지를 표현하는 소설들도 많기 때문입니다. 주인공의 삶을 가장 비극적으로 만드는 것은 고통과 불행이 만들어내는 '무력감'입니다.

주인공은 쏟아지는 불행이 파국으로 이어질 것을 예감하지만 대처할 수 있는 길이 전혀 없는 상황에 놓여 있습니다. 가족들의 삶을 개선시킬 수 있는 경제적 능력은 물론 동생들의 삶을 바꿀 능력도 없습니다. 어머니의 병은 물론 자신의 충치마저 치료할 수 없는 상황입니다. 이 모든 상황들 하나하나 분명한 비극으로 이어질 것임에도 꼼짝없이 정해진 결말을 기다려야만 하는 주인공의 삶에서 우리는 개인의 능력을 넘어서는 불행이 어떻게 주체성을 파괴하는지 똑똑히 목격하게 됩니다. 마치 그 앞에 무엇이 기다리고 있든지 총구의 방향대로 발사되어서 끝내는 파괴될 수밖에 없는 총알과 같은 삶, 게다가 그 고통에서 어떤 의미도 찾을 수 없는 그야말로 실수로 발사된 총알과 같은 삶, 그것이 소설 속에 등장하는 주인공의 삶이기에 이 소설의 제목은 〈오발탄〉인 것입니다. 그러므로 소설의 결말에서 '철호의 입에서 흘러내린 선지피가 흥건히 그의 와이셔츠 가슴을 적시고 있는 것은 아무도 모른 채' '철호가 탄 차도 목적지를 모르는 대로 행렬에 끼어서 움직이는 수밖에 없었다'는 구절은 철호의 '오발탄'과도 같은 삶의 모습을 매우 함축적으로 전달하고 있는 것입니다.

그런데 한편으로는 주인공의 불행이 지나치게 극단적이라고 말하는 사람도 있습니다. 주인공이 겪는 불행의 연속성, 동시성이 믿어지지 않는다는 것입니다. 어떻게 한 사람에게 이렇게 안 좋은 일만 반복될 수 있으며, 또 설혹 그렇다고 치더라도 그것은 극히 드문 경우가 아니냐고 묻는 사람들도 있습니다.

그러나 현실에서도 불행이 손에 손을 잡고 우리를 방문하는 경우는 그리 드문 것이 아닙니다. 우리의 삶에는 크건 작건 고통스러운 일들이 있기 마련인데 대체로 그런 고통들은 비슷한 시기에 동시에, 혹은 연속적으로 발생합니다. '엎친 데 덮친 격'이라는 우리 속담이나, '불행은 홀로 오지 않는다'는 서양 속담은 이러한 현상이 인간의 삶에서 얼마나 일반적인지를 보여주는 말들입니다. 그렇다면 왜 우리의 삶을 고통에 빠뜨리는 불행들은 대개 연속적으로 출현하는 걸까요?

불행의 동시성과 연속성

그 원인에 대해 우리는 여러 가지 가설을 세워볼 수 있습니다. 가장 오랫동안 신봉되었던 가설은 우리의 삶에 연달아 불행을 안겨주는 초월적인 힘이 존재한다는 생각입니다. 신 혹은 우주의 섭리, 더 가볍게는 '재수'라 불리는 우리가 모르는 힘에 의해 불행이 나타나기 때문에, 그 초월적인 힘이 변하지 않는 한 우리의 불행은 계속 이어질 수밖에 없다는 주장입니다. 이러한 믿음에 따르면 초월적인 힘의 변화만이 우리가 불행의 연쇄를 벗어날 수 있는 유일한 길입니다. 그래서 신에게 제물을 바치며 용서를 빌거나, 아니면 우주의 섭리가 결정된다고 믿는 시간과 장소의 변화를 꾀하게 됩니다. 보다 더 개인적으로는 다양한 징크스에 의존해 '재수'가 바뀌길 기대합니다. 물론 근대적인 시각에서 보았을 때 이러한 생각들은 그리 합리적이지도 않고, 무엇보다 그 해결방안의 효과가 매우 불분명합니다. 그럼에도 이는 극심한 고통에 빠져있는 개인이 가장 쉽게 이해하고, 대처할 수 있는 방안이라는 점에서 아직도 우리 삶에 깊이 자리잡고 있는 가설이라고 할 수 있습니다.

이러한 생각은 소설 제목인 '오발탄'이라는 말에서도 드러납니다. 우리가 잘못 쏘아진 총알이라면 총을 쏜 누군가가 분명 있겠지요. 결국 오발탄을 쏜 존재는 '초월적인 존재'일 수밖에 없는 것입니다.

다음으로 불행의 원인이 신이나 사주팔자가 아니라 우리 자신의 판단과 선택이기 때문에 불행이 연쇄된다고 생각하는 가설도 있습니다. 즉, 우리는 뜻하지 않은 불행을 만나면 종종 평정심을 잃고 잘못된 결정을 내려 다른 고통을 초래한다는 것입니다. 시험에 떨어져서 홧김에 싸움까지 하고 결국은 법의 처벌까지 받게 되는 경우를 생각해보면 쉽게 이해될 수 있을 것입니다. 이러한 관점에서 보자면 불행의 연쇄는 우리 자신의 잘못 때문에 발생한 것이고, 우리가 불행과 고통을 담담히 견딜 수 있다면 이를 막을 수 있습니다.

〈오발탄〉 속에서 동생 영호의 모습은 바로 이런 가설을 뒷받침합니다. 영호는 실업과 가난이라는 불행 속에서 친구들의 유혹에 빠져 범죄에 가담합니다. 실업과 가난은 영호의 책임이 아닙니다. 하지만 그에 대한 대처로 범죄를 저지른 것은 본인의 잘못된 판단과 선택이라고 할 수 있을 것입니다. 물론 그가 그런 판단을 하게 된 배경에는 실업과 가난이라는 원초적 불행이 있습니다. 그러니 불행이 우리를 잘못된 선택과 판단으로 이끌어 또다른 불행을 만든다는 가설이 전혀 근거가 없다고는 할 수 없을 것입니다. 그럼에도 과연 모든 불행의 연쇄가 우리의 판단과 선택이 잘못되어서 일어나는 것인지에 대해서는 의문이 따를 수밖에 없습니다. 시험에 떨어져서 홧김에 싸우는 사례와 달리, 서로 관련이 없어 보이는 불행이 연달아 발생하는 경우는 설명할 길이 없기 때문입니다.

만약 어떤 사람이 시험에 떨어진 날 중병에 걸린 것을 알게 되었다고 가정해 봅시다. 이 연쇄 과정의 원인이 개인의 판단과 선택이라고 할 수 있을까요? 〈오발탄〉 속에서도 이는 분명히 드러납니다. 동생 영호와 달리 주인공 철호는 극심한 불행 속에서도 도덕과 윤리를 지키고 가장으로서의 책임을 다하려 노력합니다. 그렇다면 우리는 철호의 비극적 결말도 개인의 판단과 선택이 잘못되었기 때문이라고 말할 수 있을까요? 더 나아가서 가난이라는 불행 속에서 철호와 영호가 각각 다른 판단과 선택을 했다는 점도 주목할 필요가 있습니다. 두 형제의 판단 중 옳은 판단이 무엇이라고 단언할 수 있을까요? 만약 두 형제의 판단이 모두 잘못된 것이라면 가장 올바른 판단이란 어떤 것인가요? 아니, 과연 그런 것이 존재하기는 하는 것일까요? 근본적으로 철호의 불행을 막을 수 있는 방법이 있기는 한 건가요?

이처럼 불행의 발생이 개인의 행위에 의해 결정되지 않는 경우가 종종 있기에, 이를 설명하는 또다른 가설도 등장합니다. 우리는 불행해지기 때문에 불행을 비로소 인식하게 된다는 설명입니다. 본래 우리 삶은 불안정하고, 생각해보면 불행스럽게 여겨질 만한 일들로 가득차 있습니다. 그러나 인간은 적응하는 존재이기에 평소에는 일상적 불행을 무시하면서 살아갑니다. 그러다 문득 평소와 다른 고통에 마주할 때 그동안 익숙해졌던 고통들이 되살아오기 때문에, 불행이 연속된다고 느낀다는 것입니다.

카프카의 소설 〈변신〉에서 주인공 그레고르 잠자는 어느날 벌레로 변합니다. 벌레로 변하자마자 그는 가족들의 냉대와 학대를 받게 됩니다. 벌레로 변하기 전까지는 분명 가족의 생계를 짊어지고 있는 소중한 존재였는데, 이제는 짐덩어리 취급을 받게 되는 것입니다. 그런데 이 이야기에서 주인공의 처지가 변한 원인이 무엇이냐에 대해서는 두 가지 관점이 존재할 수 있습니다. 첫 번째 관점은 주인공이 노동력을 잃었기 때문입니다. 이렇게 생각한다면 불행이 이어지는 이유는 첫 번째 불행이 두 번째 불행의 원인이 되었기 때문이라고 생각할 수 있습니다. 하지만, 좀 다른 관점에서 생각해보면 진정한 원인은 노동력의 상실이 아니라, 주인공을 '돈을 벌어오는 존재'로만 여기고 있는 비뚤어진 가족관계에서 찾을 수도 있습니다. 이 경우 주인공이 노동력을 잃은 것은 불행의 원인이 아니라 비뚤어진 가족관계를 되새기게 되는 계기일 뿐입니다. 즉, 주인공은 벌레로 변하면서 불행해진 것이 아니라 원래부터 불행했는데, 이를 눈치채지 못했을 뿐입니다.

사실, 고통과 불행은 인간의 삶에서 부정적인 역할만을 하는 것은 아닙니다. 고통과 불행을 만남으로써 비로소 삶에 대해 새로운 시각을 얻게 되는 경우가 있습니다. 찰스 디킨스 소설 속 스크루지 영감이 만난 유령은 그에게 고통스러운 과거와 현재와 미래를 보여주었지만, 그 결과 그는 자신의 삶을 반성하고 새로운 사람으로 다시 태어날 수 있었습니다. 이처럼 불행과 고통은 새로운 인식과 결단의 계기가 되기도 합니다. 이러한 관점에서 생각해보자면 우리가 불행의 연쇄라고 느끼는 것은 실은 불행의 연쇄가 아니라 불행을 계기로 자신의 삶을 되돌아보는 과정이라고 생각할 수 있을 것입니다.

물론 이 주장도 전혀 그릇된 것이라고 볼 수만은 없습니다. 우리는 주변에서 커다란 고통 속에서 삶에 대한 태도가 완전히 뒤바뀐 사람들을 종종 보게 됩니다. 평생을 수전노로 살던 사람이 죽음이라는 고통 앞에서 모든 재산을 기부하는 이야기는 그리 드문 일이 아닙니다. 하지만 이러한 가설 역시 한계가 있습니다. 고통이나 불행은 한편으로는 우리가 그것을 어떻게 생각하느냐에 따라 달라지는 주관적인 성격도 있지만, 명백한 사건을 통해 실현된다는 객관적인 성격도 있기 때문입니다. 〈오발탄〉 속에서도 철호에게 닥치는 불행들은 철호가 어떻게 인식하느냐와는 별개로 발생한 일들입니다. 그렇기 때문에 비록 철호가 불행을 통해 자신의 삶이 '오발탄'과 같은 존재라고 깨닫게 되는 측면이 있다 하더라도, 그것이 이어지는 불행을 모두 설명할 수는 없습니다. 더 나아가 불행을 단지 인식의 변화로만 바라본다면 실재하는 불행을 막기 위한 인간 역사의 모든 노력이 그 의미를 잃어버리게 됩니다.

불행의 개연성

그런데 여기서 다시 한번 생각해볼 문제가 있습니다. 주인공 철호가 겪는 사건들이 극단적인 경우는 맞지만, 그렇다고 그것이 비현실적이라고 할 수 있을까요? 철호가 겪는 불행들은 매우 다양한 성격을 갖습니다. 그것은 가난에 의한 것이기도 하고, 윤리적인 갈등이기도 하고, 질병의 문제이기도 합니다. 그러나 이 다양한 고통을 동시에 만나게 된다고 해서 우연적인 일이라고 볼 수는 없습니다. 이 불행들은 명백한 내적 연관성을 지니고 있기 때문입니다. 철호의 삶에서 불행은 그저 관계없는 우연적인 일이 동시다발적으로 발생한 것이 아닙니다. 철호가 겪는 불행들은 일어날 수 없는 일이 일어난 것이 아니라 일어날 수 있는 일이 일어난 것입니다. 그야말로 '개연성'이 있는 불행입니다. 그렇기에 철호가 겪는 불행들은 하나하나 나름의 인과성과 위계성을 지니고 있습니다.

무엇보다도 눈에 들어오는 것은 가난이란 불행입니다. 누이동생 명숙이 사람들에게 지탄을 받는 '양공주' 일을 하는 것도, 동생이 범죄에 손을 대는 것도 가난 때문입니다. 임신한 아내와 어린 자식들이 건강을 유지하기 힘든 것도, 철호가 충치를 치료하지 못하는 것도 가난 때문입니다. 그렇지만 가난 역시 불행의 최종적인 원인은 아닙니다. 이들이 가난한 삶을 살아야 하는 이유가 또 있기 때문입니다.

소설 속에서 흥미로운 것은 철호의 가족들이 나름의 능력을 가지고 있다는 점입니다. 동생 영호는 대학을 다니다 중퇴한 것으로 나옵니다. 소설 속 시대에서는 매우 높은 수준의 교육을 받았던 사람입니다. 철호의 아내도 마찬가지입니다. 그럼에도 그들은 가난을 벗어나지 못합니다. 전쟁으로 파괴된 한국 경제는 그들이 노동을 통해 돈을 벌 만한 일자리를 제공할 수가 없습니다. 그나마 형인 철호는 계리사 사무실에서 일을 하고 있지만 매우 낮은 임금으로 고통받고 있습니다. 실업자가 많다는 것은 일할 노동력이 넘쳐난다는 것이니 노동의 가치가 높아질 리 만무한 일입니다. 이렇게 생각한다면 철호가 겪는 불행의 뿌리는 전쟁이라는 역사적 상황일 것입니다.

그런데 다른 한편 꼭 일자리가 없다고 해서 가난의 고통을 겪는 것은 아닙니다. 현재 우리 사회에 존재하는 수많은 '건물주'들이 가난한 삶을 사는 것은 아닌 것처럼 말입니다. 한마디로 철호의 가족은 노동을 통한 수입이 없을 뿐 아니라 재산도 없는 것입니다. 왜냐하면 이들은 모든 재산을 북에 남기고(혹은 박탈당하고) 남으로 내려온 피난민이기 때문입니다.

> "가자!"
> 철호가 그의 집쪽으로 걸음을 옮겨 놓을 때마다 그만치 그 소리는 더 크게 들려왔다.
> 가자는 것이었다. 돌아가자는 것이었다. 고향으로 돌아가자는 것이었다. 옛날로 되돌아가자는 것이었다. 그것은 이렇게 정신 이상이 생기기 전부터 철호의 어머니가 입버릇처럼 되풀이하던 말이었다.
> 삼팔선, 그것은 아무리 자세히 설명을 해주어도 철호의 늙은 어머니에게만은 아무 소용 없는 일이었다.

그러니 철호의 어머니가 정신을 잃고 나서 '가자'라는 단어를 반복하는 것도 북에서 살던 과거의 삶과 남에서 살고 있는 현재의 삶이 너무나 큰 괴리를 보이기 때문이라고 이해할 수 있습니다. 여기서 철호의 불행을 만든 또다른 원인으로 분단을 꼽을 수 있습니다. 전쟁 역시도 분단의 산물이라는 점에서 철호 가족의 불행은 전쟁이라는 단일한 사건이 아니라, 분단이라는 역사적 과정의 산물이라고 보아야 할 것입니다.

불행은 어떻게 오는가

우리는 불행이 왜 홀로 오지 않는지에 대해 질문하면서 이야기를 시작했습니다. 그에 대한 대답으로 여러 가지 가설들을 생각해보고 살펴보면서, 우리는 점점 불행이라고 하는 것이 무엇인지에 대해 한 걸음 더 고민해보게 되었습니다. 불행은 때로는 주관적이기도 하고, 개인적이기도 합니다. 다른 한편으로 불행은 객관적이기도 하고, 사회적이기도 합니다. 동생 영호가 저지른 범죄는 영호 개인의 잘못된 판단으로 행한 개인적 일탈이기도 하지만, 그 뿌리에는 분단과 전쟁 속에서 비참한 삶을 강요한 한국의 현대사가 있습니다. 어떤 불행들은 우리가 생각을 고쳐먹기만 해도 사라지지만, 어떤 불행들은 개인이 그런 생각을 할 여유조차 허락하지 않습니다. 여기서 불행이 단지 우연의 산물이거나 주관적인 관점에 따라 달라지는 일이 아니라면, 개연성과 인과성을 통해 발생하는 객관적인 사건이라고 생각한다면, 우리는 불행을 만드는 존재, 우리를 '오발탄'으로 발사시키는 누군가가 존재한다는 가설로 다시 되돌아가게 됩니다. 우리의 삶에 연달아 불행을 안겨주는 초월적인 힘이 존재한다는 가설 말입니다.

그러나 우리는 이 가설을 약간 변형할 필요가 있습니다. 우리의 삶에 불행의 연속성을 만드는 초월적인 힘이 반드시 신이나,

우주의 질서와 같이 거창한 존재가 아니라고 생각해볼 수 있는 것입니다. '초월적인 힘'이란 개인이 자각할 수 없고, 개인이 그것을 극복하기 어려운 힘을 말합니다. 그렇다면 사회나 역사의 힘도 역시 개인의 입장에서는 '초월적인 힘'이라 말할 수 있을 것입니다. 이렇게 생각해 본다면 우리는 늘 '초월적인 힘'의 영향 아래서 살아갑니다. 우리가 누리는 문화나 사회제도는 모두 우리의 삶을 결정하는 힘이지만 개개인이 그것을 바꿀 수는 없습니다. 철호의 비극을 만든 힘, 오발탄을 발사한 분단과 전쟁이라는 힘도 철호나 철호 가족들의 힘만으로는 극복하기 어려운 '초월적인 힘'입니다.

그러나 그 힘은 분명 신이나 우주의 질서와 같은 신비한 존재는 아닙니다. 그 '초월성'은 어디까지나 개인에 대한 초월성이지 인류 전체에 대한 초월성은 아닙니다. 만약 불행을 만드는 힘이 인류 전체를 초월하는 힘이라면 우리가 할 수 있는 유일한 노력은 그 힘에게 자비를 구하는 것뿐이지만, 그 초월성이 단지 개인에 대한 것이라면 우리는 불행의 연쇄에 대항할 수 있습니다. 개인이 힘이 아니라 집단의 힘을 통해 우리는 불행을 멈출 수 있습니다. 왜냐하면 초월적 힘이 결국 사회와 역사의 힘이라면 그것을 만드는 근본적인 힘 역시 인간의 집단적 힘이고, 그것을 바꿀 수 있는 것도 인간의 집단적 힘이기 때문입니다.

〈오발탄〉은 1959년 발표된 소설입니다. 60년이 지난 오늘 시점에서 소설을 봅시다. 소설 속의 불행이 완전히 사라졌다고 말할 수는 없을 것입니다. 가난과 실업, 범죄와 질병은 여전히 남아 있습니다. 그러나 그렇다고 해서 우리 사회가 60년 전과 똑같은 불행을 겪고 있다고 말할 수 있는 사람은 아무도 없습니다. 단적으로 더 이상 돈 때문에 충치조차 치료받지 못하는 상황은 사라졌습니다. 만약 각자가 각자의 불행에 대처해야 했다면 우리중 누군가는 여전히 '초월적인 힘'에 의해 고통받아야 했을 것입니다. 이러한 사례는 우리가 불행과 고통을 왜 늘 생각해야 하는지를 말해줍니다. 우리는 각자의 삶에 닥친 불행만을 고민해서는 안됩니다. 각자가 각자의 삶을 고민한다면 불행은 언제까지나 '초월적인 힘'으로 남게 됩니다. 내가 겪고 있지 않지만 언젠가는 나에게도 닥칠 수 있는 '불행의 개연성'에 대해 생각할 때에 우리모두는 비로소 '오발탄'의 신세에서 벗어나게 됩니다.

왜 불행과 고통의 소설을 읽는가

불행과 고통의 삶을 다룬 소설을 읽는 것은 즐겁기보다는 괴로운 경험입니다. 그럼에도 작가들은 끊임없이 고통과 불행의 이야기를 만들어냅니다. 그런 까닭에 우리는 종종 왜 작가는 이토록 극단적인 고통과 불행의 이야기를 만들어내는 것이고, 우리는 왜 그것을 읽어야 하는지 되묻게 됩니다.

소설은 인간의 삶을 다루고, 인간에게는 늘 고통이 따릅니다. 아무리 즐겁고 편한 삶이라도 나름의 고통이 없는 삶은 존재하지 않습니다. 물론 불행과 고통을 주관적인 것이라고 생각하는 사람들은 고통을 일종의 도전이라 여기고, 고통을 극복하고 성장하는 데서 삶의 보람을 찾기도 합니다. 그러나 고통을 도전으로 생각할 수 있는 것은 그것이 개인의 삶을 완전히 지배할 수 없을 때만 가능한 일입니다. 개인의 노력으로는 도저히 극복할 수 없을 정도로 거대한 고통 앞에서는 누구나 희망을 잃어버리고 불행의 늪에 빠져들기 마련입니다.

이런 까닭에 진지하게 인간을 성찰하는 소설일수록 거대한 고통을 다루기 마련입니다. 개인의 노력으로 극복할 수 있는 주관적인 고통과 불행에 대해서 우리가 할 수 있는 말, 해야 하는 말은 정해져 있기 때문입니다. 우리의 삶에 대해서 본질적인 질문을 던지게 만드는 것은 노력을 통해 극복할 수 있는 그런 종류의 고통이 아닙니다. 진지한 소설 속에서 우리는 개인의 삶을 뿌리부터 위협하는, 치밀하고 촘촘한, 무겁고 두터운 고통들을 만나게 됩니다. 당연히 그 고통을 짊어지고 이야기를 이끌어가는 소설 속 인간의 삶은 대체로 불행합니다. 더더욱 끔찍한 것은 소설 속의 고통이 무거우면 무거울수록, 등장인물의 삶이 불행하면 불행할수록 그 해결책은 소설 속에 명확히 드러나지 않는다는 사실입니다.

그러나 그것은 어찌 보면 매우 당연한 일입니다. 고통과 불행이 거대하면 거대할수록 그 해결책은 소설 속에 존재할 수 없습니다. 고통과 불행을 만드는 그 '초월적인 힘'을 극복할 수 있는 것은 오직 소설을 읽는 '우리'에게 있기 때문입니다. 이야기를 만드는 작가도, 불행을 겪고 있는 주인공도, 그것을 읽고 있는 독자도, 혼자서는 그 거대한 힘에 맞설 수 없습니다. 왜냐하면 이들은 모두 낱낱의 개인들이기 때문입니다. 독자가 소설 속의 불행을 통해, 내가 아닌 남의 불행에 공감할 때 비로소 우리 모두가 '오발탄'이 될 처지라는 것을 자각하고, '너의 불행'을 '우리의 불행'이라 생각하며, 그것을 만들어 내는 '초월적인 힘'을 자각하게 됩니다.

그러므로 아주 당연하게도 소설 속에 불행의 해결책은 없습니다. 해결책은 우리 안에 있기 때문입니다. 이것이 바로 작가 고통과 불행의 이야기를 끊임없이 창조하고, 우리가 그것을 읽어야 하는 이유일 것입니다.

'나'와 다른 '너'

동백꽃

사랑 손님과 어머니

지하촌

하나코는 없다

김유정, 〈동백꽃〉

나는 점순이가 아니고,
점순이는 내가 아니다

이 소설은 무엇보다 재미있고 유쾌합니다. 주된 사건도 사춘기 남녀의 '썸'을 다루고 있으며, 소설의 분위기도 일제강점기 소설 하면 흔히 떠오르는 암울함과도 거리가 멀어, 읽는 내내 가벼운 마음으로 읽을 수 있습니다. 이 소설이 가진 유쾌함의 비밀은 '전복'이라는 말에 있습니다. 말 그대로 배 위아래를 뒤집듯이 우리가 가진 생각을 뒤집는 것입니다.

가장 첫 번째로 드러나는 전복은 남성과 여성의 관계에서 시작합니다. 소설에서 여자인 점순이가 보다 적극적으로 '작업'을 걸고 남자인 주인공은 소극적인 태도를 취하는데, 이것은 그간 우리가 지녀온 남성과 여성에 대한 통념을 뒤집는 것입니다. 남성과 여성의 통념을 뒤집어 놓는다는 것은 다른 한편 사회적 약자와 강자의 역할을 뒤집어 놓는 것이 됩니다. 물론 점순이는 여성이라는 점에서는 사회적 약자이지만 마름의 딸이라는 점에서는 강자입니다. 그래서 점순이의 적극적 태도가 현실적으로 느껴지는 것이지요. 하지만 소설에서 표면적으로 드러나는 것은 남성과 여성의 관계이니 표면적인 측면에서는 사회적 관계가 전복된 것이라 보아도 될 것입니다.

유쾌하고 통쾌한 전복의 비밀

만약 이 소설에서 남녀의 역할이 뒤바뀌었다고 하면 어떨까요? 점순이가 주인공한테 '작업'을 거는 것이 아니라, 남성인 주인공이 여성인 '점순'이한테 작업을 거는 상황이라면 유쾌하기는커녕 찜찜함과 불편함만 느껴졌을 것입니다. 일반적인 통념에서 사회적 약자로 여겨지는 여성이 사회적 강자로 여겨지는 남성과 자리를 바꿔 이야기가 진행되기 때문에 이 소설의 이야기는 우리에게 재미와 유쾌함을 주는 것입니다. 문학이란 이처럼 현실을 반영하면서도, 현실을 뒤집고 탈출하는 이중성을 통해 우리에게 새로운 생각과 감정을 전해주는 역할을 합니다.

또 이 소설은 승리와 패배, 이기고 지는 일에 대한 생각도 뒤집어 놓습니다. 사실 이 소설 줄거리는 아주 간단합니다. 한 줄로 요약하자면 점순이가 마음에 든 주인공한테 계속 '작업'을 거는데 이 '둔탱이'가 못 알아차리고 갈등이 깊어지다가 '닭싸움'을 계기로 약점을 잡아 자신의 뜻을 '확실하게' 전달한다는 것입니다. 그런데 재미있는 것은 주인공이 점순이한테 유일하게 복수하고 이긴 일이 '닭싸움'이라는 사실입니다.

주인공은 소작농의 자식이고, 점순이는 마름의 딸입니다. 마름은 지주를 대신해서 농지를 관리합니다. 자기 땅을 가지지 못한 소작농은 어떻게든 마름에게 잘 보여서 좋은 농지를 얻어야만 합니다. 설혹 잘못 보이면 농사를 지을 땅을 얻지 못하거나, 땅을 얻더라도 아주 안 좋은 땅에 배정될 수도 있습니다. 이런 상황에서 주인공은 늘 점순이에게 질 수밖에 없습니다. 이런 상황에서 유일하게 점순이에게 이기려고 마음먹은 것이 닭싸움입니다. 주인공 입장에서는 정말 큰맘 먹고 반항한 것입니다. 하지만 닭싸움 승리는 결과적으로 주인공이 처지를 위기에 빠뜨리는 가장 큰 패배가 됩니다. 점순이네 닭이 죽어버렸기 때문입니다. 이제 주인공은 승리자에서 패배자로 전락합니다. 거꾸로 점순이는 닭싸움에서는 졌지만 그것을 계기로 자기가 원하는 바를 얻을 수 있었습니다. 패배가 승리로 뒤바뀐 것입니다.

만약 주인공이 원하던 대로 점순이에게 이겼다면 어떻게 되었을까 생각해보면 더욱 재미있는 결론에 도달합니다. 주인공이 점순이에게 이겼다면 점순이의 마음을 영원히 알지 못하고 서로 앙숙지간이 돼서 살아갈 가능성이 높았을 겁니다. 닭싸움을 통해 점순이한테 완전히 패배했기 때문에 주인공도 점순이의 마음을 알게 된 것이죠. 그러니 이 소설에서 패배는 승리가 되고, 승리는 패배가 됩니다. 생각해보면 우리의 삶도 비슷한 부분이 있습니다. 우리는 누구나 패배를 싫어하고 승리하고 싶어 합니다. 하지만 지금의 승리가 과연 어떤 결과를 불러올지에 대해서 우리는 알 수가 없습니다. 오늘의 승리가 내일의 패배가 될 수 있고, 오늘의 패배가 내일의 승리가 될 수 있습니다. 그렇다면 과연 우리는 어떻게 승리와 패배를 바라봐야 할까요?

언어가 만들어 내는 오해들

언제 구웠는지 더운 김이 홱 끼치는 굵은 감자 세 개가 손에 뿌듯이 쥐였다.

"느 집엔 이거 없지?"

하고 생색 있는 큰소리를 하고는 제가 준 것을 남이 알면은 큰일 날 테니 여기서 얼른 먹어 버리란다. 그리고 또 하는 소리가,

"너 봄감자가 맛있단다."

"난 감자 안 먹는다. 너나 먹어라."

나는 고개도 돌리지 않고 일하던 손으로 그 감자를 도로 어깨 너머로 쑥 밀어 버렸다.

그랬더니 그래도 가는 기색이 없고, 뿐만 아니라 쌔근쌔근하고 심상치 않게 숨소리가 점점 거칠어진다. 이건 또 뭐야 싶어서 그때에야 비로소 돌아다보니 나는 참으로 놀랐다. 우리가 이 동네에 들어온 것은 근 삼 년째 되어 오지만 여태껏 가무잡잡한 점순이의 얼굴이 이렇게까지 홍당무처럼 새빨개진 법이 없었다. 게다 눈에 독을 올리고 한참 나를 요렇게 쏘아보더니 나중에는 눈물까지 어리는 것이 아니냐. 그리고 바구니를 다시 집어 들더니 이를 꼭 악물고는 엎어질 듯 자빠질 듯 논둑으로 횡하게 달아나는 것이다.

마지막으로 이 소설이 뒤집어 놓는 것은 언어와 소통에 대한 우리의 생각입니다. 우리는 말을 통해 다른 존재를 이해한다고 생각합니다. 그러나 이 소설에서 점순이와 주인공의 관계를 결정적으로 틀어지게 한 것은 "늬 집엔 이거 없지?"라는 점순이의 '말'이었습니다. 언어가 다른 사람을 이해하게 하는 것이 아니라 오해와 갈등을 만들고 있는 것입니다. 오히려 점순이가 자신의 마음을 주인공에게 제대로 전한 결말에서 점순이는 언어가 아니라 행동을 선택합니다. 언어가 이해를 방해하고, 진정한 이해는 언어 없이 이루어진다는 점에서 이 소설은 언어에 대한 전복적 상황을 담고 있다고 볼 수 있습니다.

여기서 우리는 상상력을 발휘해서 점순이의 마음은 어땠을까 생각해볼 필요가 있습니다. 당시의 시대 상황에서 아무리 마름의 딸이라 하더라도 여자애가 남자애에게 마음을 전달하는 것은 매우 어려운 일이었을 것입니다. 그러니 점순이가 고른 말은 모두 엄청난 용기를 내서 선택하고 전달한 것이겠지요. 그런데 주인공에게 그 말은 전달되지 않습니다. 오히려 말할 때마다 싸움만 늘어납니다. 점순이는 얼마나 슬프고 답답했겠습니까?

우리 역시 점순이와 비슷한 경험을 할 때가 종종 있습니다. 선의로 한 말이 오해를 불러오고, 비난의 말로 돌아올 때를 종종 경험합니다. 그럴 때마다 우리는 인간 언어가 과연 너와 나를 이해할 수 있는 제대로 된 도구인지, 아니, 근본적으로 너와 내가 서로를 이해하는 것이 가능한 일인지 고민하게 됩니다. 이제 이 문제에 대해 조금 더 자세히 생각해보도록 해보겠습니다.

너의 말을 나는 제대로 이해할까

우리는 흔히 강아지가 반가워서 꼬리를 흔든다고 말합니다. 하지만 그걸 어떻게 알 수 있을까요? 강아지가 꼬리는 흔드는 이유는 강아지만 알 것입니다. 우리 생각처럼 반가워서 꼬리를 흔들 수도 있지만 보기 싫어서 꼬리를 흔드는 것인지, 아니면 밥을 달라고 꼬리를 흔드는 것인지, 그것도 아니면 혹시 모르지요. 이렇게 하면 인간이 좋아하니 인심 쓰듯이 꼬리를 흔들어주는 것인지 우리는 알 수 없습니다. 왜냐하면 우리는 강아지가 아니기 때문입니다.

우리가 모르는 것은 동물의 마음뿐만은 아닙니다. 다른 사람 마음도 우리는 근본적으로 알 수 없습니다. 왜냐하면 나는 나이고, '너'가 아니기 때문입니다. 그럼에도 인간은 다른 어떤 동물보다도 다른 존재를 이해해야만 합니다. 기본적으로 인간은 혼자 살아갈 수 없는 '사회적 존재'이기 때문입니다. '너'의 생각과 감정을 이해하고, '나'의 생각과 감정을 전달하는 것은 공동의 삶을 지속시키기 위해 반드시 필요한 과정입니다.

그래서 나를 표현하고 너를 이해하기 위한 인간의 노력은 끊임없이 지속되어 왔습니다. 첫 번째 단계는 표정과 몸짓이었죠. 그 과정에서 인간은 다양한 표정을 만들 수 있는 얼굴 근육과, 다른 사람의 얼굴 표정에 민감하게 반응할 수 있는 능력을 진화시켜 왔습니다. 그러나 이것만으로는 '너'의 마음을 완전히 알수는 없습니다. 표정과 몸짓이 전달할 수 있는 내용은 한계가 있기 때문입니다. 그래서 인간은 언어를 만듭니다. 언어는 표정이나 몸짓보다 더 훨씬 구체적이고 다양한 내용을 전달할 수 있습니다. 처음에는 말로, 그리고 문자로. 그리고 최근에는 그림과 문자가 결합한 이모티콘까지. 인간은 보다 정확히 나를 표현하고 너를 이해하기 위해 언어를 사용한 최초의 동물이기도 합니다.

그렇다면 우리는 과연 언어를 통해 다른 사람 마음을 정확하게 이해할 수 있게 된 것일까요? 잠깐만 우리들의 경험을 되돌아보면 그렇지 않다는 것을 쉽게 알 수 있습니다. 우리가 사용하는 언어는 때때로 타인의 마음을 이해하는 수단이 되기도 하지만, 때로는 타인의 마음을 왜곡하고 오해하는 계기가 되기도 합니다. 언어는 지금 이 순간에도 일어나고 있는 수많은 갈등과 분쟁의 씨앗이기도 한 것입니다.

인간의 언어는 근본적으로 불완전하고 모호합니다. 흔한 예로 "너 참 훌륭하다"는 말도 맥락과 어투에 따라 칭찬도 비난도 될 수 있는 것이 인간의 언어입니다. 이런 까닭에 언어는 그 자체로 말하는 이의 명확한 뜻을 전달하는 것이 아니라, 듣는 이의 해석에 의해 그 본래 뜻이 드러나기 마련입니다. 마찬가지로 말하는 사람 역시 자신의 뜻을 전달하기 적합하다고 판단한 언어를 선택합니다. 이 해석과 선택의 과정은 말하는 이와 듣는 이 각각의 경험에 의해 이루어집니다. 즉, 말하는 이는 자신의 경험에 따라 언어를 선택하고, 듣는 이 역시 자신의 경험에 의해 언어를 해석합니다. 그러나 여전히 말하는 이는 듣는 이가 아닙니다. 말하는 이의 경험은 듣는 이의 경험이 아닙니다. 그 결과 우리는 말한 것을 듣지 못하고, 말하지 않은 것을 말한 것으로 착각하게 됩니다.

그런데 여기서 한 걸음 더 나아가면 언어의 역할을 보다 비관적으로 보는 관점도 있습니다. 이 관점은 언어란 본래 거짓말을 말하기 위해 만들어졌다는 시각입니다. 자연계에서 모든 동물은 생존경쟁을 합니다. 생존경쟁에서 승리하기 위해서는 다른 경쟁자보다 더 많은 먹이를 확보하고, 천적의 위험으로부터 안전하게 도망쳐야 합니다. 즉, 자신의 경쟁자나 천적을 속여야 할 필요가 있습니다. 이를 위해 거짓 정보를 전달해야 할 필요가 생겨났고, 그 수단이 바로 언어라는 주장입니다. 이러한 관점에서 생각해보면 우리의 언어는 본래 거짓을 말하기 위해, 다른 존재를 속이기 위해 만들어진 것입니다. 그러니 말을 많이 하면 할수록 다른 사람을 이해할 수 없게 됩니다. 사실 스님들이 수행하면서 오랜 기간 동안 침묵하거나 우리가 쉽게 이해할 수 없는 함축적인 언어를 쓰는 이유도 바로 여기에 있다고 합니다.

문제는 언어가 만약 이렇게 근본적으로 불완전하거나 더 나아가 남을 속이기 위한 도구에 지나지 않는다면 우리는 중요한 질문을 만나게 됩니다. 그렇다면 나는 너를 어떻게 이해해야 할까요? 우리는 영원히 다른 존재, 이해할 수 없는 존재로 남아야 하는 것일까요?

내가 너를 이해하려면

여기서 우리는 한 가지 오해에 대해서 생각해볼 필요가 있습니다. 그것은 언어가 불완전하다는 말에 대해서입니다.

불완전이라는 말은 말 그대로 완전하지 못하다는 것이지, 어떠한 기능도 하지 않는다는 말은 아닙니다. 언어는 여전히 기능합니다. 때때로 그것이 제대로 역할을 하지 못하거나, 아니면 부정적인 영향을 끼칠 때는 분명히 있습니다. 하지만 언어는 많은 경우 내가 너를 이해하게 만드는 가장 중요한 가능성입니다. 그리고 그것은 가능성이라는 말에서 알 수 있듯이 고정된 것이 아니라 나와 너의 노력을 통해 꾸준히 발전하는 것입니다. 그러니 우리는 때때로 일어나는 언어의 오작동뿐만 아니라 언어를 통해 서로를 이해하는 긍정적인 경험 역시 소중히 해야 하고, 그 경험을 쌓기 위해 노력해야만 합니다. 인간의 사회가 이만큼 기능하게 만든 가장 중요한 기반 역시 언어를 통해 이루어진 서로의 소통과 이해라는 점 역시 잊어서는 안될 것입니다.

그럼에도 우리는 여전히 이해와 소통의 어려움을 겪고 있다는 것을 부정할 수 없습니다. 어떤 사람들은 이 문제가 전적으로 언어의 문제라 생각해 언어 자체를 고치려고 시도했습니다. 그들은 언어가 가진 한계가 언어의 모호함, 즉, 하나의 어휘가 다양한 뜻을 담고 있기 때문이라고 생각해 언어를 세분화시킴으로써 언어를 수학기호와 같이 명료하고 단순하게 만들고자 했습니다. 그러나 이 시도는 당연히 실패했습니다.

예를 들어 '의자'라는 말이 있다고 생각해봅시다. 이 단어는 생김새에 따라, 재질에 따라 무수히 많은 단어로 나누어져 표현되어야 합니다. 그뿐일까요? 10시 10분의 의자와 10시 11분의 의자는 같은 단어를 써도 될까요? 10분 30초의 의자와 10분 31초의 의자는 어떨까요? 이처럼 단어가 무수히 쪼개진다면 우리는 그 단어의 의미에 대해 공통의 인식을 가질 수 있을까요? 결국 단어를 명료하게 나누면 나눌수록 그 단어는 의사소통의 역할을 하기 힘들어질 것입니다. 왜냐하면 그 의미에 대한 세세한 합의가 불가능해지기 때문입니다.

이처럼 '완전한 언어'를 만드는 것이 불가능하다면 주인공은 점순이를 어떻게 이해할 수 있을까요? 여기서 우리는 왜 언어가 불완전한지를 다시 한번 생각해보아야 합니다. 언어는 그 자체가 다양한 뜻을 담고 있습니다. 그 중에 말한 이의 정확한 의도가 무엇인지를 알기 위해서는 그 언어를 둘러싼 다양한 외부요소들을 내 경험으로 해석하는 과정이 필요합니다. 언어의 실패란 이처럼 해석의 실패이고, 그것은 곧 말한 이와 나의 경험이 다르기 때문에 발생합니다. 〈동백꽃〉에서 점순이와 주인공의 관계에서도 이것은 명확히 드러납니다. 마름의 딸로 비교적 풍족한 상황에서 자라난 점순이는 "늬 집엔 이거 없지?"가 놀림으로 들릴 것이라는 생각을 전혀 할 수 없었습니다. 점순이의 입장에서 감자 따위는 하찮은 물건으로, 누구를 놀릴 수 있는 가치가 아니기 때문입니다. 하지만 늘 굶주림에 시달리는 소작인의 입장에서 이 말은 다르게 해석될 수밖에 없습니다. 점순이가 자신의 경제력을 과시하는 행위로 해석되고, 이것은 자신을 멸시하는 언행으로 이해되기 때문입니다. 다른 한편 사회적 강자의 위치에 있는 점순이는 자신이 강자라는 점을 명확히 인식하고 있지 못하지만, 사회적 약자의 처지에 있는 주인공은 그것을 명확히 인식하고 있기 때문에 발생한 문제라고 볼 수도 있습니다.

이처럼 경험과 처지의 차이에서 언어가 실패한다면 우리가 생각해볼 수 있는 첫 번째 방법은 경험과 처지를 일치시키는 것입니다. 모든 사람이 같은 처지에 같은 경험을 한다면 우리는 언어를 같은 의미로 해석하지 않을까요? 그러나 이것은 근본적인 해결책이 되기 힘듭니다. 불가능하기도 하고요. 현실적으로 우리의 차이는 사회적, 경제적 차이뿐만 아니라 개개인의 고유 개성에서 비롯됩니다. 설혹 우리가 사회 경제적 차이를 없앤다 하더라도 인간이 공장에서 표준생산된 로봇이 아닌 한 우리는 여전히 다른 경험과 해석을 하게 됩니다. 더 나아가 〈동백꽃〉에서 점순이와 주인공이 보이는 경험의 차이는 남성과 여성이라는 생물학적인 차이에서도 비롯됩니다. 이것을 근본적으로 일치시키는 것은 무성생물로 돌아가야 가능한 일이라고 할 수 있습니다.

그러나 그렇다고 이 발상이 전혀 의미가 없는 것은 아닙니다. 우리가 비록 타인과 완벽하게 경험을 일치시킬 수는 없다 하더라도, 우리는 타인의 경험을 상상하고 유추할 수는 있습니다. 그것을 위해서 우리는 공통경험을 넓혀나가야 합니다. 이 공통경험의 형성을 방해하는 것이 바로 사회적 불평등과 차별입니다. 극단적으로 부유한 사람과 극단적으로 빈곤한 사람이 서로 다른 공간에서 평생 마주치지 않고 살아간다면 그들은 서로를 이해할 수 있는 공통경험을 얻을 수 없습니다. "빵이 없으면 케이크를 먹으면 된다"는 유명한 말은 극단적 불평등이 어떻게 이해의 장애물이 되는 지를 보여주는 좋은 사례입니다. 또한 불평등과 차별은 자신의 마음을 제대로 표현할 수 없도록 합니다. 점순이 역시 그렇게 에둘러 표현할 수밖에 없었던 이유 중에는 여성에 대한 사회적 차별이 있다고 볼 수 있을 것입니다. 따라서 현대 사회가 불평등과 차별을 줄여나가기 위해 노력하는 것은 내가 너를 이해하기 위한 노력이라는 의미도 담고 있다고 볼 수 있습니다.

내가 점순이가 아니고, 점순이가 내가 아닌 이유

그러나 너와 내가 다른 이유가 반드시 사회적 이유만은 아니라는 점에서 사회적 불평등과 차별을 없애려는 노력만으로는 서로를 이해하고 소통하기에 충분하지 않습니다. 우리는 태어날 때부터 서로 다릅니다. 그렇기에 사회적 노력 못지않게 우리 개개인의 노력 역시 중요합니다. 그 중 가장 중요한 것은 단순하게도, 포기하지 않는 것입니다. 〈동백꽃〉에서 점순이는 주인공과 다릅니다. 사회적, 경제적 위치는 물론 성격도, 성별도 다릅니다. 그래서 자신의 마음을 이해시키는데 어려움을 겪습니다. 그러나 결국 점순이는 자신의 마음을 어떻게든 전달해 냅니다. 그것은 포기하지 않았기 때문입니다. 그러므로 우리는 이해와 소통이 가능한지를 묻기 전에 그것을 위해 무엇을 해야 할 것인지를 고민해야 하는 것입니다.

또한 우리는 내가 점순이가 아니고, 점순이가 내가 아닌 이유를 잊지 말아야 합니다. 〈동백꽃〉의 갈등을 단순히 남녀 사이의 이야기로 받아들일 수만은 없습니다. 우리는 살아가면서 다양한 사람들을 만납니다. 그 다양한 사람들은 내가 아니기에 때때로 우리는 서로를 이해하지 못합니다. 중요한 것은 그것을 당연한 일로 받아들여야 한다는 사실입니다. 우리는 서로 다르기에 가치 있는 존재가 됩니다. 나와 다른 너는 이상한 존재가 아니라 나의 존재에 의미를 부여하는 반쪽이며, 나에게 새로운 시각을 열어주는 스승입니다.

　점순이와 내가, 너와 내가, 서로를 이해하지 못하고 소통하지 못하는 것은 당연한 일입니다. 원래부터 당연한 일이기에 우리는 노력해야 하고, 실패를 통해 배워야 하는 것입니다. 그럼에도 세상에는 그러한 사실을 자주 잊어버리는 사람들이 많습니다. 그런 사람들은 다른 사람을 이해하지 못할 때마다 늘 그 원인을 다른 사람에게서 찾고, 왜 자신과 다르냐고, 왜 이해를 하지 못하냐고 화를 냅니다. 그리고 그 결과 점점 타인을 이해할 수 있는 능력을 잃어버리게 됩니다.

　그러므로 우리는 늘 되새겨야 합니다. 나는 점순이가 아니고, 점순이는 내가 아니라는 사실을 말입니다.

주요섭, 〈사랑 손님과 어머니〉

나의 눈, 너의 눈,
그리고 '옥희'의 눈

〈사랑 손님과 어머니〉는 한국인들에게 가장 널리 알려진 작품 중 하나이고, 많은 이들이 재미있어 하는 작품입니다. 사랑의 감정과 사회적 금기 속에서 갈등하는 젊은 어머니의 모습을 어린 딸의 눈으로 바라본 이 작품은 소설에서 시점이 갖는 의미와 효과를 이해할 수 있는 대표적인 작품입니다. 특히, 옥희라는 천진난만한 아이의 시각을 통해 평범한 사건을 재구성함으로써, 독자들이 사건의 뿌리에 놓여있는 부당한 사회적 관습, 낡은 윤리의식을 반성적으로 되돌아보도록 만든다는 점은 매우 높은 문학적 성취라고 할 수 있을 것입니다.

물론 관찰자 역할인 옥희의 비중이 너무 커 문제의 당사자라고 할 수 있는 어머니에 대한 감정이입이 때때로 방해받는다는 점, 그래서 이 작품의 진지한 문제의식이 가려지는 경우가 많다는 점은 아쉬운 점입니다. 하지만 시대적 차이에 따른 어색함을 걷어

내고 이 작품을 본다면 우리는 이 세상을 바라보는 보다 넓은 시각을 배울 수 있을 것입니다. 이를 위해서 먼저, 문학적 표현이 갖는 특징과 소설의 다양한 시점이 어떤 의미를 지니고 있는지부터 생각해보고자 합니다.

문학은 왜 말을 '꼬아' 놓을까

문학작품의 가장 큰 특징은 말을 '꼬아놓는' 것입니다. 즉, 우리가 평상시에 늘 사용하는 단어와 표현 대신에 새로운 단어와 표현을 쓰는 것입니다. 따라서 우리는 문학작품을 읽을 때마다 말에 숨은 작가의 뜻을 고민하게 되고, 그것이 때때로 짜증을 불러오는 경우도 있습니다. "아니, 왜 이렇게 말을 꼬아놨지.", "이게 대체 뭔 소리야." 소리가 절로 나옵니다. 특히 어린 학생들은 일부러 이렇게 말을 꼬아놓은 작가를 욕하곤 합니다. 그냥 알아듣기 쉽게 쓰면 될 것을 이렇게 꼬아서 표현하다니. 심사가 어지간히 꼬인 사람이든지, 아니면 잘난 척하는 맛에 사는 사람임이 분명하다고 확신하곤 합니다. 하지만 우리가 생각해보아야 할 것은 작가들이 말을 '꼬아 놓는' 것은 일부러 알아듣기 힘들게 하려는 것이 아니고, 더 잘 말하기 위한 노력의 결과라는 사실입니다.

여기서 작가들의 입장을 이해하기 위해서 우리가 평소에 쓰는 말이 어떤 것인지 생각해봅니다. 우리는 평소에 산을 '산'이라 하고, 강을 '강'이라 부릅니다. 우리가 산을 산이라 하고 물을 물이라 하는 이유는 그것이 사회적 약속이기 때문입니다. 이러한 약속은 한편으로는 우리가 생활하면서 꼭 필요한 의사소통을 원활하게 하지만, 다른 한편으로는 하나의 족쇄가 되기도 합니다. 왜냐하면 우리가 사용하는 말은 단지 사물을 가리키는 도구일 뿐만 아니라, 한 사회의 '상식'을 담고 있는 그릇이기 때문입니다.

예를 들어 '미망인'이라는 말이 있습니다. 남편이 죽은 부인을 말하는 단어이지만 이 말을 한자로 보자면 '未亡人'이 됩니다. 즉, 아직 죽지 않은 사람이라는 말이지요. 이것은 남편이 죽으면 부인도 같이 죽는 것이 당연하다는 과거 사회의 '상식'이 담긴 말입니다. 물론 현대 사회에 사는 우리들은 이러한 '상식'을 인정할 수도 없고, 또 미망인이라는 말을 쓴다고 그 상식에 동의한다고 받아들일 수도 없습니다. 그렇기 때문에 우리가 평소에 어떤 단어를 쓴다고 그 사람이 어떤 생각을 가지고 있다고 섣불리 판단할 수는 없습니다.

하지만 작가는 자신의 생각을 좀 더 정확하게 전달하고 싶어 합니다. 그리고 대체로 그가 전달하고자 하는 생각은 우리가 가진 생각과는 무엇인가 다른 것입니다. 방향이 다를 수도 있고, 방향은 같아도 깊이가 다를 수도 있습니다. 그 생각을 전달하는 데 있어 우리가 평소 쓰는 언어는 매우 부족한 수단일 수밖에 없습니다. 게다가 우리가 평소에 쓰는 말들이 숨기고 있는 '상식'은 과거의 잘못된 가치관이나 윤리관만이 아닙니다. 명확하게 정리되지 않은 수많은 '느낌들' 또한 말 속에 숨어 있는 것입니다. 가장 흔한 사례로 색이나 크기 형태를 지칭하는 수많은 말들을 생각해봅시다. 크다, 작다, 노랗다, 검다, 희다 등의 말은 단순히 사물의 상태에 대한 객관적인 표현뿐 아니라 각각의 느낌을 담고 있습니다. 우리가 쓰는 말이 이렇게 정해진 느낌을 담고 있다고 한다면, 무엇인가 '상식'과 다른 생각을 전달하려는 사람에게 우리가 평소에 쓰는 말은 늘 부족하게 느껴지기 마련입니다. 비유하자면 전혀 다른 느낌의 하늘과 바다를 그리고 싶어 하는 사람에게 사람들이 늘 생각하는 하늘과 바다의 색을 담은 물감만 주어진다면 어떻게 자기가 원하는 그림을 그릴 수 있겠습니까? 바로 이런 이유에서 작가들은 우리의 '상식'을 넘는 의사소통을 고민하게 되고 그것은 곧 다른 말과 표현의 탐색으로 이어지는 것입니다.

다르게 표현하기, 다른 시각으로 바라보기

그런데 문학작품을 창작할 때 시를 쓰는 사람과 소설을 쓰는 사람은 입장이 좀 다를 수밖에 없습니다. 시를 쓰는 사람은 말과 표현을 통해 자신의 감정과 생각을 그대로 전달할 수 있지만, 소설을 쓰는 사람은 사건을 통해 주제를 전달해야만 합니다. 그런데 소설 속 사건 자체는 독자들에게 제대로 전달이 되어야 합니다. 주인공이 결혼을 한 것인지, 이혼을 한 것인지, 살았는지, 죽었는지는 이해를 해야 그 사건을 통해 전달하고 싶은 작가의 생각을 전달할 수 있을 테니까요. 이런 점에서 시가 자유롭게 색과 형태를 그릴 수 있는 회화라면 소설은 '카메라'라는 사실적인 기록을 통해 표현하는 사진예술과 같다고 할 수 있을 것입니다.

그러나 회화와 마찬가지로 사진예술도 작가의 다양한 의도를 표현하는 방법입니다. 비록 사진이라는 객관적인 기록을 바탕으로 하지만 어떠한 필터와 조명을 쓰느냐, 더 중요하게는 무엇을 어떻게 찍을 것인지를 결정하는 과정에서 작가는 자신의 생각과 감정을 전달하는 방법을 모색하게 됩니다. 그중에서도 가장 중요한 것은 어떤 각도로 대상을 보여줄 것인가의 문제입니다. 사실 이러한 선택은 우리한테도 매우 익숙한데요, 휴대폰 카메라를 통해 셀카를 찍을 때 우리가 어떤 각도로 찍을 것인지 고민하는 것과 매우 유사합니다. 오른쪽에서, 왼쪽에서, 위에서, 아래에서 어떤 시각으로 보이는지에 따라 우리의 이미지가 변한다는 것을 우리는 셀카를 찍으면서 배울 수 있지요.

소설의 시점이라는 것 역시 카메라의 각도와 같습니다. 사건을 보여주는 카메라의 위치를 설정하는 것이라 할 수 있습니다. 하지만 소설의 시점에는 카메라의 각도와 크게 다른 것이 하나 있습니다. 소설의 각도 조절은 카메라의 그것보다 훨씬 범위가 넓다는 것입니다. 카메라는 상하좌우라는 공간적인 조절만이 가능합니다. 하지만 소설은 단지 공간적인 조절이 아니라 어디까지 파고들어 보여줄 것인지 그 공개영역까지도 조절가능합니다. 예를 들어 작가는 사건의 전체 양상과 그 사건에 관련된 인물들의 마음속까지 독자들에게 공개할 수도 있습니다. 이것이 바로 '전지적 작가 시점'이라는 것이지요.

그런데 사건의 전체 양상과 등장인물들의 마음까지 속속들이 보여준다면 마치 범인이 알려진 추리소설을 읽는 것과 같이 독자가 사건에 대해 추리해 볼 여지가 사라집니다. 이 경우 독자는 그저 정해진 사건의 흐름을 이해해야 하는 수동적인 존재가 될 우려가 있습니다. 그렇다면 독자에게 사건 일부를 공개하지 않고 능동적으로 사건을 재구성해보도록 특정 부분을 가려놓을 수도 있을 것입니다. 예를 들어 사건 일부만을 보여줄 수도 있을 것이고, 사건의 일부와 한 사람의 감정만을 보여줄 수도 있을 것입니다. 만약 작가가 사건 일부와 주인공의 심리를 보여주고자 한다면 주인공의 입으로 자신이 목격한 사건과 그것을 목격하면서 느낌 감정들을 설명하게 하면 됩니다. 이것이 1인칭 주인공 시점입니다. 여기서 더 나아가 주인공의 심리까지도 가려놓으려면 다른 등장인물이 자신이 목격한 부분만을 진술하게 하면 됩니다. 이것이 바로 3인칭 관찰자 시점입니다.

이제 셀카를 찍는다 생각하고 어떤 각도로 사건을 설명할지 생각해봅시다. 사건 자체를 이해시키는 것이 목적이라고 한다면 최대한 사건을 자세하게 들여다보도록 유도할 것입니다. 그렇다면 신이 내려다보듯이 사전 전체와 인물들의 심리까지 친절하게 설명하는 전지적 작가 시점을 선택하겠지요. 마치 유명한 관광지가 잘 보이도록 셀카를 찍는 것과 마찬가지입니다. 반면 소설 속의 사건이 아니라 그것을 경험하는 주인공의 심리가 더 중요하다면 그 심리를 누군가 단순히 설명하는 것보다는 자신의 마음을 주인공의 입으로 말하도록 하는 것이 더 좋을 것입니다. 이것은 셀카로 비유하자면 배경보다는 생생한 표정이 드러나도록 사진을 찍는 것과 같다고 할 것입니다.

이 두 가지 방식은 모두 독자에게 직접적으로 무엇인가를 알려줍니다. 그런데 가장 감명 깊은 깨달음은 누군가에게 직접 들은 것이 아니라 스스로 능동적으로 느끼는 가운데서 발생합니다. 말하자면 수수께끼의 답을 바로 듣는 것이 아니라, 여러 힌트를 통해 그 답에 도달했을 때 더 큰 재미를 느끼는 것과 동일합니다. 이 경우 작가는 주인공이나 신의 입이 아니라, 우리와 마찬가지로 제한된 눈과 인식을 가진 다른 인물의 입을 통해 힌트를 줍니다. 이것은 셀카로 비유하자면 자신의 위치나 감정을 추론할 수 있는 사물을 찍어 자신을 보여주는 방식과 같은 것이라 할 것입니다.

이렇듯 소설가는 다양한 시점으로 사건을 전달함으로써, 사건 그 자체의 줄거리 이상을 전달하려고 노력합니다. 그림을 그리는 사람이 물감과 붓을 고르듯이 시인이 말과 표현을 고민하는 것이며, 사진을 찍는 사람이 카메라 각도를 고민하듯이 소설가는 시점을 통해 어디까지 말할 것인지를 고민하는 것입니다. 이러한 문학적 표현은 물론 우리의 일상적인 표현과는 다릅니다. 그래서 때때로 우리는 그 의도를 알기 위해 고민해야 하지만, 그것은 어디까지나 자신의 생각을 더 잘 표현하기 위한 고민의 결과라고 생각해야 합니다. 그리고 우리는 그 고민의 결과를 하나씩 알아나가고, 소통에 성공할 때마다 우리가 쓰는 일반적인 말로는 다가갈 수 없는 문학의 가치를 배우게 되는 것입니다.

왜 '옥희'는 '여섯 살 난 처녀애'인가?

이제 다시 〈사랑손님과 어머니〉로 돌아가 봅시다. 이 작품의 가장 큰 특징은 어린 아이의 눈으로 사건을 바라본다는 것입니다. 작가는 소설의 처음부터 이야기를 전달하는 화자가 어떤 사람인지 알려주고 시작합니다.

> 나는 금년 여섯 살 난 처녀애입니다. 내 이름은 박옥희이고요. 우리 집 식구라고는 세상에서 제일 이쁜 우리 어머니와 단 두 식구뿐이 랍니다. 아차, 큰일났군, 외삼촌을 빼놓을 뻔했으니……

사실 여섯 살이라는 옥희의 나이도 생각해보면 재미있는 부분입니다. 어린 아이의 시각으로 이야기한다고 하더라도 왜 하필 여섯 살일까요? 흔히 '미운 일곱 살'이라는 말을 많이 씁니다. 일곱 살이라는 나이의 아이는 호기심이 왕성하고 끊임없이 질문을 던지기 때문에 나온 말입니다. 그러니 만약 옥희가 일곱 살이었으면 어머니에게 "왜 그래요?"라고 끊임없이 질문을 던졌을 것입니다. 그 경우 소설은 우리에게 지나치게 많은 정보를 제공합니다. 우리가 능동적으로 여백을 그려나갈 수 없는 것입니다. 반면 옥희가 다섯 살이라고 한다면 어머니를 관찰해서 얻을 수 있는 정보가 너무 적습니다. 다섯 살은 다른 사람의 감정이나 기분을 이해하기에는 너무 어린 나이이기 때문입니다. 따라서 독자가 화자의 말을 통해 사건을 능동적으로 해석하기 위해서 가장 적절한 나이로 옥희의 나이를 설정한 것이라 이해할 수 있습니다.

옥희가 아들이 아니라 딸로 설정이 된 것도 같은 맥락에서 이해될 수 있을 것입니다. 이 소설에서 사건을 이해하는 가장 중요한 힌트는 어머니의 복잡한 감정입니다. 한편 사랑 손님에게 끌리면서도 사회적인 비난을 두려워하는 복잡한 마음을 표현하기 위해서는 그 감정에 민감하게 반응하는 화자의 눈을 통해서 사건이 전달되어야 합니다. 타인의 감정에 민감한 것은 대개 남성보다는 여성이기 때문에, 아들이 아니라 딸 시점에서 사건을 전달하는 방식이 선택되었겠지요. 여기서 대비되는 것이 어머니를 바라보는 남성적 시각을 대표하는 외삼촌의 태도입니다.

> "야, 또 어데 나가지 말구 사랑에 있다가 선생님 들어오시거든 상 내가야지."
> 하고 말씀하시니까, 외삼촌은 얼굴을 찡그리면서,
> "제길, 남 어디 좀 볼일이 있는 날은 으레 끼니 때에 안 들어오고 늦어지니……"
> 하고 툴툴하겠지요. 그러니까 어머니는,
> "그러니 어짜갔니? 너밖에 사랑 출입할 사람이 어디 있니?"
> "누님이 좀 상 들구 나가구려. 요새 세상에 내외합니까!"
> 어머니가 갑자기 얼굴이 발개지고, 아무 대답도 없이 그냥 외삼촌에게 향하여 눈을 흘기셨습니다. 그러니까, 외삼촌은 흥흥 웃으면서 사랑으로 나갔지요.

옥희의 외삼촌은 어머니의 동생입니다. 중학교를 다닌다고 했으니 옥희보다는 나이가 많고 당연히 옥희보다 더 많은 것을 이해하고 있습니다. 그럼에도 옥희의 어머니, 즉 자신의 누나가 처한 상황을 공감하지는 못합니다. 자신은 새로운 교육을 받고 있는 입장이기 때문에 낡은 윤리에 얽매여 있는 누나를 이해하지 못합니다. 그렇다고 누나를 적극적으로 설득하는 것도 아니고 단지 '흥흥 웃으면서' 재미있어할 뿐입니다. 옥희가 어머니의 감정 변화에 늘 신경을 쓰면서 이야기를 전달하는데 반해 외삼촌은 방관자에 가까운 태도입니다. 그 차이는 남성과 여성의 차이이기도 하고, 연령에 따른 차이이기도 하고, 딸과 남동생이라는 입장의 차이이기도 합니다.

여기서 하나 흥미로운 생각이 떠오릅니다. 만약 옥희가 아니라 외삼촌 입장에서 이 작품이 쓰여졌다면 소설의 분위기는 어땠을까요? 〈사랑 손님과 어머니〉가 아니라 〈사랑 손님과 누님〉이었다면 말입니다. 이 경우 소설은 따뜻한 공감이 아니라 차가운 비판이 될 것입니다. 똑같은 이야기이지만 이렇듯 누구의 관점에서 전달되느냐에 따라 사건은 다른 색깔을 갖게 됩니다. 이는 소설에 대한 이야기일 뿐만 아니라, 우리가 어떻게 정보를 받아들여야 하는지에 대한 교훈도 담고 있습니다. 현대 사회를 살아가는 우리는 많은 정보를 받아들이면서 살아갑니다. 그 정보 중에는 사실도 있고, 거짓도 있습니다. 따라서 우리에게는 사실과 거짓을 판단하는 능력이 요구됩니다.

하지만 하나 더 생각해보아야 할 점은 사실은 언제나 불충분하다는 것입니다. 그것이 비록 사실이라 할지라도 그것이 우리에게 전달될 때는 누군가의 시각이 덧붙여져 전달되기 마련입니다. 마치 어머니의 일을 옥희가 전달하는지, 외삼촌이 전달하는지에 따라 전혀 다른 감정이 전해지듯이 말입니다. 따라서 우리에게 쏟아지는 정보들을 받아들일 때 우리는 사실과 거짓의 구분뿐만 아니라, 그것을 누구의 시각으로 보느냐도 중요하다는 사실을 잊어서는 안 될 것입니다.

나의 눈, 타자의 눈

'옥희'라는 화자가 갖는 가장 중요한 의미는 옥희의 눈이 '제 3의 눈'이라는 사실입니다. 당연하게도 옥희는 어머니가 아닙니다. 더 나아가 옥희는 소설을 읽는 독자도 아닙니다. 옥희의 눈은 고통을 겪는 주인공의 눈도 아니고, 그 고통을 우리 자신의 관점으로 판단하는 독자의 눈도 아닌 '제 3의 눈'입니다. 이렇듯 다른 눈이 되기 위해서는 다른 존재여야만 합니다. 같은 존재는 사물을 같은 시각에서 볼 수밖에 없기 때문입니다. 그래서 옥희는 어른이 아니라 여섯 살 난 아이입니다.

옥희가 바라보는 세상은 이해하기 어려운 세상입니다. 자신을 왜 '과부 딸'이라고 부르는 지, 어머니가 왜 달걀을 더 이상 안 사는지, 왜 슬퍼하는지 이해하지 못하면서 세상을 바라봅니다. 이해할 수 없고, 그래서 이상하다고 고개를 갸웃거리는 옥희의 시각은 분명 우리와 다른 시각입니다. 그 다른 시각을 통해 우리는 우리가 가진 시각을 되돌아보게 됩니다. 그것이 과연 이해 가능한 일인지, 그것이 과연 당연한 일인지 묻게 됩니다.

과부가 무엇인지 나는 잘 몰라도, 하여튼 동리 사람들이 날더러 '과부 딸'이라고들 부르니까, 우리 어머니가 과부인 줄을 알지요. 남들은 다 아버지가 있는데, 나만은 아버지가 없지요. 아버지가 없다고 아마 '과부 딸'이라나 봐요.

생각해보면 우리가 누군가를 지칭할 때 쓰는 말은 그 사람에 대한 사회적 판단입니다. 그것도 가장 중요한 판단을 사용합니다. 대체로 직업이나 지위가 쓰입니다. 박사님, 의사 선생님, 경찰관 아저씨 등이 그것입니다. 한편 한 여성을 '누구 어머니'로 지칭한다면 어머니로서의 역할을 가장 중요시 여기는 것이라 생각됩니다. 현대 사회에서는 이 역시 비판적으로 보는 시각이 존재합니다. 그런데 소설 속 사회에서는 '과부'가, '과부 딸'이 호칭으로 쓰입니다. 남편이 일찍 죽은 것은, 아버지가 일찍 죽은 것은 부인이나 딸의 행위와는 무관한 일입니다. 그런데 그것이 가장 중요한 사회적 판단이 된다는 것은 이상한 일입니다. 그런데 당시의 사람들은 이상하게 생각하지 않습니다. 그것이 당연하게 여겨지는, 그래서 의문의 대상이 되지 못하는 사회 속에서 살고 있기 때문입니다.

그러나 당연하지 않은 것을 당연하게 생각하는 것은, 과부가 재혼하면 사회적 비난의 대상이 되는 1930년대에만 해당이 되는 일은 아닙니다. 옥희의 의심은 소설을 읽는 독자들인 우리들에게도 같은 질문을 던집니다. 우리 역시 우리의 윤리를 의심 없이 당연한 것으로 받아들이지는 않는지 묻습니다. 우리 역시 어머니와 마찬가지로 비합리적인 관습에 얽매여 살아가는 부분이 전혀 없다고 할 수 있는지 묻습니다. 아니, 더 본질적으로 우리가 바라보는 모든 것이 과연 당연하고 이해할 수 있는지를 묻습니다. 모든 것이 자명하고 합리적이어서 질문할 필요가 없는 인간 사회란 존재하지 않습니다. 우리 사회 역시 마찬가지이며, 이런 모순은 앞으로도 완전히 없어지진 않을 것입니다. 이런 까닭에 〈사랑 손님과 어머니〉는 1930년대의 이야기에서 그치는 것이 아닙니다. 인간이 사회적 관습과 윤리 속에서 살아가는 한 여전히 의미 있는 이야기인 것입니다. 익숙한 관습과 윤리를 의심해보기 위해서는 언제나 '옥희'와 같은 다른 눈이 필요하기 때문입니다.

물론 우리는 흔히 고정관념이나 선입견을 벗어나야 한다고 말합니다. 하지만 그런 말을 자주 듣는다는 사실 자체가 그것이 그만큼 어려운 일이라는 것을 증명하는 말입니다. 우리가 갖고 있는 고정관념이나 선입견은 우리의 존재 자체에서 나오기 때문에 이를 벗어난다는 것은 극히 어려운 일입니다. 한국인으로 한국 사회에 살아가는 것이 우리의 존재라고 한다면, 우리는 그 과정에서 어떻게 사물을 봐야 하는지를 배우게 되고, 또 그렇게 습득된 시각이 우리의 존재를 증명하는 방법이 됩니다. 그러니 여전히 같은 존재 속에서 살고 있는 사람에게 그 시각을 바꾸라고 하는 것은 매우 어려운 일이 될 수밖에 없습니다.

반면 시각이 존재에서 출발한다는 말은 존재가 다르면 시각도 다르다는 말이 됩니다. 우리와 다른 눈으로 세상을 바라보는 다른 존재를 우리는 '타자'라고 부릅니다. 다른 사람, 타인이라고 부르지 않는 이유는 한편으로는 다른 존재가 반드시 인간이 아닐 수도 있기 때문이며, 또 다른 존재가 하나의 개별 인격체가 아닌 인간의 집단일 수도 있기 때문입니다. 인간과 동물, 남성과 여성, 한국인과 외국인은 모두 서로에 다른 존재, '타자'이며, 그래서 다른 눈을 갖습니다.

'눈'이라는 감옥을 넘어서

다른 눈을 가진 존재는 우리에게 소중합니다. 왜냐하면 우리가 가진 시각이란 언제나 제한적이기 때문입니다. 그것은 수많은 정보 중에서 일부만을 보여줍니다. 우리가 무엇인가를 본다는 것은 한편으로는 세상을 밝히는 행위이지만, 그 밖의 세상을 어둠에 감추는 행위기도 한 것입니다. 따라서 어떤 사람들은 우리의 눈이 우리의 감옥과 같다고 말합니다.

우리는 물론 우리의 시각이 가진 한계를 잘 알고 있습니다. 그래서 고정관념과 선입견을 벗어나 보지 못하는 곳을 보라고 늘 말합니다. 그러나 우리의 감옥은 그렇게 쉽게 벗어날 수 있는 장소가 아닙니다. 우리는 그 속에서 태어나 살고 죽습니다. 감옥을 벗어나기 위해서는 감옥 바깥을 상상할 수 있어야 하는데, 우리에게는 그 감옥이 유일한 장소입니다.

그래서 우리에게는 '타자'가 필요합니다. 타자의 눈이 필요합니다. 타자의 눈이 우리를 우리의 눈이 만드는 감옥에서 벗어나게 하는 것은 아닙니다. 왜냐하면 타자 역시 그 자신의 감옥에 갇혀 있기 때문입니다. 그러나 타자의 시각 역시 또다른 감옥이라고 할지라도 우리는 그것과 만남으로써, 우리의 감옥 바깥을 상상할 수 있게 됩니다. 타자가 없다면, 타자의 눈이 없다면 우리는 자신의 눈이 만드는 감옥 바깥이 있다는 사실조차 모르게 됩니다. 그러므로 타자와의 만남은 우리 자신의 눈을 의심하게 하는 첫걸음이 됩니다.

소설의 중요한 역할 중 하나도 여기에 있습니다. 소설은 같은 사건을 다양한 눈으로 보여줍니다. 그 눈은 모두 그 소설을 읽는 우리와 다른 눈, 타자의 눈입니다. 그것이 작가의 말이든, 주인공의 말이든, 아니면 '옥희'의 말이든 상관이 없습니다. 그것은 모두 우리와 다른 눈입니다. 그 타자와의 만남을 통해 우리는 우리의 눈을 되돌아보고, 우리가 너무나 익숙해서 눈치채지 못했던 감옥을 확인하고, 그리고 그 바깥을 상상하게 됩니다. 우리가 모르는 고통을, 우리가 보지 못했던 기쁨을 타인의 눈을 통해 상상하면서 우리의 삶은 조금씩 넓어져 갑니다. 우리가 소설을 읽는 가장 중요한 이유 중 하나가 바로 여기에 있습니다.

강경애, 〈지하촌〉

우리가 가난에 대해
말할 수 있는 것

소설을 읽으면서 우리가 얻을 수 있는 가장 큰 덕목은 나와 다른 처지와 상황에 놓인 삶을 이해하는 능력이라고 할 수 있을 것입니다. 즉, 우리는 소설을 통해 내가 경험하지 못한 삶을 간접 체험하고 이를 통해 나와 다른 존재의 입장에서 생각할 수 있는 공감능력을 넓혀나가는 것입니다.

그러나 이를 좀 더 꼼꼼히 생각해보면 소설을 읽음으로써 공감 능력을 얻는다는 것은 무엇인가 역설적인 부분이 있습니다. 왜냐하면 소설을 통해 다른 존재의 입장에서 생각한다는 것 자체가 이미 공감 능력이 기반이 되어야 가능한 일이기 때문입니다. 그러므로 만약 우리가 소설 속의 인물이나 상황에서 생각할 만한 공감능력이 애초에 존재하지 않는다면 소설을 통해 공감능력을 키울 수 있다는 주장은 실현될 수가 없는 것입니다. 바로 이런 점에서 소설은 독자의 공감능력을 창조하는 역할이 아니라 독자가 이미 가지고 있었던 공감능력의 범위와 정도를 확장시키는 역할을 한다고 말할 수 있을 것입니다.

우리가 소설을 통해 가난에 대해 이야기하는 것이 어려운 이유도 바로 여기에 있습니다. 현대 한국 사회를 살아가는 우리가 만나는 사람 대다수는 '가난'이라는 것을 크게 실감하지 못한 채 살아왔습니다. 물론 자기가 자라온 가정이 부유하다고 자신 있게 말할 수 있는 사람이 많은 것은 아니지만, 특히 청소년들이 느끼는 감정은 일종의 '부족감'이지, 생존의 문제가 걸린 절대적인 '가난'과는 성격이 다른 것입니다. 그러나 우리 사회에서 생존적 성격을 지닌 '가난'이 관심을 덜 받게 된 것은 그리 오래된 일이 아닙니다. 전근대 사회는 물론 일제강점기와 산업화 시기까지 우리 사회의 힘없는 사람들은 가난을 짊어지고, 가난에 짓눌리면서 살아왔습니다. 따라서 '가난'은 우리 소설의 중요한 주제 중 하나였고, 설혹 그것을 중요한 소재로 다루지 않는 작품들 속에서도 변하지 않는 배경처럼 '가난'의 풍경이 그려져 있었습니다.

따라서 소설을 읽을 때마다 '가난'은 하나의 걸림돌이 될 수밖에 없습니다. 예를 들어 우리들은 불평등이나 불공정에 관해 말하는 작품들에는 비교적 쉽게 공감합니다. 가난을 '다른 사람보다 덜 가진 것'으로 이해하기 때문입니다. 다른 사람보다 덜 가졌다는 것은 결국 불평등이고 그 원인이 불공정이기 때문에, 우리 대부분이 이 주제들에 공감할 수 있는 경험을 가지고 있는 것입니다. 그러나 가난이 생존의 문제로 여겨지는 상황에 공감하는 것은 쉬운 일이 아닙니다. 생존이라는 극한 상황에 이르는 가난을 경험한 사람은 극히 드물기 때문입니다. 이러한 상황 속에서 소설이 저절로 공감을 창조해 낸다고 믿는다면 작품과의 거리는 더더욱 멀어질 수밖에 없습니다.

가난에 대해 말할 수 있는 것, 말할 수 없는 것

상대적 가난에 대해서는 비교적 쉽게 말할 수 있지만 절대적 빈곤에 대해서는 말하기 어려운 지금의 상황을 생각한다면, 강경애의 〈지하촌〉은 가장 공감하기 어려운 작품 중의 하나라고 할 수 있을 것입니다. 이 작품은 절대적인 빈곤 중에서, 오늘을 사는 우리들의 입장에서는 상상할 수도 없고, 상상하기도 끔찍한 최악의 빈곤을 지나칠 정도로 생생하게 묘사하고 있기 때문입니다. 이 작품의 가난은 분명 보편적인 것이 아닙니다. 작품의 제목에서도 보여지듯이 일제강점기라는 빈곤했던 시대상황에서도 가장 하층민의 모습을 다루고 있기 때문입니다. 말 그대로 지상의 가난이 아니라 지하의 가난이고, 가난의 극단적인 모습입니다. 이는 소설의 마지막 구절에서 더할 나위 없이 생생하게 묘사됩니다.

"어마이 저것 봐!"
칠운이는 뛰어 일어나서 응응 운다. 그들은 놀라 일시에 바라보았다. 아기는 언제 그 헝겊을 찢었는지, 반쯤 헝겊이 찢어졌고, 그리로부터 쌀알같은 구더기가 설렁설렁 내달아 오고 있다.
"아이구머니 이게 웬일이야 응, 이게 웬일이어!"

어머니는 와락 기어가서 헝겊을 잡아 젖히니, 쥐 가죽이 딸려 일어
나고 피를 문 구더기가 아글아글 떨어진다.
"아가 아가 눈 떠, 눈 떠라 아가!"
이 같은 어머니의 비명을 들으며 칠성이는
〈엑!〉
소리를 지르고 우둥퉁퉁 밖으로 나와 버렸다.

가난하다는 것은 단지 원하는 것을 소유하지 못하는 상황을 의
미하는 것은 아닙니다. 가진 것이 없다면 삶의 작은 위기에도 대
처하지 못합니다. 가난은 삶을 위태롭게 만듭니다. 주인공 칠성
이의 동생이 앓고 있는 질병에 대해서도 주인공의 가족은 제대
로 대처하지 못합니다. 머리에 난 부스럼을 치료하지 못하고, 대
처해 낸 방법이라는 것이 고작 쥐 가죽을 붙이는 민간요법뿐입니
다. 불결한 쥐 가죽에서 피를 문 구더기가 쏟아져 나오는 장면은
극단적인 가난이 인간의 삶을 얼마나 위태롭게 만드는지 독자의
마음에 상처가 될 정도로 날카롭게 묘사하고 있습니다.

이처럼 극단적인 형태의 비극을 볼 때 우리는 복잡한 심경에
빠지게 됩니다. 무엇보다도 작품 속의 불행에 대해 마음이 불편
해지고 고개를 돌리고 싶은 마음이 들게 됩니다. 그러나 불편한
마음이야말로 우리가 가지고 있는 보편적인 공감능력을 증명하
는 것이기도 합니다. 만약 우리에게 공감능력이 존재하지 않는다
면 작품 속에 존재하는 나와는 상관이 없는 타인이, 더구나 가상
의 존재가 고통받는다고 해서 마음이 괴로워질 이유가 없습니다.

이러한 사실은 우리가 소설을 통해 우리가 경험하지 못한 사람

들의 처지를 이해할 수 있는 최소한의 출발점이 바로 고통과 아픔에 있다는 사실을 증명해줍니다. 아무리 다른 처지라 할지라도 아무리 다른 존재라 할지라도 우리가 타자의 삶에 공감할 수 있는 최소공약수는 바로 삶의 고통과 아픔이 공유될 수 있다는 사실에 있습니다. 이런 점에서 이 작품을 읽으며 이 고통과 아픔을 느낄 수 있다면 무엇보다 큰 의미가 있다고 할 것입니다.

다른 한편 우리는 타인의 불행을 보며 우리 자신이 그와 같은 처지에 있지 않음에 안도하고, 더 나아가 자신의 삶에 대해 우월의식을 느끼기도 합니다. 타인의 극단적인 불행을 보면서 내가 그러한 불행을 벗어났다는 사실을 안도하고, 내 삶에 만족하는 마음이 드는 것은 어쩌면 어쩔 수 없는 인간의 속성일 수도 있습니다. 그러나 이는 분명히 바람직한 태도가 아니라는 사실 역시 잊어서는 안됩니다. 왜냐하면 이는 고통과 아픔을 타인의 몫으로 고스란히 남겨둠으로써 고통과 아픔을 우리가 같이 해결해야 할 문제가 아니라 '운이 없는 몇몇의 일'로 떠넘기는, 일종의 책임회피이기 때문입니다.

너무 많은 경우 우리가 가난에 대해, 타인의 불행에 대해 잘못 말하고 있는 것은 아닌지 의심이 듭니다. 일례로 타인의 불행을 통해 자녀들이 느끼는 불만에 대처하려는 시도가 우리 사회에는 종종 목격되는데, 이는 근본적으로 긍정적인 교육적 효과가 될 수 없다는 점을 인식할 필요가 있습니다. 타인의 불행과 고통 앞에서 우리가 해야 할 마땅한 일은 그 불행과 고통을 실질적으로든, 심리적으로든 나누어 짊어지는 것입니다. 이 당연한 도덕적 의무를 방기하고 타인의 불행 앞에서 나의 행복을 되새기는 일은 그 어떤 이유로도 권장할 만한 일이 될 수는 없습니다. 가난에 대해서 우리가 말해야 되는 것과 말하지 않아야 될 것의 차이는 바로 여기서 시작합니다.

이성과 감성 : 가난에 대해 접근하는 두 가지 길

앞의 두 가지 경우는 긍정적이든 부정적이든 우리가 경험하지 못했던 가난에 대해 그래도 어느 정도는 이해하고 공감하기 때문에 나타나는 결과입니다. 그러나 모든 사람들이 이러한 작품을 읽고 그 상황에 공감하는 것은 아닙니다. 자신의 경험을 벗어나는 경우에는 이와 같은 극단적인 상황과 묘사에도 전혀 공감하지 못하는 경우도 있습니다. 아니, 정확하게는 극단적인 상황과 묘사일수록 자신의 경험을 바탕으로 이해하기 어려워지기 때문에 공감하지 못한다고 말할 수 있을 것입니다.

이러한 이들에게 단지 직관적인 공감을 요구할 수는 없는 일입니다. 문학작품을 이해하는 방식은 사람마다 다르기 마련입니다. 작품에 등장하는 인물과 사건을 직관적으로 이해해서 받아들이는 사람이 있는 한편, 처음에는 작품에 공감하지 못하다가 그와 관련된 지식을 얻으면서 비로소 인물과 사건에 공감하게 되는 경우도 있기 마련입니다. 우리는 흔히 이성과 감성을 분리해서 생각하고 문학작품의 감상은 주로 감성적인 측면으로 받아들이곤

합니다. 하지만 이성과 감성은 완벽한 분리된 존재가 아니며, 인간의 통합된 사고의 각각 다른 측면이라고 이해해야 할 필요가 있습니다. 따라서 감성은 그에 걸맞는 이성으로, 또 이성은 그에 걸맞는 감성으로 나타난다고 할 수 있습니다. 예를 들어 정경유착이라는 부정적 현상에 대한 분노는 정경유착이라는 사회현상에 대한 이성적 이해 없이는 가능하지 않은 것입니다. 반대로 많은 과학자들이 이야기하듯이 우주에 대한 경이감이라는 감성은 우주에 대한 탐구라는 이성적 결과로 나타납니다.

문학작품에 대한 감상 역시 이성과 감성의 조화를 통해 성취될 수 있는 것입니다. 그러므로 작품을 읽으며 우리는 작품에 대한 감성적 접근뿐 아니라 이성적인 측면, 지식의 측면에서도 함께 이야기해 볼 수 있는 부분을 모색해야 합니다. 그 가장 좋은 방법은 바로, '가난'의 의미에 대해 성찰해보는 것입니다.

가난이란 무엇인가

'가난'이라는 말은 사전적으로는 '최소한의 인간다운 삶을 영위하는 데 필요한 물적 자원이 부족한 상태'로 정의되지만, 이러한 정의는 현실에서 우리가 경험하는 '가난'을 설명하기에는 매우 협소한 내용만을 다루고 있습니다.

먼저 가난은 절대적인 성격의 빈곤과 상대적인 성격의 빈곤이 있습니다. 절대적 빈곤은 정해진 생물학적 욕구를 충족시킨다면 해소될 수 있기 때문에 누구나 빈곤에서 벗어나는 것이 가능하고, 물질적 분배와만 관련된다고 할 수 있습니다. 그러나 상대적 빈곤은 타인과의 비교, 또 사회적, 문화적 기준과 관련되는 것이기 때문에 물질적 분배뿐만 아니라 사회적 공정성이라는 기준에 큰 영향을 받기 마련입니다. 오늘날 우리 사회에서 주목받고 있는 빈곤은 상대적 빈곤인 경우가 많습니다. 그러나 간혹 생활고로 인한 극단적 선택이 사회 문제로 떠오르는 상황에서 드러나듯이 절대적 빈곤이 완전히 해소된 상황은 아니라는 점도 잊지 말아야 합니다.

또한 가난을 물질적인 성격의 가난과 심리적인 성격의 가난으로 나누는 시각도 있습니다. 예를 들어 '가난은 가난하다고 느끼는 곳에 존재한다'는 격언이 바로 그 대표적인 형태입니다. 그러나 다른 한편 물질적 성격의 가난과 심리적 성격의 가난으로 나누려는 시도는 현실에 존재하는 불평등을 숨기고, 모든 것을 개인의 태도로 돌리는 문제점이 있다고 비판하는 반론도 있습니다.

다른 한편 가난은 사회적 가난과 개인적 가난으로 나뉠 수도 있습니다. 한 사회의 구성원이 전반적으로 느끼는 가난은 사회적 가난이라고 할 수 있을 것입니다. 예를 들어 한국전쟁과 같은 국가적 재난 상황에서 느끼는 가난은 사회구성원이 보편적으로 느끼는 가난이기에 오히려 문화적 동질감의 기반이 되기도 합니다. 그러나 개개인이 가진 특수한 사정으로 인해 느끼는 가난은 성격이 다르다고 할 수 있습니다. 어떠한 사회에서도 특별히 빈곤한 개인이 존재하는데, 이들 개인은 오히려 사회가 풍요로울수록 더 큰 상대적 박탈감을 느끼면서, 가난에 고독하게 맞서야 하는 상황에 놓입니다.

이처럼 가난의 의미는 다양한 성격을 지니고 있습니다. 따라서 어떤 가난이냐를 따지지 않고 가난에 대해서 말하고 있는 격언들은 모두 일정한 한계를 지니고 있다고 비판될 수 있을 것입니다. 특히 가난에 대해 말하고 있는 격언들과 〈지하촌〉에 나온 가난의 성격을 비교해서 따져본다면 '가난'이라는 사회 문제에 대해 더 다양하고 깊이있게 이해할 수 있는 길이 될 것입니다.

가난은 우리에게 어떤 영향을 끼치는가

'가난'이라는 문제에 공감하기 위한 또다른 방법은 그 영향을 깊이 숙고하는 것입니다. 〈지하촌〉은 가난이 인간의 삶에 끼치는 다양한 영향을 비극적으로 보여주고 있습니다. 이 작품에서 무엇보다 눈에 들어오는 것은 가난이 인간의 육체적 건강에 끼치는 영향입니다. 작품 속에서 주인공을 비롯한 대부분의 등장인물들은 육체적인 장애를 가지고 살아갑니다. 주인공 칠성이는 다리를 절고, 칠성이가 연모하는 큰년이는 눈이 멀었으며, 칠성이의 동생 칠운이는 부스럼을 앓고 있습니다. 그들이 겪고 있는 육체적인 장애는 가난의 결과이자 또다른 원인입니다. 가난하기 때문에 적절한 영양섭취를 할 수 없어 장애가 오고, 이렇게 온 장애는 노동력을 박탈해 더 큰 가난의 늪으로 빠지게 합니다. 설리반 선생님의 도움으로 장애를 극복하게 된 헬렌 켈러가 이후 사회주의자의 삶을 살았던 이유도 가난이 장애의 원인이라는 사실을 깨달았기 때문이라고 전해지는데, 이 역시 가난이 인간의 육체를 파괴한다는 사실을 보여주는 일화라고 할 수 있을 것입니다.

가난의 영향은 육체적인 장애에 그치지 않습니다. 주인공 칠성이는 구걸을 하며 동네 아이들에게 온갖 수모를 당합니다. 큰년이는 가난 때문에 얼굴도 모르는 사람의 후처로 가야 하는 처지입니다. 즉, 가난은 정상적인 인간관계를 파괴하고, 사회적 약자의 처지로 몰아넣는 강제력이 됩니다.

그러나 가난의 진짜 무서운 영향력은 육체적·사회적 제약이 아닙니다. 한정된 자원 속에서 살아가야 하는 삶에서 우리는 타인에 대한 애정과 공감을 잃어버리고, 자신의 다급한 욕망에 매몰되기 쉽습니다. 칠성이가 큰년이의 마음을 얻기 위해 굶주린 동생들을 외면하는 모습, 또 배고파 칭얼대는 동생을 험하게 대하는 다음 장면은 가난의 가장 큰 무서움이 인간성 자체를 파괴하는데 있다는 점을 말해줍니다.

> 어머니는 갈잎내를 확 풍기면서 그의 곁으로 다가선다. 그 큰 짐을 이고서 아기까지 둘러 업었다.
> "어마이, 나 사탕 성은 안 준다야 씨."
> 칠운이는 어머니의 치맛귀를 잡고 늘어진다. 그 바람에 어머니는 앞으로 쓰러질 듯했다가 도로 서서 한 손으로 칠운이를 어루만졌다.

"저놈의 새, 새끼, 주 죽이고 말라."
칠성이는 발길로 칠운이를 차려 하였다.

우리는 가난에 어떻게 대처해야 하는가

우리가 가난에 대해, 다른 이들의 고통에 대해서 이야기하는 이유는 무엇보다도 그것을 같이 해결하기 위해서입니다. 타인의 가난과 고통을 통해 우리는 윤리적 책임과 의무를 되새기게 됩니다. 하지만 가난을 어떻게 해결해 나가야 하는지, 또 그것을 위해 우리가 어떻게 해야 할지에 대해서는 상반된 의견이 존재합니다. 이 의견들 모두는 가난의 원인에 대한 서로 다른 생각에서 출발합니다.

먼저, 가난의 원인을 개인의 능력이나 불운이라고 생각하는 의견이 있습니다. 이 중에서도 특히 가난을 나태함과 무절제의 산물로 생각하는 사람들은 가난을 해결해야 문제로 여기지 않고, 가난을 일종의 정당한 형벌로 여깁니다. 오히려 나태한 사람들의 가난을 해결하기 위해 근면한 사람들이 희생하는 것을 불공정한 일로 여깁니다. 물론 현대 사회에 이러한 시각은 대다수에게 지지를 얻지 못하고 있습니다. 왜냐하면 가난이 반드시 나태나 무절제 때문에 발생하는 현상은 아니며, 더 나아가 설혹 나태나 무절제가 원인이라 할지라도 그것이 개인의 기본적인 인권을 침해할 이유는 되지 못하기 때문입니다.

따라서 가난을 개인의 문제로 여기는 많은 사람들 역시 가난을 해결해야 할 문제로 여기는 것이 오늘날의 보편적 인식입니다. 이러한 관점에서 내세워지는 가난의 해결책은 일자리와 자선으로 대표됩니다. 자선사업 등을 통해 기본적인 생계를 해결하고 일자리를 통해 경제적인 부를 축적하라는 관점입니다. 이때 조금 더 사회적인 역할을 강조하는 입장에서는 개인의 불규칙한 자선이 아니라 국가의 복지를 통해 가난을 해결하고자 합니다.

반면 가난의 원인을 불공정한 분배에 있다고 보는 입장이 있습니다. 개인이 아니라 사회 구조의 문제 때문에 가난이 발생한다고 보는 입장입니다. 이 입장에서는 자선과 복지, 일자리가 문제의 근본적인 해결책이 아니며, 권력에 따라 자원이 불공평하게 배분되는 사회구조를 고쳐야 한다는 입장입니다. 이를 위해서는 가지지 못한 자들이 사회를 바꾸기 위해 연대해서 기존의 권력과 싸우는 것이 중요하다고 생각합니다. 마르크스주의가 그 대표적인 입장입니다.

이 작품의 저자 강경애 역시 사회주의 사상을 가지고 있던 사람으로, 그 견해가 작품 속에 반영되어 있습니다. 특히 마르크스주의 입장에서 사회주의 혁명의 핵심은 노동자 계층이며, 노동자를 중심으로 농민과 빈민이 힘을 합쳐 혁명을 일으켜야 한다는 사상을 강조하는데, 이는 작품 속에서 노동자 출신인 '사내'의 등장을 통해 형상화됩니다. 사내는 아마도 공장에서 다리가 부러질 정도로 폭행을 당하고 쫓겨난 인물로 보입니다. 이 사내가 유일하게 칠성이에게 공감하고 친절을 베푸는 존재이며, 칠성이는 또

이 사내에서 아버지의 모습을 떠올립니다. 그러나 이 작품이 발표된 조선 사회에서 노동자 계급은 소수에 지나지 않았고, 사회주의 혁명을 위한 구체적인 힘도 미약하기 그지없는 상황이었습니다. 따라서 소설에서 사내와의 만남이 구체적인 행동으로 발전하지 못하고 헤어지는 것 역시 당시의 조선 상황을 반증합니다. 이처럼 사내와의 만남이 구체적인 행동으로 나아가지 못하면서 소설 역시 가난에 대한 어떠한 대처도 하지 못하고 끝납니다. 바로 이런 점에서 작품이 시작할 때 이글거리는 해, 끝날 때 칠성이가 노려본 하늘은 모두 칠성이를 가난과 고통으로 몰아넣은 보이지 않는 거대한 사회적 힘을 상징한다고 볼 수 있을 것입니다.

물론 오늘날 우리가 사는 사회는 작품 속 사회와는 다릅니다. 극단적인 계급혁명을 통해서 얻을 수 있는 것보다 잃는 것이 더 많은 우리의 상황입니다. 하지만 그럼에도 불구하고 가난의 문제를 개인의 문제로, 자선과 복지의 문제로만 환원할 수도 없다는 점은 명백합니다. 아무리 자선과 복지를 강조하더라도 분배가 불공정하다면 우리가 해결할 수 있는 가난은 최소한의 영역에 그칠 뿐입니다. 예를 들어 공정무역의 경우 그것이 가진 긍정적인 측면과는 별개로 농업생산국 내부의 불공평한 분배는 해결해주지 못하며, 더 나아가 저개발국가를 영원한 농업국으로 묶어놓는다는 비판이 있습니다.

가난은 다양한 얼굴을 가지고 있습니다. 그러므로 가난에 대처하는 우리의 태도도 단기적인 관점과 장기적인 관점, 그리고 개인적인 문제와 사회적인 구조를 모두 고려해야만 할 것입니다.

가난의 얼굴을 마주해야 하는 이유

"빵이 없으면 케이크를 먹으면 된다"는 유명한 일화는 단지 역사 속 우스개로만 여길 수 없는 진실을 담고 있습니다. 인간의 공감능력이란 저절로 완성되는 것이 아니라 적당한 물과 햇빛을 통해 계속 숨쉬며 성장해야 하는 나무와 같은 것입니다.

우리는 누구나 자신의 경험을 바탕으로 공감하고 이해합니다. 이 한계에서 출발하는 공감능력이 온전히 꽃피기 위해서 우리는 끊임없이 우리가 모르는 타인에 대해 관심을 가지고 그 고통을 나누려고 노력해야 합니다. 비록 그 이해가 때때로 가로막히고 시간이 걸리더라도, 우리들에게 낯선 가난의 얼굴을 마주해야 하는 이유도 여기에 있다고 생각합니다.

최윤, 〈하나코는 없다〉

부르는 자의 폭력

　　우리 모두는 살아가면서 몇 가지 별명을 갖곤 합니다. 별명은
대부분 시시한 유래들을 가지고 있습니다. 사소한 실수나 신체적
특징, 심지어는 이름에서 연상된 별명들도 적지 않습니다. 이들
대부분은 그 사람의 본질이나 근본적인 특성하고는 무관한 것들
입니다. 그러나 별명은 힘이 셉니다. 아무리 사소한 유래를 갖고
있는 별명이라 할지라도, 그것이 한번 만들어지고 통용되는 상황
이 되고 나면 그 별명을 수정하는 일은 여간 힘든 일이 아닙니다.
별명으로 누구를 부르는 사람들은 그 별명이 얼마나 시시한 유래
에서 시작된 것인지를 생각하지 않기 때문입니다. 오히려 별명이
널리 퍼지면 퍼질수록, 확고하게 자리 잡으면 자리 잡을수록, 그
사소한 일들이 본질로 여겨지는 현상이 발생합니다. 이런 점에서
별명이란 일종의 폭력이기도 합니다.

"내가 그의 이름을 불러주었을 때 / 그는 나에게로 와서 / 꽃이 되었다." 김춘수 시인은 이렇게 말했습니다. 물론 인간은 누군가 와의 관계 맺음을 통해 살아가는 사회적 존재입니다. 그러나 이 시에서 '그'를 어떤 이름으로 부를 것인지에 대해서는 말하지 않고 있다는 점도 눈여겨 볼 필요가 있습니다. 여기서는 철저히 '부르는 자'와 '불리우는 자'의 이분법이 존재합니다. 그리고 어떤 이름으로 부를 것인지는 어디까지나 '부르는 자'의 일방적인 결정에 달려 있습니다. 그렇기에 시인의 희망과 달리 '이름을 부르는 행위'가 '꽃'이 아니라 상처와 갈등이 되고 있는 것이 우리의 현실입니다.

최윤의 〈하나코는 없다〉는 '부르는 자'의 폭력을 섬세하게 묘사한 작품입니다. 장진자라는 이름의 여성을 '하나코'라고 부르는 사람들의 무의식적인 폭력성을 비판적으로 성찰하는 이 작품은, 우리가 얼마나 이기적으로 타자를 대상화하고 있는지, 그리고 그것이 얼마나 자연스럽게 폭력과 차별로 이어지는지 생생하게 보여주고 있습니다.

'하나코는 없다'

소설은 서른을 넘긴 화자가 이탈리아에 출장을 가게 되면서 시작합니다. 화자는 출장기간 동안 '하나코'라는 별명으로 불렸던 여성을 만나려 합니다. '하나코'라는 여성은 화자가 대학시절 친구들과 같이 어울렸던 여성입니다. 그런데 누군가를 만나려 한다면 나름대로의 이유가 있을 것입니다. 그것도 출장지도 아닌 베네치아라는 먼 도시까지 기차를 타고 가서 만나려 한다면 나름의 확고한 이유가 있을 것이라고 생각하는 것이 당연합니다. 더구나 화자는 하나코의 연락처를 알기 위해 많은 수고를 합니다. 심지어는 일면식도 없는 하나코의 동창에게까지 전화를 할 정도로 집착을 보입니다.

그러나 화자는 끝내 하나코를 만나지 않고 귀국합니다. 분명 하나코와 통화가 되었고, 하나코로부터 환영의 말도 들었지만 그는 끝내 하나코를 만나지 않고 귀국하게 됩니다. 화자의 행동은 얼핏 이해가 되지 않습니다. 그렇게 집요하게 연락처를 알아내고 외국의 낯선 도시까지 찾아가서, 통화까지 하고 그냥 돌아오다니. 상식적으로 이해할 수 없는 행동입니다. 그리고 그런 주인공의 이해할 수 없는 행동을 설명하는 것이 바로 이 소설의 제목 '하나코는 없다'입니다.

'하나코'는 없습니다. '하나코'라는 말은 주인공과 친구들이 '장진자'라는 본명을 가진 여성에게 일방적으로 붙인 별명입니다. 그 별명은 '이름'이 아니라 '인식'입니다. '하나코'는 실재하는 인물이 아니라, 주인공과 그 친구들이 '장진자'라는 여성에게 부여한 가상의 이미지인 것입니다. 그렇기에 주인공이 만나고자 했던 '하나코'는 있을 리 없습니다. 주인공이 만나고자 했던 것은 자신의 기억 속에 남아 있던 가상의 '하나코'입니다. 실제 '장진자'가 아닌 것입니다. 주인공에게 이 당연한 사실을 깨닫게 한 것은 '장진자'의 말이었습니다. 주인공과의 통화 중에 그녀는 이렇게 말합니다. "그렇게 날 몰라요? 그렇게도?". 주인공은 정말 자신이 누구와 통화하고 있는지 전혀 몰랐을 것입니다.

자신이 이름 붙이고, 마음대로 규정했던 존재가 사실은 다른 존재라는 것을 깨닫는 순간, 우리는 극심한 혼란을 느끼게 됩니다. 작품 속에 나오는 '미로'의 이미지는 바로 그 심리를 적절히 표현하고 있습니다. 그런데 생각해보면 그래도 이해가 되지 않는 점이 있습니다. 우리는 다른 사람을 완전히 이해할 수 있다고 생각하지 않습니다. 아무리 오랫동안 알고 있는 사이라 할지라도 우리가 모르는 면이 그 사람에게 존재할 수 있는 일입니다. 그때 우리가 해야 할 일은 그 사람에 대한 우리의 인식을 수정하고, 그 사람을 더 잘 알게 되었다고 기뻐하는 것입니다. 그러나 주인공은 그저 '미로'에 빠져서 만남 자체를 포기합니다. 여기서부터 '하나코'라는 별명은 단순한 착오가 아니라 폭력이라는 사실이 드러납니다.

'하나코'는 누구인가

애초부터 '하나코'라는 별명부터가 폭력적입니다. '코 하나'는 기가 막히게 예쁘다는 이유로 붙은 그 별명은 따지고 보면 요즘 용어로 '얼평'입니다. 외모로 사람을 판단하는 것입니다. 아니, 보다 평가를 넘어 아예 사람을 규정하는 말입니다. 사람의 이름을 '코 하나'로 붙인다는 것은 한 인간을 '코 하나'에 종속시킨다는 것입니다. 코는 우리 신체의 일부일 뿐이지, 아무리 예쁜 코를 가지고 있다고 하더라도 우리가 '코 하나'를 위해 존재하는 것은 아니지요. 그런데도 이들은 사람을 외모로, 그것도 신체의 일부로 부릅니다. 그래서 이 별명 자체가 사람을 인격으로 대하지 않는 태도를 그대로 나타내고 있는 것입니다.

주인공과 그 친구들도 이런 문제를 나름대로 느끼고는 있습니다. 그런데 그들이 그에 대처하는 방안 자체가 가관입니다. '코 하나'라는 말이 노골적이니, 그 말의 순서를 바꿔서 '하나코'라고 별명을 붙인 것입니다.

여기서 우리는 잠시 이 희극적인 태도에 대해서 성찰해 볼 필요가 있습니다. 그들은 자신들이 저지르고 있는 폭력이 무엇이 잘못되었는지 근본적으로 느끼지 못합니다. 그런 생각과 태도가 자신들에게 익숙하기 때문입니다. 그런 까닭에 그들이 선택하는 대안은 그저 남들이 알아차리지 못하게 말의 순서를 바꾸는 일입니다. 그 말에 들어 있는 내용과 시각은 전혀 바뀐 것이 없습니다. 이것은 비단 주인공과 그 친구들만의 문제가 아닙니다. 한 사회의 그릇된 가치관이 바뀌는 것은 매우 어려운 일입니다. 마치 '코 하나'를 '하나코'로 바꾸는 것처럼 그 표면만 바뀌는 경우가 적지 않습니다. 그 경우 그릇된 가치관은 더욱더 우리의 무의식적인 심리에 숨어들어 고치기 어려운 고질병이 되기도 합니다.

한 사람을 '코 하나'로 부르는 것에 대해 반성과 성찰이 없는 관계 속에서 이제 주인공과 친구들은 '장진자'를 자기 마음대로

'하나코'라고 여기기 시작합니다. "언어는 존재의 집"이라는 말처럼 '하나코'라는 별명은 이제 '장진자'라는 인물을 대체하기 시작합니다. 그들은 자기 마음대로 '하나코'라는 인물을 설정하고, 그것을 '장진자'라는 인물에게 덧씌우기 시작합니다. 여기서 '하나코'라는 존재는 당연하게도 그것을 설정한 주인공들의 이기심이 반영된 가상의 존재입니다.

그들은 하나코를 마음대로 연애 대상으로 삼았다가, 정작 귀찮아지면 아무런 연락도 하지 않습니다. 그들은 때때로 자신들의 필요에 따라 열렬한 구애를 하지만 정작 결혼은 딴 사람과 하고, 그녀를 결혼식에도 초청하지 않습니다. 더욱 더 놀라운 것은 그들 아무도 실제로 하나코가 어떤 사람인지, 어떤 꿈을 가지고, 어떻게 살아가는지에 대해 아무런 관심도 기울이지 않는다는 것입니다. 그들에게 하나코는 그야말로 '적당적당한' 존재인 것입니다. '코 하나는 예뻤다'는 말처럼 적당적당한 존재. 그것이 바로 그들이 설정한 하나코라는 존재인 것입니다. 이제 우리는 주인공이 왜 "그렇게 날 몰라요? 그렇게도?" 라는 말 앞에서 만남을 포기했는지 이해할 수 있습니다. 주인공이 만나고자 했던 하나코는 코 하나만은 예뻤던 '적당적당한 대상'이었던 것입니다. 잘 안풀리는 현실의 결혼 생활에 탈출구를 마련해 줄 그런 '적당적당한 존재'로서 그녀를 만나고자 했던 그에게 현실에 실제로 존재하는 '장진자'는 너무나 무거운 존재이기에 그는 그녀를 피할 수밖에 없는 것입니다.

그런데 여기서 우리는 좀 다른 질문을 던져보게 됩니다. 주인공의 결혼 생활이 잘 안풀리는 것은 우연일까요? '장진자'를 '하나코'로 여기는 주인공이 자신의 부인에게는 다르게 대했을까요? 아니, 더 나아가 주인공과 그 친구들의 관계는 다른, 인격적인 관계였을까요? 만약 주인공이 모든 타자를 '하나코'와 같은 방식으로 보고 있다면, 과연 주인공은 누구와 진정한 인간관계를 맺고 있는 것일까요?

'하나코' 만들기

지금까지의 내용만 하더라도 주인공과 그 친구들의 태도는 충분히 폭력적입니다. 하지만 이러한 폭력은 한층 더 심화되고, 결국은 하나코와의 관계를 파탄내는 계기가 됩니다. 여기서 가장 공포스러운 일은 그 폭력이 특별한 이유가 없이 행해졌다는 것입니다.

대학 졸업 후 우연히 떠난 여행에서 주인공과 그 친구들은 하나코와 그녀의 친구에게 노래를 억지로 강요합니다. 그리고 그 행동은 점점 극단화됩니다. 단순한 집단의 압박이 아니라 술병을 집어던지는 등의 물리적인 행위로도 이어집니다. 이런 비이성적인 폭력이 행해진 이유에 대해 그들은 제대로 설명도 하지 못합니다. 그저 피곤함 때문이 아니었을까라고 변명합니다. 그것은 그저 변명일 뿐입니다.

우리는 사물에 이름을 붙이고, 그 이름을 통해 사물을 인식합니다. 물론 그 이름은 우리가 자의적으로 붙인 것입니다. 그럼에도 불구하고 우리는 사물이 그 이름에 걸맞게 존재하길 기대합니다. 여기서 이름을 사물을 이해하기 위한 수단을 넘어 사물을 지배하는 권력이 되는 것입니다. 주인공과 그 친구들은 '장진자'라는 사람에게 '하나코'라는 이름을 붙입니다. 이제 '하나코'는 '장진자'라는 사람을 이해하는 수단을 넘어, 그를 지배하는 권력이 됩니다. 즉, 자신들이 이름붙인 '하나코'. 자신들이 필요에 따라 적당히 만나고, 연애편지를 보낼 수 있는 그런 '적당적당한 존재'로 만들고자 하는 것입니다.

물론 이러한 지배욕은 개인으로는 실현이 어렵습니다. 그러니 주인공은 강요를 하는 것이 아니라 만남을 포기하는 것입니다. 그러나 만약 이러한 지배욕을 다수가 발휘하게 된다면 상황이 달라집니다. 다수라는 성격이 그들의 행위를 정당화하고, 그것은 자신들의 행위가 갖는 폭력성을 쉽게 망각하게 만듭니다. 노래부르는 것을 싫어한다는 지극히 개인적인 성격을 무시하고 자신들의 요구를 관철시키기 위해 폭력적인 행동을 서슴지 않을 정도로 '장진자'를 '하나코'로 만들려고 하는 이유도 여기에 있습니다.

더 나아가 다수화된 폭력이 위험한 이유는 그 반성조차도 쉽지 않다는 점에 있습니다. 주인공과 그 친구들은 자신들의 행위에 대해 제대로 말하지 않습니다. 소위 말하는 '침묵의 공모'입니다. 제대로 말하지 않으니 제대로 반성할 수 없습니다. 반성하기 위해서는 자신의 행위와 그 결과를 확인해야 하는데, 모두가 침묵하고 있으니 애초부터 불가능한 일입니다. 제대로 반성하지 않으니 모두가 부끄러움이 없고 뻔뻔합니다. 주인공은 물론 친구들도 다 하나코를 만나고자 하지만, 자신들의 잘못을 반성하기 위해 만나려고 한 사람은 아무도 없습니다. 여전히 '적당적당한' 존재로서의 하나코를 다시 만나려 할 뿐입니다. 우리는 이와 같은 현상을 자주 목격합니다. 식민통치와 전쟁의 책임을 한사코 부정하는 어떤 국가의 모습뿐만이 아닙니다. 우리 현대사에 존재했던, 그 수많은 잘못된 관행과 가치에 일조했던 수많은 사람들 중에서 자신의 잘못을 진정으로 반성하고 부끄러워하는 사람은 드뭅니다. 그리고 그렇게 반성되지 않은 잘못은 '코 하나'가 '하나코'로 바뀌듯이 표피만 바뀐 채 우리 사회 어디선가 숨 쉬고 있는 것입니다.

의자를 만드는 '장진자'

이 작품은 우리가 타자를 함부로 규정하고, 그 규정을 통해 얼마나 쉽게 폭력을 행사하는지 잘 보여줍니다.

생각해보면 우리는 사람들을 판단하는 수많은 '말'을 가지고 있습니다. 비단 별명과 같은 개인적인 호칭뿐만 아니라, 집단에 대해서는 더 많은 '말'을 사용합니다. 인종과 성별, 나이에 따라, 출신 국가에 따라 우리는 타자를 함부로 재단하고, 그 '말'에 타자를 끼워 맞추려 합니다. 그것은 분명 권력 행위이기에 권력을 가진 자는 당연하게 '부리는 자'가 되고 권력을 못 가진 자는 '불리우는 자'가 됩니다.

작품 속에서 여성인 '장진자'를 '하나코'로 부르는 폭력이 남성들에게 행해진다는 것도 분명 현실에서의 권력관계를 반영한 부분입니다. 특히 역사적으로 오랜 세월 동안 남성이 여성을 특정한 고정관념으로 분류하고, 그 개념에 끼워 맞춤으로써 구체적인 여성 한 사람 한 사람의 인격과 고유성을 인정하지 않았다는 점도 기억해야 하는 일입니다. 특히 많은 예술가들이 특정한 여성을 자신들의 '뮤즈'로 부르면서 일방적으로 숭상했던 것도 '하나코 만들기'의 일종이었다고 할 수 있습니다.

이런 점에서 오히려 권력을 갖지 못한, '불리우는 자'였던 장진자의 태도는 우리에게 많은 울림을 줍니다. 그녀를 만난 남자들은 자신들의 처지를 일방적으로 이야기하지만 그녀는 언제나 진지하게 그 이야기를 들어줍니다. 그들의 관계가 파탄에 이른 지금에서도 그녀는 자신을 찾아온 사람들을 흔쾌히 반깁니다. 자신들의 이기적인 욕심에 따라 만나려 했다가, 또 만남을 피하는 남성들의 모습과는 전혀 다릅니다. 그렇다면 그녀는 어떻게 이런 모습을 보일 수 있을까요? 그것은 그녀의 다음과 같은 말로 압축됩니다. "우리는 친구잖아요."

친구란 평등한 관계입니다. 목적을 위해 만나는 것은 이미 친구가 아닙니다. 그렇기에 우리는 사람을, 친구를 대하는 그녀의 태도 속에서 인간을 목적으로 대해야 한다는 칸트의 말을 떠올리게 됩니다. 이런 점에서 의자를 디자인하는 그녀의 직업이야말로 얼마나 적절한 설정인지도 생각해봅니다. 의자는 사람의 몸에 맞아야 하는 것이지요. 사람을 있는 그대로 보지 않고서는 사람에 의자를 맞추는 것이 아니라, 의자에 사람을 맞추게 될 것입니다. 이 작품을 통해 우리가 타자를 위해 준비해두고 있는 의자는 어떤 것인지 되돌아보면 좋겠습니다.

소설이란 거울에 비친 우리 시대

B사감과 러브레터

복덕방

씬짜오 씬짜오

꺼삐딴 리

치숙

현진건, 〈B사감과 러브레터〉

풍자와 혐오 사이

현진건의 〈B사감과 러브레터〉는 1925년 발표된 작품입니다. 이 짧은 소설에서 중심이 되는 것은 'B사감'이라는 인물입니다. 겉으로는 근엄하고, 남녀관계에 대해 지나치게 깐깐한 가치관을 지니면서 그것을 학생들에게 매섭게 강요하는 B사감이 남성과 데이트하는 모습을 혼자서 연기하다 들킨다는 매우 단순한 이야기를 압축적으로 묘사하고 있습니다. 줄거리에서 보듯이 소설의 핵심은 B사감의 이중성입니다. 그것은 학생을 대할 때 하는 공식적인 목소리와 혼자서 연극을 하며 내는 목소리의 이중성으로 형상화되며, 다른 한편으로는 낮과 밤이라는 시간을 통해서도 극단적인 대비를 이루어 냅니다. 한마디로 낮의 공적 모습과 밤의 사적 모습이라는 두 모습의 충돌을 보여주는 것입니다.

그런데 작가는 B사감을 단순히 묘사할 뿐입니다. 무엇이 B사감의 진정한 모습인지, 그리고 그 이중성을 우리가 어떻게 받아들여야 하는지에 대해서는 직접적으로 언급하지 않습니다. 그러나 이 소설을 읽는 독자들은 당연하게도 낮의 공적인 모습이 아니라, 밤의 사적인 모습이 B사감의 진정한 모습이라고 생각합니다. 왜냐하면 우리들은 이미 '자유연애'가 인간의 자연스러운 감정이고 이를 금지하는 것이 부당한 것이라는 인식을 공유하고 있기 때문입니다. 이러한 인식 때문에 우리는 B사감의 이중성을 보면서 '위선'이라는 단어를 자연스럽게 떠올리게 됩니다. 밤의 사적인 모습이 진실한 모습이기에 낮의 공적인 모습은 모두 거짓일 것이라는 판단이 자연스럽게 유도되는 것입니다. 그러니 B사감이 낮에 학생들을 혼냈던 모든 말들은 그 정당성을 잃고 비웃음의 대상이 되는 것입니다.

낮과 다른 밤의 모습을 통해 B사감이 보여주는 낮의 말과 행동의 모순을 폭로하는 것이 작가의 의도인 것은 쉽게 알 수 있는 일입니다. B사감에 대한 묘사 역시 이러한 독자들의 인식을 유도하는 중요한 장치입니다. 소설은 B사감의 모습을 이렇게 묘사하면서 시작합니다.

C여학교에서 교원 겸 기숙사 사감 노릇을 하는 B여사라면 딱장대요 독신주의요 찰진 야소군으로 유명하다. 사십에 가까운 노처녀인 그는 죽은깨투성이 얼굴이 처녀다운 맛이란 약에 쓰려도 찾을 수 없을 뿐인가, 시들고 거칠고 마르고 누렇게 뜬 품이 곰팡 슬은 굴비를 생각나게 한다.

여러 겹 주름이 잡힌 훨렁 벗겨진 이마라든지, 숱이 적어서 법대로 쪽찌거나 틀어올리지를 못하고 엉성하게 그냥 빗어넘긴 머리꼬리가 뒤통수에 염소 똥만하게 붙은 것이라든지, 벌써 늙어가는 자취를 감출 길이 없었다. 뾰족한 입을 앙다물고 돋보기 너머로 쌀쌀한 눈이 노릴 때엔 기숙생들이 오싹하고 몸서리를 치리만큼 그는 엄격하고 매서웠다.

이 묘사는 B사감의 외모를 세세하게 그려냅니다. 그 외모는 대다수의 관점에서 긍정적으로 평가될 수 없는 것입니다. 이러한 묘사는 B사감이 보여주는 밤의 모습과 결부되어 낮의 B사감이 보여주는 말과 행동을 더 의심하게 합니다. 결국 독자들은 작가가 준 힌트들을 결합해 '자신이 못생겨서 연애하고 있는 학생들을 질투하는 것'이라는 결론에 자연스럽게 도달하게 됩니다. 그리고 이것은 소설의 결말에서 B사감의 모습을 발견한 세 학생의 반응을 통해 그대로 전달됩니다.

"에그머니 저게 웬일이냐!"
첫째 처녀가 소곤거렸다.
"아마 미쳤나보아, 밤중에 혼자 일어나서 왜 저리고 있을꾸."

둘째 처녀가 맞방망이를 친다…
"에그 불쌍해!"
하고, 세째 처녀는 손으로 고인 때 모르는 눈물을 씻었다.

첫 번째 반응이 그저 낮의 모습과 다른 밤의 모습에 놀라움을 표하는 것이라면, 두 번째 반응은 그 행위가 비정상적이라는 것을 지적합니다. 핵심은 세 번째 반응입니다. 첫 번째와 두 번째 반응이 그저 행위 자체에 대한 반응이라면 세 번째는 그 이유와 맥락까지 이해한 사람의 반응입니다. 놀라움과 비난을 넘어 동정을 표하기 위해서는 그 행위가 왜 이루어졌는지에 대한 이해가 있어야 하기 때문입니다.

이런 점에서 세 번째 인물의 "에그 불쌍해!"라는 말은 작가가 B사감이라는 인물을 바라보는 시각을 압축적으로 보여주고 있다고 볼 수 있을 것입니다. B사감은 불쌍한 사람입니다. 자신의 본모습을 숨기고 살고 있기 때문입니다. 낮에 학생들에게 펼친 준엄한 설교는 모두 자신의 질투에 지나지 않은 것이라 생각되기 때문입니다. 이처럼 동정의 대상이 되는 순간 B사감의 권위는 더 이상 회복 불가능한 수준으로 추락하게 됩니다.

이야기, 풍자, 의심

이 소설은 B사감이 낮에 학생들에게 하는 설교들을 하나하나 비판하지 않습니다. 단지, B사감이라는 인물의 모습을, 그것도 한 측면을 잘라 보여주는 방식을 통해 B사감이라는 인물의 명분과 권위를 추락시킵니다. 그것이 권력과 권위에 도전하는 소설의 방식이며, 우리는 이것을 흔히 풍자라고 부릅니다.

소설은 근본적으로 '이야기'입니다. '이야기'가 존재하기 위해서는 그것을 말하고 듣는 수많은 사람들이 존재해야 합니다. 그러므로 '이야기'는 다수의 것이지 소수의 것이 아닙니다. 반면 역사나 경전은 다수가 없어도 존재할 수 있습니다. 역사나 경전이 가진 권위를 실현할 수 있는 소수의 사람들만 존재하더라도 그것은 충분한 존재가치를 지니게 됩니다. 우리는 이 차이를 두 가지의《삼국지》를 통해 쉽게 이해할 수 있습니다.

우리가 흔히 아는《삼국지》는 나관중이라는 사람이 지은 소설로 원래 제목은《삼국지연의》입니다. 반면《삼국지연의》의 배경이 되는 시대의 역사를 기록한 책이 있는데, 이것이 진수가 기록한 정사《삼국지》입니다. 그런데 이 두 책의 중심인물은 전혀 다릅니다. 실제 역사기록에 가까운 정사《삼국지》는 조조를 중심으로 전개됩니다. 왜냐하면 실제로 삼국을 통일한 것이 조조였기 때문입니다. 하지만《삼국지연의》의 주인공은 실제 역사에서는 패배자였던 유비입니다. 실제로 삼국을 통일한 인물이 조조였음에도 왜《삼국지연의》는 패배자인 유비를 주인공으로 내세웠을까요? 그것은 이야기가 본래 '다수의 것'이라는 사실과 관련 있다고 생각됩니다.

실제로 누가 어떻게 권력을 잡았는지를 기록하는 것은 지금 권력을 쥐고 있는 사람들에게는 중요한 문제일지 몰라도, 권력과 동떨어져 있는 대다수의 사람들에게는 중요한 문제가 아닙니다. 권력을 갖지 못한 대다수에게 오히려 중요한 문제는 실제 누가 권력을 잡았느냐라는 '현실'이 아니라 어떤 사람이 권력을 잡

앉다면 더 좋았을까라는 '소망'입니다. 그렇기 때문에 소설 《삼국지》는 실제 현실에서 권력을 획득한 조조의 입장이 아니라, 많은 사람들이 소망하는 이상적인 지도자로 재창조된 '유비'를 중심으로 전개되는 것입니다. 이렇듯 '이야기'는 다수의 소망을 반영하기에 권력과 권위에 도전하는 속성을 지니게 됩니다.

그러나 '이야기'는 간접적인 경로를 통해 권력과 권위에 도전합니다. 권력과 권위가 명분에 의해 자신을 정당화한다면 '이야기'는 '이야기'를 통해 그 힘에 도전합니다. 권력이 내세우는 명분에 대해 직접적으로 그 부당함을 따지는 것은 애초에 소설의 영역이 아닙니다. 소설의 역할은 보편적이고 거대한 논리가 아니라 개별적이고 개인적인 이야기를 통해 명분과 이론의 모순을 폭로하는 것입니다. 이야기를 통해 권력에 도전하는 가장 좋은 방식은 권력의 거룩함을 더럽히는 것입니다. 겉보기에는 당당하고 깨끗한 권력의 뒷모습을 밝혀내는 것입니다. 그것이 우스꽝스러울수록, 비굴하고 모순된 모습일수록 독자들은 권력의 공적인 모습을 의심하게 되고, 권력이 보여주지 않는 뒷면을 상상하게 되는 것입니다.

이러한 문학의 특성을 우리는 흔히 '풍자'라고 부릅니다. 이것은 사실 현대 사회에서는 문학에만 존재하는 것은 아닙니다. 특정한 정치인을 기괴하게 변하고 합성한 사진들이나, 아니면 권력이 보여주지 않는 사적인 모습을 그려낸 영화나 드라마 역시 근본적으로 문학의 풍자와 같은 역할을 수행합니다. 단지 미디어의 한계가 있었던 과거에는 대부분 그 역할을 문학이 수행할 수밖에 없었던 것은 당연한 일이라 할 수 있겠습니다.

물론 인류의 역사에서 풍자는 긍정적인 역할을 수행했습니다. 권력은 언제나 자신의 말이 의심없이 받아들여지기를 원합니다. 의심받지 않는 권력은 곧 견제받지 않는 권력이고, 그것은 사회의 부당함이 개선될 수 없다는 사실로 이어지기 마련입니다. 문학에서 시작한 풍자정신은 그 권력의 절대성을 깨고 다수에게 의심을 가르쳤습니다. 현재 우리가 누리고 있는 민주제도의 근간인 견제와 균형의 논리 역시 근본적으로 우리가 권력을 의심하기 때문에 시작된 것이라 할 수 있을 것입니다. 이러한 점에서 풍자할 수 있는 권리는 민주주의의 기본적 권리 중 하나라고 할 수 있습니다.

풍자와 혐오 사이

그러나 안타깝게도 오늘날 우리 사회에는 풍자의 형식을 빌리고 있지만 풍자라 평가될 수 없는 이야기들이 넘쳐납니다. 풍자의 형식을 빌렸지만 그것이 풍자에 도달하지 못하고 특정한 개인이나 집단에 대한 조롱에 그친다면 그것은 풍자가 아니라 혐오표현물에 지나지 않습니다. 그럼에도 많은 이들이 풍자의 형식을 빌려 혐오와 차별의 수단으로 사용합니다. 자신의 행위를 '풍자'라고 변명하면서 말입니다.

풍자와 혐오를 착각하는 이들이 나타나는 이유는 무엇보다 '풍자'라는 비판 방식이 가진 내면적 한계에 있습니다. 본래 '풍자'라는 방식은 논리적인 비판 방식이 아니라 감정적인 방식입니다. 풍자는 대상의 모순되고 이중적인 모습, 우스꽝스럽고 어리석은 모습을 통해 그 권위를 추락시켜 우리에게 의심의 기초를 제공하는 데 의미가 있는 것이지, 그것이 왜, 어떤 점에서 잘못된 것인지를 명확히 가르쳐주는 것은 아닙니다. 또한 풍자는 우리들의 선입견에 의존합니다. 우리가 이미 가지고 있는 옳고 그름에 대한 판단, 좋고 싫음에 대한 감정에 기반해 이루어집니다. 풍자는 권력자의 실체적 결함, 혹은 일반적이지 않은 습관 등을 묘사합니다. 왜냐하면 우리가 그것에 대해 부정적인 인식을 가지고 있기 때문입니다.

〈B사감과 러브레터〉 역시 마찬가지입니다. 작가는 B사감의 논리를 하나하나 명백히 반박하지 않습니다. 단지, 우리가 가진 선입견의 시각에서 부정적으로 판단될 만한 B사감의 모습을 그려냈을 뿐입니다. 그럼에도 우리는 B사감이라는 인물에 대한 판단을 통해 B사감의 주장을 반박하게 됩니다. 여기서 B사감이 학생들에게 펼치는 논리가 옳은가 그른가는 별개의 문제입니다. 문제의 핵심은 우리가 어떤 결론에 어떤 과정을 거쳐 도달하는가 하는 문제입니다. 풍자는 한마디로 메시지가 아니라 메신저를 공격합니다. 메신저의 권위를 떨어뜨려 메시지를 불신하게 만듭니다. 이것이 풍자의 속성입니다.

메시지에 대한 직접적인 공격이 아니며 비판의 내용이 우리가 가진 선입견에 의존하기에, 풍자는 혐오의 수단이 될 가능성을 늘 열어놓고 있습니다. 우리나라의 역대 대통령 중 한 분은 '다리를 전다'는 신체적 결함이 있었습니다. 이 대통령을 혐오하는 세력이 퍼뜨린 사진들 중에는 그 신체적 결함을 조롱의 대상으로 삼은 것들이 있었습니다. 역시 메시지가 아니라 메신저를 공격하는 것이었고, 신체적 결함을 부정적으로 생각하는 우리의 선입견에 기반한 것이었습니다. 그러나 사실은 그 대통령의 신체적 결함은 군사독재 시절 발생한 의문의 교통사고에서 구사일생으로 살아남은 증거입니다. 그것을 조롱의 대상으로 삼는 것은 풍자의 방법이 어떻게 부정적으로 사용될 수 있는지 보여주는 생생한 사례입니다.

그러나 때때로 혐오가 풍자의 탈을 쓴다고 해서 풍자가 곧 혐오와 동일시되는 것은 아닙니다. 풍자와 혐오의 결정적인 차이는 그 방법이 아니라 정신과 대상에 있습니다.

풍자는 권력과 권위가 대상입니다. 사회적 약자 혹은 소수자들을 대상으로 하는 것은 풍자가 아니라 혐오입니다. 왜냐하면 풍자란 근본적으로 정당한 비판이 허락되지 않는 상황에서 정당한 비판을 위한 토대를 만들기 위한 노력이기 때문입니다. 그것이 풍자의 정신입니다. 사회적 약자나 소수자는 그들에 대한 비판을 억누를 힘이 없습니다. 그들에게 풍자의 칼날을 들이대는 것은 또 하나의 비겁한 폭력인 것입니다. 사회적 약자에 대한 음험한 비웃음이나 정당한 토론을 거부하는 저열한 비방을 우리는 풍자라고 부르지 않습니다.

〈B사감과 러브레터〉는 풍자소설인가

그러나 현실적으로 우리는 종종 풍자와 혐오의 경계에 있는 표현들을 자주 만나게 됩니다. 그 차이가 쉽게 드러나지 않는 것은 근본적으로 풍자와 혐오가 방법적으로 비슷할 때가 많다는 이유도 있지만 다른 한편으로는 하나의 표현이 맥락에 따라 다양하게 수용된다는 이유도 무시할 수 없습니다. 하나의 사례를 들어 보겠습니다. 2007년 스웨덴의 만화가 라르스 빌크스는 이슬람교의 예언자 무하마드의 초상을 개의 몸통에 합성시킨 만화를 그렸습니다. 이에 대해 이슬람 세계는 분노했고 심지어 이슬람 극단주의 세력인 알카에다는 그에게 거액의 현상금을 걸기도 했습니다. 그의 만화는 분명 풍자의 방식을 따르고 있습니다. 하지만 그것은 풍자인지 혐오인지에 대해서는 논쟁의 여지가 있습니다. 그것을 풍자라고 보는 사람들은 무하마드와 그를 추종하는 이슬람이라는 종교를 하나의 권력으로 생각합니다. 이 입장에서 보았을 때 이 만화는 권력을 의심하게 하는 풍자의 정신에 합당합니다. 그러나 국제정치라는 관점에서 보자면 이슬람은 분명 강자가 아니라 약자입니다. 특히 스웨덴이라는 사회에서 이슬람은 소수자입니다. 이들의 문화를 비웃는 것은 분명한 혐오라고 판단될 여지도 있습니다. 이처럼 현실에서 어떤 표현물들은 풍자와 혐오의 경계에 놓여 우리의 판단에 따라 다르게 평가되기도 합니다.

그렇다면 〈B사감과 러브레터〉라는 작품은 어떨까요? 이 작품의 의도는 분명히 풍자의 정신에 합당합니다. 저자가 비판하고 싶었던 것은 인간의 감정과 욕구를 부당하게 억누르는 권위의 이 중성이었으니 말입니다. 그러나 그럼에도 불구하고 이 작품은 여전히 찜찜한 부분을 남기고 있는 것도 사실입니다. 왜냐하면 비판의 대상인 B사감의 권력과 권위가 매우 미약하기 때문입니다. B사감은 분명 학생들을 세워놓고 몇 시간씩 혼을 낼 정도로 엄청난 권력을 행사하는 인물입니다. 하지만 작가가 비판하고 저항하려고 했던 모순에서 어느 정도의 역할을 차지하고 있을까요? 더 나아가서 소설이 발표되었던 1925년의 조선 사회에서 남녀간의 자유연애를 가로막고 있었던 본질적인 권력은 무엇이었을까요? 그것이 그저 충실한 기독교 신자이며 노처녀인 한 사감선생의 힘이었을까요?

권력에 대한 의심이라는 풍자 정신에 비추어보았을 때 풍자 대상이 B사감이라는 지엽적인 인물에 놓여졌다는 것은 위험한 부분이 있다고 생각됩니다. 즉, 작품의 풍자가 모순과 부조리에 대한 근본적인 도전으로 나아가지 못하고, 그저 특정한 입장이나 태도를 지닌 사람에 대한 비판으로 이해될 위험성이 있다는 것입니다. 더구나 그것이 B사감이라는 사람의 용모와 결합되어 이해될 때 그것은 오히려 편견과 혐오를 키우는 시각이 될 가능성이 있습니다. 이것은 마치 학벌 사회를 비판하는 사람을 보고 그것은 그 사람이 좋은 대학을 나오지 못해서 그런 것이라고 쉽게 예단해버리는 오류를 떠올리게 합니다. 만약 이 작품이 B사감의 이중성을 만들어내는 그 근본적 권력까지 묘사했으면 보다 풍자의 정신에 다가갈 수 있지 않았을까 하는 아쉬움을 느끼게 됩니다.

풍자의 탈을 쓴 혐오의 유혹을 경계한다

이런 점에서 우리가 〈B사감과 러브레터〉를 읽을 때 이것을 B 사감의 개인적 이야기로만 받아들여서는 안 된다고 생각합니다. 어떤 개인의 이중성과 모순은 그 자체로 풍자가 되지는 못합니다. 그것이 풍자가 되기 위해서는 그 이중성과 모순에 권력에 대한 비판 의지가 존재해야만 합니다. 더 나아가서 풍자가 하나의 시작점이라는 사실 또한 잊어서는 안됩니다.

풍자는 의심일 뿐입니다. 그 의심이 증명되기 위해서는 풍자와는 다른 지적 과정이 필요합니다. 풍자는 비판의 계기일 뿐이며, 그것은 종종 그릇된 것일 수 있습니다. 메신저의 결함과 메시지의 오류는 다른 문제일 수 있다는 사실 또한 잊어서는 안됩니다.

현대 사회는 과거와는 비교할 수 없이 다양한 형태의 미디어들이 존재합니다. 그리고 우리는 과거보다 훨씬 손쉽게 다양한 형태의 표현물들을 만들어냅니다. 이 과정에서 창작하는 사람과 그것을 수용하는 사람 모두 풍자의 탈을 쓴 혐오의 유혹을 일상적으로 받게 됩니다. 만약 우리가 그 경계를 제대로 세우지 못한다면 현대의 미디어 환경은 날이 갈수록 심각한 해악이 될 것입니다. 이런 점에서 〈B사감과 러브레터〉는 풍자와 혐오의 간극이라는 새로운 고민거리를 던져줍니다.

노인을 위한 미래는 가능한가

인간은 누구나 시간의 굴레에서 벗어날 수 없습니다. 태어나 성장해 늙어가고 죽는 것은 모든 사람의 정해진 운명입니다. 물론 어떤 사람들은 이 굴레에서 벗어나려고 발버둥을 치기도 합니다. 때로는 초월적인 힘에 기대고, 또 때로는 과학과 기술의 힘을 빌려 영원한 젊음과 생명을 꿈꿉니다. 그러나 이러한 꿈은 가능하지 않을뿐더러, 설혹 그것이 가능하다 하더라도 우리에게 잔혹한 대가를 요구하기 마련입니다.

자연이 인간에게 제공할 수 있는 공간과 자원은 한정되어 있습니다. 만약 우리가 영원한 젊음과 생명을 누린다면 그때도 자연은 우리 모두를 위해 충분한 공간과 자원을 제공할 수 있을까요? 아마도 우리는 영원한 젊음과 생명의 대가로 번식을 포기해야만 할 것입니다. 아니, 보다 근본적으로 영원한 삶을 누리는 존재가 굳이 자손을 필요로 할지도 의문입니다.

영원한 젊음과 생명이 요구하는 대가는 여기서 그치는 것이 아닙니다. 우리가 느끼는 모든 인간적인 감정들 또한 사라질지도 모릅니다. 우리가 느끼는 슬픔과 기쁨은 유한성의 산물입니다. 다시는 못 만날 이별과 다시는 경험할 수 없는 행복이 우리가 느끼는 슬픔과 기쁨의 근원입니다. 그런데 만약 우리가 영원한 시간 속에 존재한다면 이 모든 일들은 그 고유성을 상실하게 될 것이고, 우리는 아무런 감정 없이 끝없는 권태를 견뎌야 할 것입니다. 그렇기에 아무리 늙어감의 괴로움과 죽음의 공포가 크다 하더라도 그것을 벗어나는 것이 보다 나은 삶인지에 대해서는 더 많은 고민이 필요할 것입니다.

시간의 굴레를 형벌이 아니라 우리 삶을 가능하게 하는 기본적인 전제로 받아들인다면 보다 나은 삶을 위해 우리는 시간을 회피할 것이 아니라, 인간 삶에 존재하는 각각의 시간들마다 그에 걸맞는 가치를 실현할 수 있도록 해야 합니다. 유년기와 청년기, 장년기와 노년기라는 각각의 시간들이 저마다의 가치를 가지고 존재할 때 시간의 굴레는 인간에게 축복이 될 수 있을 것입니다. 그러나 오늘날 우리 사회의 시간은 축복이 아니라 저주에 가깝습니다. 노년기의 가치가 제대로 정립되지 못한 사회에서 나이를 먹는다는 것은 단지 공포일 뿐입니다. 그 결과 우리 사회의 대다수가 시간의 흐름을 멈추려는 헛된 노력에 매달리고 있으며, 어려보인다는 말을 최고의 칭찬으로 받아들이고, 나이들어 보인다는 말에는 모욕감을 느끼는 것이 일반적인 정서로 자리잡게 되었습니다.

이런 점에서 1937년 발표된 이태준의 〈복덕방〉은 무엇이 노년기의 가치를 박탈하는지, 또 그 가치를 어떻게 회복할 수 있는지를 고민하게 하는 소설입니다. 특히, 갈수록 심각해지는 세대 갈등과 노인 문제를 당면하고 있는 오늘의 우리 현실에서 이 작품을 통해 어제의 상황을 되돌아보는 것은, 소설을 읽는다는 것이 어떻게 '과거와 현재의 대화'가 될 수 있는지 느낄 수 있는 기회가 될 것입니다.

복덕방의 세 노인

이 소설은 복덕방이라는 공간을 배경으로 세 노인의 삶을 다루고 있습니다. 먼저 복덕방을 운영하는 서참의, 그 복덕방에 거의 매일 들르는 안초시와 박희완 영감입니다. 이 중에서 소설의 중심인물이면서 노년의 고통을 가장 잘 드러내고 있는 인물은 안초시입니다. 물론 안초시는 실제 이름이 아닙니다. '초시'라는 명칭은 원래 과거 시험의 1차 시험을 뜻하지만, 보통은 한문을 좀 아는, 그러니까 어느 정도 공부한 사람에게 붙이는 호칭입니다. 그러니까 우리는 안초시라는 인물이 원래부터 무능력한 인물은 아니었다는 사실을 알 수 있습니다. 본격적으로 과거에 급제해서 벼슬을 살았던 것은 아니지만 주변에서 어느 정도 인정을 받던 지식인이었던 것이지요. 그러나 그것은 이제 과거의 일일 뿐입니다. 유교적 질서를 바탕으로 했던 조선 사회는 몰락했고, 이제 안초시는 자본주의를 바탕으로 하는 일본 식민지의 일원으로 살아가야 합니다. 젊은 시절 힘들게 익혀놓은 지식이 모두 쓸모없는 것이 된 것입니다.

작품에 드러난 그의 모습에서도 지식인스러운 면모는 찾기 힘듭니다. 그저 식민지와 함께 자리잡은 자본주의 경제구조에서 가장 중요한 것이 '돈'이라 생각하고, 돈을 벌기 위해 무리를 하다 실패를 거듭하게 됩니다. 드팀전(여러 가지 옷감을 파는 가게)을 하다 망했고, 장전(장롱과 찬장을 파는 가게)도 역시 실패로 끝납니다. 생각해보면 당연한 일입니다. 식민지와 근대화라는 급격한 변화에 적응하는 일이 그리 쉬울 리는 없습니다. 드팀전만 해도 그렇습니다. 드팀전에서 파는 옷감들은 베, 무명, 비단 같은 전통적인 상품들입니다. 그러나 이 시기는 조선이 식민지가 되면서 근대기술로 무장한 일본 화학섬유들이 대거 유입되던 시점입니다. 뿐만 아니라 조선인보다 월등한 자본력과 영업력을 지닌 일본 상인들도 조선 시장에 본격 진출합니다. 이러한 상황 속에서 특별한 자본력도, 영업력도 없는 조선인이 베나 무명 같은 낡은 상품을 팔면 당연히 시장경쟁에서 낙오될 수밖에 없는 일입니다.

시대가 변하고 있다는 것을 어렴풋이 느끼면서도 여전히 자신이 살아왔던 경험을 기반으로 선택을 하게 되는 안초시의 모습 속에서 우리는 노인들의 삶에 놓여있는 근본적인 부조리를 생각하게 됩니다. 노인이 된다는 것은 더 많은 삶을 보내왔다는 것이고, 그것은 곧 더 많은 경험을 쌓아왔다는 뜻입니다. 안정되고 지속되는 사회 속에서 이 경험은 커다란 장점이 됩니다. 비교적 사회적·기술적 변화가 적었던 전통사회에서는 노인들의 경험이 지혜를 대신하게 되고, 그것은 노년이라는 시간에 사회적 가치를 부여하는 힘이 되었습니다. 그러나 한편으로 경험은 인간의 사고를 얽어매는 족쇄가 되기도 합니다. 많은 경험은 그만큼 더 강력한 족쇄가 되기에 급격한 변화의 시대에서 노인들의 경험은 지혜가 아니라 어리석음이 됩니다. 과거의 경험이 득이 아니라 실이 되는 것입니다. 이러한 시대 상황 속에서 노인이 된다는 것은 어리석은 사람이 되는 것이라는 통념이 자리잡게 되고, 노년기에 대한 존중은 찾아보기 어렵게 됩니다.

더구나 소설의 배경이 되는 식민지 시대는 빠른 변화를 넘어 아예 사회적 단절이 강요되는 시점이라는 점을 주목할 필요가 있습니다. 과거와의 단절이 강요되는 상황에서 과거의 경험이 더 많은 사람일수록 더 많은 짐을 짊어지고 삶을 살아가야 하는 불리한 처지에 빠집니다. 일생을 거쳐 쌓아온 경험이 일순간에 부인되는 상황은 사람을 무력감에 빠지게 만듭니다. 이 작품에서 노인들이 보여주는 기본적인 정서가 보여주는 것이 바로 강요된 단절로 인한 무력감입니다.

세 노인의 삶과 단절

안초시의 삶은 거듭된 실패로 과거의 풍요로운 삶과 단절되어 있습니다. 안초시의 부러진 안경다리는 이 단절을 상징적으로 보여줍니다. 과거 풍요로웠던 시절 맞췄던 안경은 이미 다리가 부러졌습니다. 안경다리를 고치는데 일 원이나 들 정도로 비싼 안경입니다. 참고로 1920년대 비숙련 노동자의 하루 임금은 90전 정도였다고 하니 일 원이라는 돈은 결코 적은 돈이 아닙니다. 딸이 무용가라는 설정 역시 그의 풍요로웠던 과거를 보여줍니다. 딸이 무용가가 될 수 있을 만큼 교육을 시켰을 것이고, 그 역시 안초시의 풍요로운 과거를 추측할 수 있는 근거입니다.

그러나 이제 안초시에게 그 풍요로운 시절은 지나간 과거일 뿐입니다. 그의 주머니에는 딸에게서 어렵게 얻은 푼돈만이 남아있습니다. 안경은커녕 안경다리조차 고칠 수 없는 그는 이제 가장 싸구려 담배인 마코와 의미 없는 화투점으로 하루를 보냅니다. 그는 언제나 이 단절을 넘어 과거의 풍요로웠던 시절로 되돌아가려 하지만 자본도 기술도 지식도 없는 그는 다만 무기력합니다. 그러니 그가 할 수 있는 것은 불만과 분노뿐입니다. 말끝마다 습관처럼 '젠장'을 붙이는 것도 당연한 일입니다.

단절로 인한 무기력을 보여주는 것은 서참의도 마찬가지입니다. 그 역시 작품 속에서 본명은 드러나지 않고 '참의'라는 관직으로 지칭됩니다. 물론 그가 일했던 훈련원도, 조선왕조도, 참의라는 직책도 이미 과거의 일입니다. 서참의의 단절은 경제적 원인 때문은 아닙니다. 그는 운이 좋게도 작품의 무대가 되는 복덕방을 일찍 개업했고, 일본인들이 대거 조선의 부동산을 구입하는 상황에 힘입어 어느 정도 경제적 기반을 마련한 인물입니다. 그럼에도 그 역시 안초시와 마찬가지로 과거와 단절되어 때때로 심한 무기력을 느끼고 있습니다. 그의 단절은 자긍심의 단절입니다. 훈련원 참의란 요즘으로 치자면 군대의 장교와 같은 존재입니다. 당연히 삶의 목표는 국가를 지키는 것이고 그런 자신의 역할에 대해 자부심도 있었을 것입니다. 그런데 이제 지켜야 할 국가는 사라지고 자신은 오직 경제적 이익을 위해 "기생이나 갈보 따위가 사글세방 한 칸을 얻어달래도 "예, 예."하면서 따라나서야 하는" 신세가 된 것입니다. 이러한 극심한 괴리감을 느낄 때마다 서참의는 괴로워하지만 그에게는 이러한 상황을 벗어날 길이 없습니다. 오히려 이만한 삶이라도 누릴 수 있는 것을 다행으로 여기는 그의 삶 역시 국가의 단절이 만들어낸 또 하나의 무기력인 것입니다.

박희완 영감 역시 식민지가 만들어 낸 또다른 단절을 보여줍니다. 그는 대서업을 하려고 합니다. 대서업이란 문자나 공문서 형식을 모르는 사람을 위해 대신 문서를 작성해주는 일입니다. 그런데 조선은 이미 일본의 식민지입니다. 그러니 공문서는 일본어로 작성해야 합니다. 박희완 영감은 이제 평생 동안 사용했던 모국어가 아니라 일본어를 익혀야 합니다. 늘 '속수국어독본'을 가지고 다니면서 일본어를 배우려 발버둥치는 그의 모습은 식민지가 언어의 단절, 일상의 단절을 강요하고 있음을 잘 보여주고 있습니다. 그러나 그 역시 과거의 경험이 이미 많은 노인입니다. 그의 일본어 학습은 그리 쉽게 이루어지지는 않습니다. 그에 따라 박희완 영감의 꿈도 좀처럼 실현되지 못합니다.

그러나 노인들에게 강요되는 단절의 경험은 비단 이것뿐만이 아닙니다. 복덕방의 세 노인들은 이제 새로운 시대의 새로운 윤리 앞에서 당혹스러운 경험을 하게 됩니다. 작품 속에서 이 갈등의 매개체가 되는 인물이 바로 안초시의 딸인 안경화입니다. 이름난 무용가인 안경화의 삶은 공적인 면에서건 사적인 면에서건 노인들이 가지고 있는 전통적인 윤리와 충돌합니다. 조선사회의 유교적 윤리 속에서 성장한 노인들은 만인 앞에서 민망한 옷을 입고 춤을 추는 안경화의 공연을 받아들이기가 쉽지 않습니다. 그러나 노인들에게는 그 변화를 막거나 거스를 만한 힘은 없습니다. 자신의 윤리관을 고집해봤자 돌아오는 것은 "세상물정 모르는 무식한 노인네"라는 핀잔뿐입니다. 그저 세상이 이상해졌다고 한탄할 수밖에 없는 상황입니다. 노인들을 더욱 무기력으로 몰아넣는 또하나의 단절입니다.

윤리적 변화와 단절은 단지 무용수의 옷차림에서만 드러나는 것이 아닙니다. 딸의 눈치만 살피며 가족 내에서 설 자리를 잃어버린 안초시의 모습에서 우리는 변화하는 가족윤리를 눈치챌 수 있습니다. 전통적인 조선 사회의 윤리관은 가부장제에 기초한 것이었습니다. 가장은 권위를 가지고 있는 존재였고, 자식은 그 권위에 복종해야만 했습니다. 그러나 작품 속 안초시의 모습에서는 어떤 권위도 찾아볼 수 없습니다. 안경다리를 고치기 위해서 딸에게 푼돈을 얻어내는 안초시의 모습은 이미 가부장적 권위를 경제적 권위가 대신하는 상황을 잘 보여줍니다.

가족내 윤리의 변화는 딸인 안경화의 모습에서도 잘 드러납니다. 작품 속에서 안경화는 경제적으로 어려운 처지가 아님을 알 수 있습니다. 무용연구소를 세울 정도로 어느 정도 경제력을 갖추고 있습니다. 그렇지만 아버지를 위해서 돈을 쓰는 데는 매우 인색합니다. 안경다리를 하기 위해 일원을 달라는 안초시의 부탁에 50전만 내주는 모습은 이를 잘 보여줍니다. 낡은 옷을 바꿔야겠다는 아버지의 말에도 그저 미뤄두기만 합니다. 자본주의 사회에서 돈을 어디에 쓰는가처럼 자신의 가치관을 잘 드러내는 일도 없습니다. 이런 점에서 안경화의 모습은 가족 중심의 가치가 무너지고, 개인의 성공이 그 자리를 대신하는 윤리적 변화를 보여줍니다. 문제는 이러한 상황 속에서 경제적 능력을 상실한 안초시와 같은 노인들은 더욱더 설 자리를 잃어버리게 된다는 점입니다. 바로 이런 현실이 안초시로 하여금 더 돈벌이에 집착하게 만드는 원인이 됩니다. 즉, 안초시에게 있어 돈을 벌겠다는 욕망은 단순한 풍요와 소비에 대한 욕구가 아니라 자신의 가치를 되찾고 싶다는 좀 더 근원적인 욕망에서 비롯된 것입니다.

안초시의 죽음

하지만 절실하다고 해서 그 욕망이 반드시 성취되는 것은 아닙니다. 오히려 절실하기 때문에 냉정한 판단을 하지 못하고 누군가의 꾀임에 빠지는 경우도 적지 않습니다. 불행히도 안초시 역시 이 함정에서 벗어나지 못했습니다. 안초시는 박희완 영감에게 얻은 정보로 딸의 연구소를 담보잡히게 해 거액을 부동산에 투자하지만, 이는 결국 대실패로 끝납니다. 경제력을 회복해 삶의 가치를 회복하겠다는 그의 욕망은 오히려 그를 더 궁지에 몰아넣고 그는 결국 쓸쓸한 복덕방에서 극단적인 선택을 하고야 맙니다.

그러나 안초시 영감의 비극은 단지 죽음에서 끝난 것은 아닙니다. 그는 죽음을 통해서도 자신의 가치를 회복하지 못합니다. 안초시의 죽음을 전해들은 딸은 그의 죽음보다도 자신의 체면을 더 앞세워 안초시가 자살했다는 사실을 숨기려고 합니다. 안초시는 죽어서도 자신의 가치를 회복하지 못하는 것입니다. 이에 분노한 서참의는 딸을 협박해 안초시에게 좋은 옷을 해 입혀 장례를 치르도록 합니다. 죽은 이에게는 당연히 좋은 옷이 필요 없습니다. 그럼에도 서참의가 죽은 안초시에게 좋은 옷을 해 입히도록 강요하는 것은 지극히 개인적이고 계산적인 현실의 가치관에 대한 분노라고 할 것입니다.

소설은 안초시의 장례식 장면으로 끝납니다. 장례식에는 많은 사람이 모였지만 대부분 딸의 명성 때문에 온 사람들이고, 진정으로 안초시의 죽음을 슬퍼하는 사람은 박희완 영감과 서참의뿐입니다. 소설의 마지막 문장은 그들의 슬픔과 쓸쓸함을 담담하게 표현합니다.

"서참의와 박희완 영감도 묘지까지 나갈 작정이었으나 거기 모인 사람들이 하나도 마음에 들지 않아 도로 술집으로 내려오고 말았다."

노인을 위한 나라, 모두를 위한 나라

이 소설의 배경은 일제 강점기입니다. 벌써 거의 백년 전 상황입니다. 그러나 이 소설을 읽다보면 그 시대적 차이가 거의 느껴지지 않습니다. 작품 속에서 느껴지는 노인들의 상황은 오늘날의 그것과 놀라울 정도로 일치합니다. 노인 빈곤 문제는 물론, 노인 일자리 문제, 가족 내 소외, 더 나아가서 새로운 세대와의 가치 충돌 문제 등. 심지어 이 소설에서 일어난 안초시의 비극은 세계에서 가장 높은 노인 자살률로 매일 재생산되고 있는 것이 바로 우리의 현실입니다.

더욱 심각한 것은 소설 속의 노인 문제가 근 백년 동안 해결되기는커녕 오히려 심화·확산되었다는 사실입니다. 소설의 제목인 '복덕방' 역시 마찬가지입니다. 소설에서 노인들은 서참의의 복덕방에 들려 소일거리를 하고, 서참의는 복덕방을 통해 경제적 기반을 만듭니다. 그런데 오늘날 우리 주변에는 더 이상 '복덕방'이 없습니다. 복덕방은 이미 공인중개사로 바뀌었고, 그마저도 그 자격증을 얻기 위해 젊은이들이 치열한 경쟁을 벌이고 있는 상황입니다. 더 이상 노인의 고유한 일자리가 아닌 것입니다. 갈수록 노인들의 역할과 설 곳이 사라지는 상황을 이보다 더 잘 보여주는 사례는 없을 것입니다.

이런 상황에서 우리는 그 어느 시대보다 평균적으로 긴 노년을 보내야 합니다. 소설 속에서 안초시는 '낼모레가 예순'이라며 한탄합니다. 오늘날의 관점에서 보면 전혀 노인이 아닙니다. 오늘날 우리는 어느 정도 노년을 늦추는 데 성공했습니다. 그러나 그렇다고 노년을 영원히 피할 수 있는 것은 아닙니다. 오히려 평균 수명이 늘어남으로써 더 긴 노년기를 살아야 하며, 발달한 의료 기술은 더 많은 의료비를 요구함으로써 노인빈곤을 악화시키는 한 요인이 되고 있는 것이 현실입니다.

〈노인을 위한 나라는 없다〉라는 영화가 있습니다. 적어도 지금 우리 현실을 보면 이 제목에 수긍하게 됩니다. 하지만 노인을 위한 나라는 단지 노인들만을 위한 나라가 아닙니다. 인간이라면 모두가 겪어야 할 노년기가 불행과 공포뿐이라면 우리의 나머지 삶도 온전할 수는 없을 것입니다. 결국 노인을 위한 나라가 진정으로 우리 모두를 위한 나라인 것입니다.

다른 한편 우리는 이태준의 〈복덕방〉이 식민지라는 상황을 배경으로 하고 있다는 점에도 주목할 필요가 있습니다. 노인 문제는 결국 삶의 속도에 대한 문제입니다. 인간이 적응하기 어려운 속도가 강요될 때 노인 문제는 결코 해결될 수 없는 문제입니다. 식민지에 강요되었던 비인간적인 변화 속도가 결국 노인의 삶을 단절시키고 왜곡시킨 근본적 원인이었습니다.

그렇기에 지금 우리가 질문해야 할 것도 이와 크게 다르지 않습니다. 우리는 인간의 속도로 변화하고 있는가? 우리에게 비인간적인 속도를 강요하는 것은 누구인가? 이 질문에 대해 제대로 답을 할 수 있을 때, 비로소 '노인을 위한 나라'로 가는 길이 열릴 것입니다.

최은영, 〈씬짜오, 씬짜오〉

사회의 죄, 개인의 책임

개인의 자율성과 독립성을 강조하는 시장경제 체제에서 살고 있기에 종종 간과되지만, 우리는 모두 특정한 사회의 산물입니다. 그것은 우리가 어떻게 각자의 가치와 취향을 갖게 되었는지를 생각해보면 명백하게 드러납니다. 그 어떤 사람도 태어나면서부터 피자를, 혹은 김치볶음밥을 좋아하는 사람으로 태어나지는 않습니다. 개개인의 선천적인 특성이 입맛에 영향을 미칠 수는 있지만, 피자나 김치볶음밥을 좋아하기 위해서는 적어도 그것을 제공할 수 있는 사회가 존재해야 하는 것입니다. 이것은 당연하게도 음식의 기호성에만 해당하는 이야기는 아닙니다. 개인의 자율성과 독립성이 중요하다는, 얼핏 생각하면 사회의 속박을 부인하는 그 가치관마저도 따지고 보면 우리 사회의 경제적·정치적 특성 아래서 발생하고, 일반화될 수 있는 것입니다. 누구도 이와 사회의 구속력에서 벗어날 수는 없습니다.

잠깐 내가 무엇을 좋아하고, 싫어하는지, 그리고 무엇을 바라고, 무엇을 피하고 싶은지 떠올려 봅시다. 그리고 한번 의문을 던져 봅시다. 나는 도대체 왜, 언제부터 그런 생각을 하게 된 것일까요? 이렇게 질문을 던져 나 자신이라는 존재를 들여다보면, '나'라는 존재가 형성되는데 공동체가 얼마나 강력하게 영향을 끼치는지 알 수 있을 것입니다.

물론 어떤 사람들은 똑같은 사회 속에서도 다양한 가치와 삶의 태도가 존재한다는 근거를 들면서 사회의 구속력을 축소하려 노력하기도 합니다. 그러나 사회의 영향이 반드시 한 방향으로 이루어지지는 않는다는 사실, 그리고 어떤 사람도 단일한 사회의 영향을 받는 경우는 없다는 점을 간과해서는 안 될 것입니다. 예를 들어 지구온난화의 영향은 반드시 기후가 따뜻해지는 방향으로 나타나지는 않습니다. 특정한 지역과 상황에서는 평소보다 극심한 추위가 찾아오기도 합니다. 그러나 그 역시 지구온난화의 영향으로 일어난 환경 변화임은 부인할 수 없는 일입니다. 마찬가지로 사회의 힘은 표면적으로는 그 사회의 주된 가치와 정반대의 결과를 초래하기도 합니다. 하지만 이 역시 그 결과와는 무관하게 사회의 영향으로 일어났다는 점은 분명한 사실입니다.

또한 한 사람은 다양한 사회의 중첩 속에서 살아갑니다. 국가와 지역은 물론 가족과 또래집단, 심지어는 종교나 취미 모임 같은 임의적 성격의 모임까지 개개인에게 영향을 미치는 사회는 매우 복합적인 성격을 지닙니다. 그 하나하나의 집단은 고유한 가치와 규범을 지니기 마련이고, 서로 다른 사회적 경험을 통해 개인이 다양한 가치를 형성하게 되는 것도 당연한 일입니다. 그러나 그렇다고 해서 그 다양성이 곧 사회의 구속력을 부인하는 것은 아닙니다. 오히려 그 다양성이야말로 개인이 얼마나 강력하게 사회의 틀 안에서 살아갈 수밖에 없는 것인지를 증명하는 사례가 될 뿐입니다. 이런 점에서 모든 개인 안에는 그를 형성시켜 온 사회가 들어 있다고 할 수 있을 것입니다.

나아가 사회는 개인의 생각과 가치를 형성할 뿐만 아니라, 한편으로는 개개인이 누리는 삶의 기반이 되기도 합니다. 오늘날 우리가 누리는 정치적, 경제적 자유를 결정하는 가장 큰 힘은 무엇일까요? 매우 불평등한 일이지만 개인의 정치적, 경제적 삶의 수준은 개인의 재능이나 노력보다도 그가 어떤 국가에서, 어떤 가정에서 태어났는지에 따라 달라질 수밖에 없다는 사실을 부인하기는 힘든 일입니다. 우리가 누리는 현재, 그리고 꿈꾸는 미래가 가능한 것은 대부분 우리가 21세기 대한민국에서 살고 있고 태어났기에 가능한 일입니다. 이것은 분명 사회가 개인에게 부여하는 기회이자, 권리입니다. 우리는 그것을 당연하게 누립니다.

그러나 우리들 대부분이 우리 사회가 부여하는 기회를 너무나 당연하게 여기는 데 반해, 우리 사회의 죄를 나누어 짊어져야 한다는 생각에 대해서는 너무나 낯설어하는 것이 사실입니다. 개인의 입장에서 이러한 책임이 부당하게 느껴질 수 있는 것은 당연한 일입니다. 우리가 생각하는 '죄'는 개인의 잘못된 선택과 행동에 대해 대가를 치르는 일입니다. 그런데 사회가 과거에 저지른 잘못은 우리의 선택도 아니고, 우리의 행동도 아닙니다. 그럼에도 개인에게 미치는 사회의 영향과 혜택을 생각한다면, 개인이 자신이 속한 사회의 책임에 대해 무관심한 것이 과연 정당한 것인지 되묻게 됩니다. 최은영 작가의 〈씬짜오, 씬짜오〉는 한 한국인 여성과 베트남 여성의 인간관계를 통해 사회의 죄 앞에서 개인이 책임을 져야 하는 것인지, 그리고 책임을 져야 한다면 그것은 어떤 것이어야 하는지 진지하게 묻고 있는 작품입니다.

두 이방인 가족

소설은 지금은 어른이 된 딸의 회상을 통해 진행됩니다. 어린 시절 화자의 가족은 독일에서 한 베트남 가족과 친분을 쌓아갑니다. 주변은 온통 독일인인 상황에서 한국인과 베트남인은 마찬가지로 이방인입니다. 수업 중에 베트남 전쟁이 나오자 선생님은 다른 학생들을 위해 베트남인인 '투이'의 경험을 이야기해 달라고 합니다. 물론 선생님이 악의를 갖고 있었던 것은 아닙니다. 오히려 선생님은 역사와 정의에 대해 생생하게 가르칠 수 있는 좋은 기회라고 여겼을 것입니다. 그러나 그것은 전쟁의 당사자가 아닌 독일인의 시각일 뿐입니다. 그들은 아직도 베트남전의 비극을 고스란히 짊어지고 살아가는 투이의 마음을 이해하지 못합니다. 우리가 익숙한 사회를 떠나 낯선 사회로 이주했을 때 일상적으로 느낄 수밖에 없는 고립감은 바로 이런 것일지도 모릅니다. 특별히 악의를 갖지 않더라도 그들은 나의 상처와 고통을 이론으로만 이해할 뿐 공유하지는 못합니다.

불편한 것은 나의 상처와 고통을 이해하지 못하는 사람들의 태도뿐만은 아닙니다. 익숙하지 않은 사회제도와 자연환경은 일상적으로 나 자신이 이방인이라는 사실을 알려줍니다. 이처럼 낯선 곳에서 크고 작은 불편함을 겪을 수밖에 없는 상황은 한국과 베트남이라는 두 아시아 가족에게 서로 동질감을 느끼게 해주었을 것입니다. 먼저 독일에 온 베트남 가족들이 베푸는 친절 속에서 두 가족은 점차 친밀감을 쌓아갑니다. 더구나 한국과 베트남은 같은 한자문화권의 나라들입니다. 발음이 서로 다르지만 같은 한자에서 유래한 성씨를 알아나가는 과정은 문화적 배경이 전혀 다른 독일 주류 사회에 대해 두 가족이 친밀함을 쌓아가는 모습을 잘 보여주는 장면입니다.

특히 화자의 엄마에게 '응웬 아주머니'와의 관계는 무엇보다 소중한 것이었습니다. 화자의 엄마는 낯선 독일에서 남편과 불화를 겪고 있습니다. 낯선 곳, 낯선 사람들 속에 있다는 것은 자신을 알아주는 사람이 없다는 의미입니다. 그래서 그녀가 겪는 남편과의 불화는 그녀에게 심각한 위기가 됩니다. 사람은 생물학적인 요구만으로 살아가는 존재가 아니기 때문입니다. 사람은 다른 이들에게 인정받고 이해받음으로써 비로소 자신의 가치를 채워나갈 수 있는 존재입니다. 이 역시 개인이 사회로부터 벗어날 수 없는 존재이기에 나타나는 속성일 것입니다.

응웬 아주머니는 그녀라는 존재의 가치를 일깨워주는 사람이었습니다. 늘 자신의 소소한 장점을 찾아 그것을 일깨워주는 말들은, 이해받지 못해 위기에 처했던 그녀의 존재를 구원하는 힘이 됩니다. 그렇기에 엄마는 응웬 가족의 집에 갈 때마다 애써 멋을 부리고 치장을 합니다. 이해되지 못하고 잊혀져가는 존재에서 자신의 가치를 찾아가는 존재로 변화하고 있다는 것을 보여주는 장면입니다. 엄마와 응웬 아주머니의 관계는 우리로 하여금 인간관계의 본질에 대해 생각하게 합니다. 우리는 왜 사람을 만나고, 관계를 형성해 나갈까요? 그것은 아마도 기억되기 위해서, 인정받기 위해서가 아닐까요? 유명한 시의 한 구절처럼 우리는 모두 누군가와의 만남을 통해 아무 것도 아닌 존재에서 비로소 '꽃'이 되는 것일지도 모릅니다.

그러나 지극히 개인적이고 인간적인 엄마와 응웬 아주머니의 관계, 더 나아가 두 가족의 관계는 개인이 개인이 아니라 사회의 일원으로서 존재하는 순간 파국에 이르게 됩니다. 그 과정에는 어떠한 악의도 없었습니다. 단지 전쟁이라는 상황에서 한쪽은 피해자의 나라였고, 한쪽은 가해자의 나라였다는 사실이 이 지극히 인간적인 관계를 파괴합니다. 더구나 이 가족들은 지금 그 사회에서 떨어져나온 존재임에도 불구하고 그 힘은 여전히 강력하고 파괴적입니다. 생각해보면 소설의 등장인물 모두 자신이 속한 사회에서 누구도 독립적이지 못합니다. 아무렇지도 않게 그저 자신이 배운 대로 "우리나라는 한번도 남을 침략한 적이 없어요"라고 말하는 화자도, 그 말에 학살의 기억을 떠올릴 수밖에 없는 응웬 아주머니의 가족도, 그 파국을 막고 사죄하는 엄마도, 자신의 형도 피해자였다며 왜 사죄를 해야 하느냐고 따지는 아빠도, 그 누구도 자신의 사회로부터 자유로운 존재는 아닙니다. 그토록 평안했던, 위안을 주었던 인간관계는 우리 모두가 벗어날 수 없는 사회의 짐을 지고 있는 존재라는 것이 드러나는 순간 끝이 납니다.

용병의 논리

이 결말에서 가장 비극적인 경험을 하게 되는 것은 당연히 그 관계가 누구보다도 소중했던 엄마입니다. 엄마는 그 후에도 몇 번이나 응웬 아주머니를 찾아서 관계를 회복하려고 노력합니다. 그러나 우리를 옥죄고 있는 사회의 힘은 그렇게 쉽게 무너지지 않습니다. 가족을 한국군에게 학살당한 끔찍한 경험이 쉽게 사라질 리도 없습니다. 결국 엄마는 관계회복의 의지를 상실하게 되고, 그것은 이후 죽을 때까지 남과 다시는 진정성 있는 인간관계를 회복하지 못하는 비극으로 이어집니다.

엄마가 겪은 관계의 파국과 그 후의 비극적인 삶에 대해 작가는 작품 속에서 '엄마의 잘못이 아닌 일로 부서져버렸다'고 표현합니다. 생각해보면 대부분의 개인은 자신의 삶에 영향을 끼치는 사회에 비해 무기력합니다. 하물며 그것이 내가 결정권을 제대로 행사할 수도 없었던 과거에 있었던 일이라면 그 사건들은 개개인의 선택이나 잘못 때문이라고 말할 수는 없습니다. 특히, 역사적으로 대부분의 사회적 결정이 남성을 중심으로 이루어졌다는 점을 생각해본다면, 여성인 엄마의 항변은 더 설득력 있게 들립니다. 전쟁을 결정하는 것은 대체로 남성들입니다. 그러나 여성들 역시 그 전쟁의 피해자가 되는 것은 마찬가지입니다. 아니, 어떤 경우에 여성들은 남성들보다 더 큰 피해와 상처를 입기도 합니다. 이러한 모순은 남성과 여성의 문제만은 아닙니다.

작품의 중심이 되는 베트남 전쟁을 생각해봅시다. 베트남 전쟁에 참전하기로 결정한 사람들은 누구입니까? 현재는 물론 그 당시에 대다수의 국민들 역시 전쟁을 결정한 사람들은 아닙니다. 그 결정은 극소수 권력자의 손에 의해 이루어진 일입니다. 그러나 우리는 분명 베트남 전쟁에, 부당한 편에 가담했던 국가의 국민으로 살아가야 합니다. 이것은 아무리 시간이 흐른다 해도 변화할 수 없는 역사적 사실입니다.

나의 잘못이 아닌데 책임을 져야 한다는 사실은 우리를 무척 곤혹스럽게 만듭니다. 그래서 우리는 종종 또다른 잘못을 저지르는 데 동참합니다. 우리 사회의 잘못을 잘못이 아닌 것으로 주장하는 논리들에 종종 동조하게 되는 것입니다. 이러한 태도를 가장 잘 보여주고 있는 것이 바로 일본의 극우세력들입니다. 그들은 과거의 명백한 잘못을 왜곡하고, 정당화합니다. 그 정당화의 논리는 크게 두 가지입니다.

첫째는 피해자의 잘못으로 돌리는 것입니다. 너희들이 무능해서 그렇다, 너희들이 먼저 악한 행동을 했다, 이것이 공동체의 죄를 희석하는 첫 번째 논리입니다. 그러나 이것은 너무나 뻔뻔한 논리이기에 근거가 되기 부족할 때도 종종 있습니다. 그럴 때는 두 번째 논리가 등장합니다. "그때는 어쩔 수 없었다"는 주장입니다. 그때는 제국주의 시대였으니 어쩔 수 없었다, 우리 국가가 위험해서 어쩔 수 없었다, 우리가 가난해서, 우리 힘이 없어서······ 그래서 어쩔 수 없었다는 논리로 자신의 사회를 변호합니다.

그러나 어쩔 수 없는 일의 기준이 과연 무엇인지 우리는 묻지 않을 수 없습니다. 만약 어떤 강도가 저 보석을 갖고 싶어서 어쩔 수 없이 강도를 저질렀다고 하면 우리는 그 주장을 순순히 인정해주어야 하는 것일까요? 도대체 어디까지를 우리는 어쩔 수 없는 일로 인정해줘야 하는 것일까요? 저 비인간적인 노예무역도 그 시대는 인권의식이 미흡했으니 어쩔 수 없는 일이라고 인정해줘야 하는 건가요? 어쩔 수 없었다는 말은 대부분의 경우 '나는 그것을 선택하는 것을 가장 합리적이라고 여겼다'는 말에 지나지 않습니다. 그것은 과거의 잘못을 책임지는 논리도 행위도 따르지 않는 말입니다. 그것은 피해자를 위한 말이 아니라, 자신의 평안을 위한 말이기 때문입니다.

우리는 이러한 논리를 일본의 극우세력들의 주장에서 너무나 쉽게 발견합니다. 하지만 자신이 속한 사회를 정당화하려는 욕망은 우리 자신 역시 지니고 있습니다. 베트남 전쟁에 대해서 우리는 과거에 공산화를 막기 위해 참전하는 것이라 정당화했습니다. 서구열강의 식민지가 되는 것을 막겠다고 아시아 각국을 짓밟은 일본제국주의 논리와 그리 다르지 않습니다. 다행히 이제 이러한 논리로 베트남 참전을 정당화하는 논리는 점점 사라지고 있습니다. 하지만 여전히 '어쩔 수 없었다'는 논리는 여전히 남아 있습니다. "우리는 단지 용병이었을 뿐"라는 아빠의 항변은 바로 참전이 우리의 결정과 책임이 아니고, 우리는 시키는 대로 했을 뿐이라는 또다른 정당화의 논리입니다.

생각해보면 한국군이 용병이었다는 사실은 우리의 책임을 더 무겁게 만드는 말입니다. 용병이란 결국 경제적 이득을 위해 전쟁에 뛰어든 사람들입니다. 유일하게 정당화될 수 있는 전쟁이 자신을 방어하기 위한 전쟁이라는 점을 생각해본다면, 용병이었음을 인정하는 인식을 정당화의 논리가 아니라, 반성과 사죄의 행동으로 이어져야 하는 것이 마땅합니다.

더 나아가 자기 형도 죽었다는 항변 역시 단순 비교의 오류에 지나지 않습니다. 전쟁에서 죽었다는 사실이 누가 가해자이고, 누가 피해자인지를 판단할 필요가 없다는 뜻은 아닙니다. 이 역시 일본의 극우세력이 전쟁 중에 자신이 입은 희생을 과장함으로써 자신이 가해자였다는 사실을 애써 숨기려는 행동들을 그대로 반복하는 것입니다.

무지의 죄

왜곡된 정당화에 매달리는 아빠와 달리 화자는 비록 어리지만, 자신의 무신경한 말이 얼마나 다른 이들에게 상처가 되었는지 이해합니다. 그 이해의 바탕에는 애정과 공감이 있었고, 잘못을 잘못으로 인정하는 정직함도 있습니다. 그래서 화자는 투이에게 말합니다.

"아무 것도 몰랐던 거, 미안해."

화자는 피해자에게 사과합니다. 자신이 결정한 일도 아니고, 자신의 행동도 아니었던, 자신이 태어나기도 전에, 자신이 모르는 공동체의 일원들이 한 일에 대해 사과합니다. 과거의 행위는 자신의 선택이 아니었고, 현재의 무지 역시 자신의 탓이 아니었지만, 무지라는 죄에 대해 사과합니다.

이러한 화자의 태도는 단순하지만 사회의 제약 속에서 살아가는 개인들에게 매우 중요한 자세입니다. 모든 사회는 그 구성원에게 우리가 선하다고 가르치기 마련입니다. 그 가르침 속에서 모든 사회는 피해자일 뿐이지, 아무도 가해자가 아닙니다. 이런 가르침에 충실하면 충실할수록 우리는 자신을 선이라 믿고, 우리의 믿음을 공격하는 이들을 악으로 여깁니다. 그 결과 우리는 자신도 모르게 각각의 사회가 저지른 잘못을 미화하고, 왜곡하고, 그리고 반복합니다. 이것은 우리들뿐만 아니라 우리가 아닌 이들도 마찬가지입니다. 각자가 배운, 각자의 '선'으로 서로를 바라볼 때 우리가 짊어지고 있는 사회의 힘은 갈등과 분쟁의 씨앗이 됩니다. 그렇기에 우리는 우리가 알고 있는 것에 머물러서는 안됩니다. 우리가 모르는, 우리가 배우지 않은 것을 기꺼이 배우려는 책임을 져야만 합니다. 화자가 말한 '몰라서 미안하다'는 말 속에는 이처럼 사회의 산물인 우리 개개인이 짊어져야 할 또다른 책임이 무겁게 자리잡고 있습니다.

여전히 누군가는 불만을 가질 수도 있습니다. 나와 무관한, 내가 모르는 죄를 왜 내가 책임을 져야 하는지 이해하지 못할 수도 있습니다. 그러나 개인이 나와 무관한, 내가 모르는 힘의 혜택을 받고 살아갈 수밖에 없는 우리가 그 혜택만을 당연시 여긴다면 이 역시 공정한 삶이라고 말할 수는 없을 것입니다. 적어도 우리를 선한 존재로 이해받고자 한다면 우리는 '한 번도 침략하지 않은 나라'라는 헛된 신화가 아니라, 내가 모르는 우리의 죄 역시 기꺼이 짊어지려는 정직성이 요구되는 것입니다.

소설의 결말에서 화자는 응웬 가족을 다시 만나러 갑니다. 이미 엄마는 세상을 떴지만, 이제는 딸인 화자가 그 진정성 있는 인간관계의 소중함을 깨닫고 이를 회복하고자 하는 것입니다. 그렇게 소설은 끝이 났지만, 독자인 우리들에게는 각자가 그려야 할 남은 이야기들이 있습니다. 화자는 과연 응웬 아주머니와 투이를 만나 어떤 이야기를 할까요? 화자는 과연 그들에게 어떤 말을 건넬까요? 수많은 생각이 마음 속에 맴돌지만 적어도 하나는 분명합니다. 그 첫마디는 "씬짜오"일 것이고, 돌아오는 인사도 "씬짜오"일 것입니다. 아, 여담이지만 '씬짜오'라는 베트남 인사는 한자로는 心照라 씁니다. '마음으로 이해하다'는 의미입니다.

전광용, 〈꺼삐딴 리〉

능력주의와 반민족행위

전광용의 〈꺼삐딴 리〉는 일제 강점기에서 해방 이후까지 권력의 입맛에 따라 변신을 거듭해 온 지식인의 모습을 그린 단편소설입니다. 뛰어난 어학 실력과 의학적 능력을 오로지 자신의 출세만을 위해 적극적으로 활용하는 주인공 '이인국 박사'의 모습은 사회적 존재로서 우리가 어떠한 삶을 살아야 할지를 고민하게 하는 반면교사라 할 수 있습니다.

문제는 저자의 의도와는 반대로 이인국 박사의 삶에 대해 별다른 문제의식을 못 느끼는 이들이 간혹 존재한다는 사실입니다. 물론 그러한 반응도 충분히 이해가 가는 측면이 있습니다. 어떤 면에서 이인국 박사는 하나의 롤모델일 수도 있습니다. 뛰어난 어학실력에, 누구보다도 성실히 능력을 쌓아 일본인보다도 더 뛰어난 수술 실력을 갖춘 그의 모습은 그야말로 '공부의 신'이라고 칭송받을 만하기 때문입니다. 게다가 소설 속에서 나타난 이인국 박사의 모습에는 특별히 부정적이라고 평가할 수 있는 행위가 생각보다 많지 않습니다. 가장 두드러지게 보이는 부정적 모습은 독립운동을 하던 '춘섭'을 치료해주지 않고 내쫓은 일인데, 자본주의 사회의 관점에서 보자면 특별히 비난할 수 있는 일은 아니라고 주장할 수도 있습니다. 자본주의 사회의 윤리관은 타인에게 직접적으로 해를 끼치지 말라는 것이지, 타인을 적극적으로 돕기 위해 이익을 희생하거나 위험을 감수해야 한다는 것은 아니기 때문입니다. 이런 점에서 이인국 박사를 '줏대도 지조도 없는 이기주의자'가 아니라 '열심히 노력해 성공한 능력자'로 이해하는 사람이 있을 수 있다는 점은 놀라운 일이 아닙니다.

그러나 이해할 수 있다는 것이 곧 그것이 타당한 관점이라는 의미는 아닙니다. 단지 어떤 독자가 이인국 박사의 모습에 별다른 문제의식을 못 느낀다고 하더라도 실망할 필요는 없다는 뜻입니다. 오히려 이인국 박사의 모습에 별다른 문제의식을 못 느끼는 사람들이 이 작품을 꼼꼼히 분석해 봄으로써 자신의 가치관을 되돌아볼 수 있다면 그것이야말로 가장 훌륭한 소설읽기가 될 수 있을 것입니다. 그리고 이를 위해서는 우리 사회에 지대한 영향을 미치고 있는 특별한 신화를 분석할 필요가 있습니다. 그것은 바로 '능력주의'라는 신화입니다.

한국 사회와 능력주의

현재 우리 사회가 내면화하고 있는 정의관은 한마디로 능력주의라고 할 수 있을 것입니다. 능력주의란 개인의 능력에 맞는 분배가 이루어져야 한다는 믿음이라고 할 수 있는데, 이를 위해서는 필연적으로 공정한 경쟁이 지켜져야만 합니다. 대학 입시나 채용 과정의 부정과 비리가 유난히 국민적 분노의 대상이 되는 것도 바로 능력주의에 대한 집착과 관련이 있다고 생각할 수 있습니다.

한국 사회에서 능력주의가 뿌리내리게 된 것은 어제오늘의 일은 아닙니다. 조선 사회의 정신적 기반이었던 유교는 인간을 군자와 소인으로 나누어 각각의 역할이 다르다고 말하는데 이 역시 능력주의의 한 형태라고 생각됩니다. 지식과 교양 같은 정신적 능력에 초점을 둔 유교적 능력주의는 근대 이후 한국 사회에서 높은 교육열로 이어져 오늘날 우리가 누리는 경제적 풍요의 기반이 되었다고 평가됩니다. 다른 한편 자유경쟁을 근본으로 하는 시장경제 역시 우리 사회에 능력주의가 더 깊이 자리잡게 되는 또다른 원인이기도 합니다. 근본적으로 시장경제는 경쟁을 통해 사회적 자원이 분배되는 것을 원칙으로 합니다. 이 분배 과정은 공정한 경쟁이라는 말로, 또 그 결과는 능력의 차이라는 말로 정당화됩니다. 결국 한국 사회의 능력주의는 유교적 전통과 시장경제라는 사회구조의 두 뿌리를 통해 그 어떤 사회보다도 단단하게 구성원들의 무의식을 지배하고 있다고 할 수 있습니다.

물론 역사적 관점으로 보아 능력주의는 혈통주의와 같은 신분사회의 가치관보다는 진일보한 측면이 있습니다. 비록 형식적이라 할지라도 모든 인간에게 더 나은 삶의 조건을 위한 기회를 열어놓았다는 점에서 그 가능성이 아예 닫힌 혈통주의에 비해 보다 정의롭다고 평가할 수 있기 때문입니다. 특히, 사회적 분배의 격차 자체를 폐기하기 위한 노력이 주춤하고 있는 현재의 역사적 상황을 생각한다면 능력주의가 정의의 유일한 대안이라고 여겨지는 상황을 충분히 이해할 수도 있습니다.

그러나 조금 더 들여다보면 능력주의는 수많은 모순과 문제점을 보여줍니다. 그것은 그 어느 사회보다도 더 능력주의가 강력하게 뿌리내리고 있는 한국 사회의 현실에서 고스란히 드러납니다. 오늘날 우리 사회 주요한 문제들의 뿌리는 대부분 능력주의에 대한 맹목적 믿음이라고 할 수 있을 정도입니다. 여기서는 능력주의가 가진 세 가지 문제점들을 중심으로, 그것이 오늘날 어떻게 드러나고 있는지, 또 그와 관련해 이인국 박사의 삶을 어떻게 평가할 수 있을지 생각해보고자 합니다.

무엇이 능력인가

〈꺼삐딴 리〉에서 무엇보다 눈에 들어오는 것은 주인공 이인국 박사의 유능함입니다. 그는 본래 머리가 좋은 데다 남들보다 더 많은 노력을 합니다. 일본인 의사들보다 뛰어난 의술 실력은 물론, 해방 이후 감옥에서 독학으로 러시아어를 배워 위기를 기회로 바꿀 정도로 외국어 학습 능력도 뛰어납니다. 그러나 그의 삶을 성공으로 이끈 근본적인 유능함은 수술 실력이나 어학 능력이 아니라 처세술입니다. 그는 날카로운 눈으로 누가 권력을 가진 사람인지 발견해 내고, 또 뛰어난 판단력으로 권력이 필요로 하는 일에 앞장섭니다. 이렇게만 보면 그와 '무능'이라는 단어는 매우 안 어울리는 것처럼 보입니다.

그러나 과연 그럴까요? 그는 다른 한편으로는 매우 무능한 사람이기도 합니다. 무엇보다도 긴 흐름으로 역사를 읽지 못하는 사람입니다. 그는 일본이 패망하고 우리나라가 해방이 될 것이라는 사실을 읽지 못했습니다. 이처럼 역사를 바라보는 눈에서 무능하기에 그는 한 번도 권력이 되거나 자신이 원하는 시대를 만들지 못합니다. 그는 그저 권력에 빌붙어 생존하는데 유능한 사람일 뿐입니다. 그뿐만이 아닙니다. 그는 타인의 아픔에 공감하는 능력에서도 무능합니다. 유능한 의사가 되어서도 권력과 부를 가진 사람만을 우대하고, 그렇지 못한 사람들에 대해서는 관심을 두지 않습니다. 그의 관심은 오로지 자신의 이익이기 때문에 다른 사람에 대해 공감하기가 힘듭니다. 이러한 자기중심적 태도는 자신의 딸에 대해서도 똑같이 드러납니다. 딸이 미국인 교수와 결혼한다고 했을 때 보여주는 분노는 딸의 감정을 존중하는 아버지의 태도가 아닙니다. 결국 이인국 박사가 유능한지 무능한지는 '능력'을 어떤 기준으로 바라보느냐의 문제입니다.

작품 속에서 이인국 박사와 반대편에 서 있는 춘섭 역시 마찬가지입니다. 비록 작품 속에서 그의 삶이 자세히 묘사되지는 않지만, 우리는 역사 속에 존재했던 수많은 실존 독립운동가의 삶을 통해 어느 정도까지는 유추할 수 있습니다. 그는 아마도 가난

했을 것이고, 이후로도 분단의 역사 속에서 고통스러운 삶을 살았을 가능성이 있습니다. 아마도 자식이 있었다면 그 역시 마찬가지였겠지요. 그러나 그에게는 반대로 역사를 바라보는 눈이 있었고, 독립에 대한 신념과 믿음이 있었습니다. 이러한 그의 태도 역시 '능력'이 아닐까요?

어떤 이들은 이인국 박사의 삶을 평가하면서 '능력'은 좋으나 '인성'이 나쁘다고 말합니다. 한창 공부에 찌든 학생들은 그의 출중한 언어 능력과 의사라는 그의 직업을 살짝 부러워하기도 합니다. 그러나 그것은 거꾸로 우리 사회가 가지고 있는 '능력'에 대한 편협성을 보여주는 것입니다. 전문적인 기술, 어학 능력, 그리고 처세술은 '능력'으로 여겨지지만, 역사를 바라보는 관점, 공동체에 대한 책임, 굳건한 신념은 '능력'으로 여겨지지 않는 것입니다. 이처럼 우리 사회를 지배하는 능력주의가 가진 첫 번째 문제는 무엇이 능력인지 고민하지 않는다는 점입니다.

따지고 보면 무엇이 '능력'인지는 고정된 답이 있는 것이 아닙니다. 그 질문에 대한 답은 크게 두 가지 전제에 따라 달라집니다. 첫 번째는 목표입니다. '능력'이란 본래 어떤 목표를 위한 '능력'입니다. 오늘날 우리 사회가 무엇을 '능력'으로 여기느냐의 문제는 결국 우리 사회가 무엇을 목표로 삼는지를 보여주는 질문이기도 합니다. 따라서 우리는 이인국 박사의 '능력'을 통해 우리 사회의 목표는 과연 무엇인지 돌이켜볼 필요가 있습니다.

무엇이 '능력'인지를 결정하는 또다른 요소는 바로 '주체'의 문제입니다. 어떤 사람도 의자의 날카로움을 능력으로 따지지는 않습니다. 그러나 칼은 날카로움이 능력입니다. 결국 우리가 무엇을 능력으로 생각하는지의 문제는 결국 우리가 우리를 어떤 존재로 생각하는지에 따라 달라지기 마련입니다. 우리 사회가 강조하는 대부분의 능력은 물질적 부를 생산하기 위한 조건입니다. 이러한 조건들을 능력이라 여기며 살아가는 우리는 과연 어떤 존재인가요?

이처럼 무엇이 '능력'은 한 사회의 목표와 또 그 자신에 대한 인식에 따라 달라지기 마련입니다. 그러므로 우리들은 무엇이 진정한 '능력'인지 고민해야 합니다. 그러나 우리 사회는 능력있는 사람이 되라고 이야기할 뿐 무엇이 진정한 능력인지 고민할 여유를 주지 않습니다. 그러니 우리들 대부분은 대부분 자신의 장점을 제대로 이야기하지 못합니다. 반면, 단점에 대해서는 아주 자세히 말하곤 하는데 말이죠. 이처럼 이인국 박사와 춘섭의 삶을 비교해보면서, 우리가 능력에 대해 생각해보는 이유는 그 고민이 우리의 삶에 대해서 스스로 성찰해볼 수 있는 중요한 기회이기 때문입니다.

공정한 경쟁은 가능한가

많은 이들이 이인국 박사에 대해 긍정적으로 평가하는 또다른 이유 중 하나는 그 성실성, 즉 노력입니다. 결국 노력을 통해 성공한 것이기에 어느 정도 정당한 측면이 있다는 생각입니다. 사실 따지고 보면 능력주의는 모순된 두 가지 요소를 통합하고 있는 부분이 있습니다. 우리는 흔히 능력 형성 과정을 재능과 노력이라는 말로 표현하는데, 재능은 선천적인 것이며 노력은 후천적이라는 점에서 두 요소는 서로 모순되는 측면이 있습니다. 능력에 따라 분배가 이루어지는 사회가 정당화되기 위해서는 서로의 능력이 공정하게 평가되어야 하고, 이는 결국 서로가 지닌 재능과 노력을 경쟁시킨다는 말이 됩니다. 능력이 결국 재능과 경쟁이라는 말은 당연한 듯싶지만, 공정한 경쟁이라는 주제로 넘어가면 복잡한 문제가 발생합니다. 재능은 선천적인 것입니다. 애초에 서로 다른 재능을 가진 사람이 경쟁한다는 것이 과연 공정하다고 할 수 있을까요? 대부분 경험하는 일이지만 남들보다 더 놀면서 타고난 이해력과 암기력으로 시험을 잘 치는 학생들이 있기 마련입니다. 물론 이에 대해서 노력으로 극복 가능하다는 주장이 있지만, 그것이 과연 가능한 것인지와는 별개로 누군가가 더 노력을 해야 하는 경쟁이 과연 공정한 것인지, 그리고 그 노력 역시 재능의 일종은 아닌지 의심이 들 수 있는 것입니다.

결국 능력주의의 기본 틀인 '공정한 경쟁'은 근본적으로 의심스러운 개념입니다. 그럼에도 그것이 정당화되는 이유는 경쟁의 목적이 정해진 분야의 '최적자'를 찾기 위해서 사용된다는 명분을 갖고 있기 때문입니다. 여기서 중요한 것은 경쟁의 목적이 인간의 우위를 나누기 위한 것이 아니라는 점입니다. 요리나 연주, 미술, 학문 탐구의 최적자를 찾기 위한 목표로 이루어지는 경쟁이 재능과 노력을 통해 형성된 결과를 평가하는 것을 불공정하다고 말할 수는 없습니다.

　그러나 경쟁이 문제가 되는 것은 그 결과가 결국 인간의 우열을 낳는다는 점에 있습니다. 내가 경쟁을 통해 요리의 최적자가 된다고 해서 내가 그렇지 못한 사람보다 모든 면에서 우월하다고 평가될 수는 없습니다. 안타깝게도 그것이 대입이나 취업이 되면 문제가 달라집니다. 그 결과 인간의 우월로 이어지면 이어질수록 '공정한 경쟁'은 거대한 미신이 되고, 크고 작은 분쟁이 발생하기 마련입니다. 따라서 재능과 노력, 그리고 공정한 경쟁을 지나치게 신성시하면서, 그 결과가 아무리 극단적인 격차로 이어지더라도 공정한 경쟁을 통한 것이라면 그것을 받아들여만 한다는 생각은 능력주의의 맹신이 낳은 거대한 착각이라고 할 수 있습니다.

　바로 이런 까닭에 우리는 이인국 박사가 뛰어난 노력과 재능을 통해 성공했다고 해서 그의 삶을 긍정적으로 평가할 수는 없는 것입니다. 그가 통과한 '공정한 경쟁'은 의사라는 직업의 최적자를 찾기 위한 과정의 일부일 뿐입니다. 따지고 보면 그 과정마저도 그가 공정하게 대처한 것은 지적인, 실무적인 능력에 제한됩니다. 의사로서의 필수적인 윤리성 부분에서는 그는 철저하게 권력에 기대는 불공정한 방법을 통해 경쟁에서 이깁니다. 그러므로 우리가 이인국 박사의 재능, 그리고 노력에 대해 인정하는 것은 그가 의사가 되기 위한 지적인, 그리고 실무적인 자격을 갖춘 사람이라는 점만을 의미합니다. 그것을 그의 삶 전반에 대한 평가로 확대하는 것 역시 우리 사회가 공정한 경쟁이라는 환상에 얼마나 깊이 홀려 있는지 보여주는 증거라고 할 것입니다.

능력이 뛰어난 사람이 왜 더 대우받아야 하는가

마지막으로 우리는 이인국 박사의 삶에 대해 근본적인 질문을 던져보아야 합니다. 이인국 박사는 분명 성공한 삶을 살아왔고, 소설 이후에도 성공한 삶을 살 것입니다. 아니, 이인국 박사뿐만 아니라 그 딸과 그 딸의 아들딸 역시 남보다 더 좋은 조건 속에서 살아갈 확률이 높다고 할 수 있습니다. 이것이 과연 정당한 것인지, 그 성공이 이인국 개인의 삶이 아니라 우리 사회 전반에 끼치는 영향은 무엇인지 생각해보아야 합니다.

이인국 박사의 성공은 분명 그 자신의 재능과 노력에 의한 것입니다. 그것이 의술이건, 어학이건, 아니면 처세술이건 그건 분명 이인국 박사의 능력입니다. 따라서 능력주의라는 입장에서 생각해 본다면 그가 사회적으로 성공한 삶을 산다고 해서 우리가 그것을 비판할 이유는 없습니다. (물론 이 경우에도 그 성공이 이인국 박사의 후손에까지 이어진다는 문제는 남아있을 것입니다.)

그러나 능력주의가 능력에 따른 차별적 분배를 정당화하는 것은 그 능력이 사회적 긍정성을 갖는다고 믿기 때문이라는 점을 잊어서는 안됩니다. 시장경제의 논리만 해도 그렇습니다. 능력에 따른 경제적 격차를 인정하는 이유는 사적인 노력이 공적인 이익으로 이어진다는 믿음 때문입니다. 그렇다면 이인국 박사의 삶은 어떻습니까? 그가 가진 '능력'은 어떤 공적인 이익으로 이어졌나요? 그는 의사라는 지위를 이용해 권력자의 앞잡이가 살아왔고, 그 결과 자진해서 우리말을 버리고 일본어를 쓴다는 이유로 표창까지 받은 사람입니다. 분명 이러한 그의 삶을 가능하게 한 것은 그의 뛰어난 '능력'이지만, 그 '능력'이 우리 공동체에 어떤 이익이 되었나요? 의사로서의 그가 지닌 치료 기술도 결국은 돈과 권력을 가진 자들의 이익이었지 공동체 전체의 이익은 아니었습니다. 그렇다면 우리는 어떤 논리로 그가 더 많은 것을 가질 자격이 있다고 정당화할 수 있겠습니까?

능력이 곧 그가 누리는 더 많은 분배를 정당화하는 것은 아닙니다. 그럼에도 불구하고 우리 사회에는 여전히 '능력'이라는 허구로 현실의 불평등과 부조리를 정당화하는 모습을 종종 목격합니다. 명백한 불법을 저질러 감옥에 간 재벌 상속자를 하루빨리 사면해야 된다고 외치는 주장들 역시 예외는 아닙니다. 분명 사회적으로 긍정적인 영향을 끼칠 수 있는 능력을 가지고 있는 사람들에게 우리는 더 많은 대우를 해줄 필요가 있습니다. 그러나 우리가 잊어서는 안될 것은 그 기준이 되는 능력을 온전히 시장의 가치로 평가할 수 없다는 것이며, 우리가 그들에게 나눠줄 사회적 자원이 반드시 경제적인 것만은 아니라는 점입니다. 이런 점에서 우리가 이인국 박사의 삶을 쫓아가면서 그가 누린 것들의 정당성을 따져보는 것 역시 오늘 한국 사회에서 매우 중요한 고민이라고 여겨집니다.

능력보다 먼저 존재해야 하는 것을 생각한다

예전에 한 만화가가 독립운동가를 '대충 산 사람'으로 빗대어 큰 사회적 논란을 일으킨 사건이 있었습니다. 그가 인간을 구분한 기준은 '대충 산 사람'과 '열심히 산 사람'이었고, 그가 그 근거로 삼고 있는 것은 그 후손들이 지금 누리고 있는 물질적 재화를 상징적으로 보여주는 주거환경이었습니다. 이는 한편으로는 개인의 철없는 일탈이라고 평할 수도 있지만, 보다 근본적으로는 우리 사회에 뿌리박혀 있는 맹목적 능력주의의 극단적인 왜곡을 보여주는 생생한 증거입니다. 〈꺼삐딴 리〉의 이인국 박사는 이렇게 우리 사회 곳곳에서 불쑥 튀어나옵니다.

이 소설을 우리가 꼼꼼히 읽어봐야 할 이유 역시 여기에 있습니다. 우리 사회를 지배하는 가치관과 구조가 우리에게 무엇보다 '능력'을 키울 것을, 그리고 그것을 개인적 성공을 위해 사용할 것을 강요하는 상황에서 우리는 자칫하면 '능력'보다 먼저 존재해야 마땅한 무엇을 자주 망각합니다. 그것은 때로는 개인의 양심일 수도 있고, 또 때로는 역사의식, 또 때로는 공동체에 대한 책임감일 수도 있습니다. 안타깝게도 우리는 지금 그 무엇들을 잊지 않기 위해서 노력해야 하는 시절을 살고 있습니다. 이인국 박사의 삶을 성찰해보는 시간이 그 소중한 노력의 일부가 되기를 바랍니다.

채만식, 〈치숙〉

세속적 욕망과 반지성주의

무엇인가를 평가한다는 것은 언제나 무서운 일입니다. 무엇인가를 평가한다는 것은 그 '대상'만을 보여주는 것이 아니기 때문입니다. 무엇인가를 평가할 때 우리는 어쩔 수 없이 스스로 맨낯을 드러낼 수밖에 없습니다. 누군가를 성실하다고 칭찬하는 순간, 그것은 내가 성실함을 긍정적으로 여기는 가치관을 가지고 있다는 것을 보여주는 것입니다. 내가 누군가를 용모로 평가할 때, 그것은 거꾸로 나 자신이 외모로 사람을 평가한다는 것을 보여주는 것입니다. 이처럼 어떤 인물이나 사건, 상황을 평가하는 순간마다 우리는 자신의 지식과 가치를 온전히 세상에 드러내보이게 됩니다. 그야말로 '평가가 평가되는' 것입니다. 수많은 격언들이 '신중한 말하기'를 강조하는 이유도 여기에 있다고 할 것입니다.

채만식의 〈치숙〉은 '평가'에 대한 이야기입니다. 소설은 '무능한' 지식인인 '아저씨'에 대해 조카가 일방적으로 비판하는 내용으로 이루어져 있습니다. 당연히 묘사의 중심은 표면적으로는 아저씨의 삶에 놓여 있습니다. 그러나 한 걸음 더 들어가면 이 소설에서 더 생생하게 묘사되는 것은 아저씨가 아니라 오히려 그에 대한 평가에서 드러나는 조카의 삶과 가치관입니다. 예를 들어 우리는 이 작품을 읽으면서 아저씨가 왜 사회주의 운동을 하게 되었는지, 지금 아내에게 어떤 마음을 갖고 있는지, 자기 처지에 대해 스스로 어떻게 생각하는지 전혀 알 수가 없습니다. 소설 자체가 아저씨의 생각과 삶을 전혀 이해하지 못하고 있는 조카의 시각에서 설명되고 있기 때문입니다. 반면 화자인 조카는 아저씨의 삶을 조목조목 비판하면서 자신의 가치관을 고스란히 드러내고 있습니다. 이것은 마치 인상파 화가의 그림을 보는 것과 같습니다. 표현 대상보다는 표현 주체인 화가의 감정을 더 잘 이해하게 된다는 점에서 말입니다. 이런 점에서 이 작품은 제목과는 반대로 아저씨에 대한 이야기가 아니라 조카에 대한 이야기라 할 수 있을 것입니다.

물론 이 작품은 흔히 이상주의자와 현실주의자의 갈등이라는 관점으로 이해됩니다. 그러나 작품에서 생생하게 드러나는 것은 아저씨가 아니라 조카입니다. 아저씨는 그저 조카라는 인물이 자신의 가치와 삶을 드러내기 위한 거울과 같은 존재입니다. 아저씨에 대해서 우리가 알고 있는 정보는 그저 현실주의자인 조카가 내리고 있는 세속적인 정보밖에는 없습니다. 이상주의자의 삶을 세속적인 정보로 평가하는 순간 우리는 '이상과 현실의 조화'라는 추상적인 양비론에 빠질 수밖에 없습니다. 그것은 이 작품에서 우리가 얻을 수 있는 것으로 여기기엔 너무나도 초라한 생각입니다.

우리가 이 작품을 아저씨에 대한 이야기보다는 조카에 대한 이야기로 읽고자 하는 또 하나의 이유는 그것이 지금의 한국 사회가 당면하고 있는 문제를 살펴보는 데 훨씬 더 도움이 되는 방향이기 때문입니다. 우리는 점점 '치숙'은 사라지고, '조카'만이 넘쳐가는 사회를 살아가고 있습니다. '치숙'이 사라지고 있기에, 우리는 자신의 삶을 비교할 기회마저도 잃어가고 있습니다. 이런 점에서 '치숙'을 통해 자신의 삶을 온전히 드러내고 있는 조카의 모습을 살펴보는 일은, '치숙'이 사라진 우리 시대를 경계하는 데 큰 도움이 될 것입니다.

현실주의와 세속주의

제목에서 드러나듯 소설의 화자인 조카는 자신의 아저씨(오촌 고모부)에 대해 '어리석다'고 평가합니다. 그리고 그 평가의 근거는 지금 아저씨가 현재 처해 있는 불행한 현실입니다. 소설 초입에 조카는 '치숙'의 삶에 대해 이렇게 압축적으로 표현합니다.

> 자, 십 년 적공, 대학교까지 공부한 것 풀어 먹지도 못했지요. 좋은 청춘 어영부영 다 보냈지요, 신분에는 전과자(前科者)라는 붉은 도

장 찍혔지요. 몸에는 몹쓸 병까지 들었지요. 이 신세를 해가지골랑
은 굴속 같은 오두막집 단칸 셋방 구석에서 사시장철 밤이나 낮이
나 눈 따악 감고 드러누웠군요.

  조카의 말 그대로 '치숙'의 현재 삶은 불우하기 짝이 없습니다.
전과자라는 낙인에, 몸은 병들었고, 재산도 없는 신세입니다. 그
러나 우리는 어떤 사람이 단순히 불우한 처지에 있다고 해서 그
를 '어리석다'고 평가하지는 않습니다. 조카가 '치숙'을 어리석
다고 평가하는 이유는 '치숙'에게는 그 불우한 삶을 피할 수 있는
능력이 있기 때문입니다. '치숙'은 대학에서 경제학을 전공한 인
물입니다. 식민지 시기에 대학을 나왔다는 것은 매우 높은 교육
을 받았다는 뜻입니다. 더구나 보통학교 사년에서 학업을 멈춘
조카의 시각에서는 '치숙'은 자신보다 훨씬 더 뛰어난 능력을 갖
춘 사람이 틀림없습니다. 문제는 그 뛰어난 능력을 가지고도 현
실적인 성공은커녕 사회주의 운동을 하다 감옥에 다녀와 비참한
현실을 맞이하고 있다는 것이 조카가 '치숙'을 어리석다고 평가
하는 근본적인 이유입니다.

  '치숙'에 대한 조카의 평가를 보며 우리는 그 속에 숨어 있는
근본적인 가치관을 마주하게 됩니다. 첫 번째는 '지식'의 의미입
니다. 조카는 '치숙'에 대해 "십 년 적공, 대학교까지 공부한 것
풀어 먹지도 못했지요."라고 말합니다. '공부'를 활용하지 못했다
는 것입니다. 조카의 입장에서 '공부'를 활용한다는 것은, 현실적
으로 재산을 쌓고 사회적 신분을 높인다는 것입니다. 즉, 조카에

게 있어 '공부'의 활용도는 자신을 욕망을 효율적으로 실현하는 수단이라고 여겨지고 있는 것입니다. 그러나 과연 '치숙'은 자신의 '십 년 적공', '대학교 공부'를 활용하지 못한 사람일까요? '치숙'이 사회주의 운동에 뛰어든 것, 그리고 지금 불우한 삶을 살면서도 잡지에 글을 투고하고 있는 것 역시 자신의 공부를 '풀어내는' 것입니다. 단지, 그 목표가 개인의 영달이 아니라, 자신이 생각하는 더 바람직한 사회를 만들어내기 위한 것이라는 점이 다를 뿐입니다.

이처럼 '공부'를 세속적인 영달의 수단으로만 생각하는 조카의 가치관은 '치숙'과의 대화에서도 다시 한번 드러납니다.

> "다를 게 무어요? 경제는 돈 모으는 것이고, 그러니까 경제학이면 돈 모으는 학문이지요."
> "아니란다. 혹시 이재학(理財學)이라면 돈 모으는 학문이라고 해도 근리할지 모르지만 경제학은 그런 게 아니란다."
> "아—니, 그렇다면 아저씨 대학교 잘못 다녔소. 경제 못 하는 경제학 공부를 오 년이나 했으니 그게 무어란 말이오? 아저씨가 대학교까지 다니면서 경제 공부를 하구두 왜 돈을 못 모으나 했더니, 인제 보니깐 공부를 잘못해서 그랬군요!"

조카에게 공부란 부자가 되고 출세하기 위한 수단입니다. 이런 입장에서 보았을 때 돈을 모을 수 없는 경제학이란 쓸모가 없는 잘못된 공부일 뿐입니다. 물론 어떤 사람들은 이런 가치관을 실용적이고 현실적인 생각이라고 말하기도 합니다. 그러나 학문과 지식을 개인적 욕망을 실현하기 위한 도구로만 여기는 태도는 실용적인 것이 아니라 이기적인 것이며, 현실적인 것이 아니라 세속적인 것이라 평가해야 할 것입니다. 실용이란 우리가 당면한 문제를 해결하는 데 도움이 된다는 뜻이지 나의 욕망을 실현하는 데 도움이 된다는 뜻이 아니기 때문입니다. 또한 우리가 당면한 다양한 현실을 오로지 나의 개인적인 욕망으로 바라볼 때 우리는 그것을 현실적 태도라 말하지 않고 세속적 태도라 이름붙이기 때문입니다.

'어리석음'이란 무엇인가

비단 학문과 지식에 대한 문제뿐만 아니라 조카가 가지고 있는 삶의 지향과 태도는 철저하게 세속적입니다. 그가 지닌 삶의 목표는 자신을 고용하고 있는 일본인에게 잘 보여 '십만원'을 모으고, 일본인 여성과 결혼하는 것입니다. 그의 삶을 지배하는 것은 고용된 점원으로서 '지금'의 자신이 아니라, 큰 부자가 되어 있는 '미래'의 자신입니다. 그렇기에 그는 '지금'의 관점이 아니라, '미래'의 관점으로 사물을 바라봅니다. 비록 '치숙'이 지적한 것처럼 그 꿈이 뜻대로 되지 않을 가능성이 더 많지만 말입니다.

'미래의 부자'인 조카의 입장에서 평등한 분배를 주장하는 사회주의 세력은 '불한당'들입니다. 조카는 '지금의 부자'인 일본인 주인이 사회주의에 대해 비판하는 말을 맹신합니다. 자신은 미래에 부자가 될 것이기에 이미 부자인 일본인 주인과 동일한 입장을 갖는 것은 당연한 일입니다. 그러니 실제로는 자신과 같은 노동자의 이익을 주장하는 사회주의를 '불한당'이라고 비판하며, "사람이란 것은 제가끔 분지복이 있어서 기수를 잘 타고 나든지 부지런하면 부자가 되는 법이요, 복록을 못 타고 나든지 게으른 놈은 가난하게 사는 법이요,"라는 말로 불평등을 정당화하고, 그 불평등이 오히려 '공평'이라는 생각을 합니다. 사회적 약자인 자신이 오히려 강자의 입장에서 자신이 겪는 불평등을 정당화하는 이 모순은 세속적 욕망의 필연적 귀결입니다.

세속적 욕망은 애초에 어디서 발생하는 것일까요? 그것은 자신이 살고 있는 그 사회의 기존 질서를 통해 학습되는 것이라고 볼 수 있을 것입니다. 부자가 추앙받는 사회에서 우리는 부자를 꿈꿉니다. 일본인이 조선인보다 우월한 지위를 갖고 있는 식민지에서 우리는 조선인이 아니라 일본인으로 살고 싶다는 욕망을 갖게 됩니다. 이런 세속적인 욕망들은 기존 질서를 넘어서는 상상력을 발휘하지 못합니다. 그 욕망은 부자와 빈자의 차이가 없는 세상도, 조선인과 일본인의 차별이 없는 세상도 꿈꿀 수 없습니다. 자신이, 자신만이 더 유리한 위치에 가고자 할 뿐입니다. 자신만이 더 높은 위치에 가기 위해서는 현실의 불평등이, 차별이 고스란히 존재해야 합니다. 이것이 결국 세속적 욕망에 충실하면 충실할수록 필연적으로 강자의 입장에 서게 되는 이유입니다.

이처럼 강자의 편에 기꺼이 서서 실제의 자신에게는 반대되는 판단을 내리는 모습은 지금의 우리 사회에서 낯선 일은 아닙니다. 세금 문제가 그 대표적인 사례입니다. 세금은 능력에 따라 내고, 처지에 따라 혜택을 받게 됩니다. 부자들은 많은 세금을 내도 그만큼의 혜택은 받지 못합니다. 그러나 가난한 이들은 적게 내는 세금보다도 훨씬 더 많은 혜택을 받기 마련입니다. 그럼에도 가난한 이들 중 많은 사람들이 증세를 비판합니다. 점원으로 살고 있는 조카가 사회주의를 '불한당'이라고 비판하는 모습과 그리 다르지 않은 경우입니다. 그렇다면 우리는 과연 이런 모습을 현명하다고 해야 할까요, 어리석다고 해야 할까요?

조카는 '치숙'을 어리석다고 합니다. 왜냐하면 '세속적 욕망'을 실현하지 못했기 때문입니다. 그러나 '세속적 욕망'을 실현시키지 못했다는 것이 어리석음의 근거가 될 수는 없습니다. 그러한 판단은 자신이 가진 욕망으로만 세상을 판단하는 오류일 뿐입니다. 진정한 '어리석음'이란 보지 못하고, 보지 않는 것을 의미합니다. 반대로 현명함이란 그렇지 않은 사람에 비해 무엇인가를 더 보고, 더 보려 한다는 것을 뜻합니다. 이런 점에서 어리석음은 닫힘이고, 현명함은 열림입니다. 이 작품 속에서 우리는 세속적 욕망에 갇힌 조카의 모습을 생생하게 목격하게 됩니다. 그 모습을 보며 우리는 묻지 않을 수 없습니다. 과연 어리석음이란 무엇인지, 진정으로 어리석은 사람은 누구인지 말입니다.

용감한 반지성주의

그러나 조카는 자신이 어리석은 자일지도 모른다는 생각을 전혀 하지 않습니다. '치숙'에 대한 평가, 자신의 가치관 등을 말하면서 한 치의 주저함도 없습니다. 왜냐하면 그것이 너무나도 당연한 것이며, 다른 판단의 가능성이 존재한다는 것을 보지 못하기 때문입니다. 자신의 생각이 절대적이고, 그밖에 다른 가능성은 존재할 수 없다는 생각을 갖고 있는 조카는 그래서 용감하고 단호합니다. 이는 작품의 마지막 대화에서 극단적으로 드러납니다. 조카는 대화를 통해 경제학이라는 학문에 대해서, 사회주의에 대해서, 그리고 삶의 가치에 대해서 자신의 생각을 주저없이 말합니다. 물론 그것은 모두 일방적이고, 단편적인 생각들입니다. 그러나 조카는 자신이 가진 생각을 의심하지 않습니다. 그러니 자신보다 더 많은 지식과 경험을 가지고 있는 아저씨의 말을 들으려 하지 않고, 자신의 생각을 고집합니다.

생각해보면 용감해도 너무나 용감한 대화입니다. 경제학을 전공한 사람이 경제학은 돈버는 학문이 아니라고 해도 그렇다면 공부를 잘못한 것이라고 반박합니다. 사회주의 운동을 하다 감옥에 다녀온 사람 앞에서, 주워들은 풍월로 사회주의자가 불한당이라고 주장합니다. 이 대화 앞에서 오히려 독자인 우리들이 부끄러움을 느낄 정도로 용감하기 짝이 없는 태도를 보입니다. 과연 용감함의 비결이 무지에 있다는 것을 보여주는 생생한 사례입니다.

그에 반해 '치숙'의 말하기는 소극적입니다. 자신의 주장을 적

극적으로 펼치기보다는 소극적으로 부인하거나 침묵으로 대처하
고, 때로는 조카의 말이 맞다고 수긍하기도 합니다. 이런 아저씨
의 태도를 보며 조카는 자기 말이 옳아서 한 마디도 대응하지 못
하는 거라고 의기양양해합니다. 그러나 '치숙'의 말하기는 지식
인의 말하기입니다. 지식인이란 늘 새로운 가능성을 보려고 하는
사람입니다. 그러니 조카의 용감한 말하기와는 다른 양상을 보일
수밖에 없습니다. 제대로 된 설명은 여러 가능성과 근거를 포함
한 긴 이야기가 됩니다. 조카처럼 주워들은 몇 마디를 확신에 차
말하는 것은 지식인의 말하기가 아닙니다. 지식인은 단편적인 근
거로 결론을 내리는 존재가 아니기에 늘 설명은 길고 복잡합니
다. 게다가 그 결론마저도 절대적인 확신이 아니라 모호하고 유
보적일 때도 많습니다. 왜냐하면 언제나 다른 가능성을 생각하기
때문입니다. 무엇보다도 지식인의 이야기를 이해하고 받아들이
기 위해서는 어느 정도의 지적 훈련이 필요합니다.

"이애!"
"네?"
"사람이란 것은 누구를 물론허구 말이다, 아첨하는 것같이 더러운
게 없느니라."
"아첨이요?"
"저…… 위로는 제왕, 밑으로는 걸인, 그 모든 사람이 위선 시방 이
제도의 이 세상에서 말이다, 제가끔 제 분수대루 살아가는 데 있어
서 말이다, 제 개성을 속여가면서꺼정 생활에다가 아첨하는 것같

이 더러운 것이 없고, 그런 사람같이 가련한 사람은 없느니라. 사람
이라껀 밥 두 그릇이 하필 밥 한 그릇보다 더 배가 부른 건 아니니
까."

"그건 무슨 뜻인데요."

"네가 일본인 여자와 결혼을 해서 성명까지 갈고 모든 생활법도를
일본화하겠다는 것이 말이다."

"네, 그게 좋잖아요?"

"그것이 말이다. 진실로 깊은 교양이나 어진 지혜의 판단에서 우러
나온 것이라면 그도 모를 노릇이겠지. 그렇지만 나는 보매 네가 그
런다는 것은 다른 뜻으로 그러는 것 같다."

"다른 뜻이라니요?"

"네 주인의 비위를 맞추고 이웃의 비위를 맞추고 하자고……"

"그야 물론이지요! 다이쇼의 신용을 받아야 하고 이웃 내지인들하
구두 좋게 지내야지요. 그래야 할 게 아니겠어요?"

"……"

"아저씨는 아직두 세상물정을 모르시요. 나이는 나보담 많구 대학교
공부까지 했어도 일찌감치 고생살이를 한 나만큼 세상 물정은 모릅니
다. 시방이 어느 세상인데 그러시우?"

'치숙'과 조카의 대화에서 보이는 불통의 양상은 오늘날 우리
사회에서 점점 더 극심해지고 있는 것이 사실입니다. '치숙'의 시
대나 지금이나 지식의 말하기는 늘 동일한 양상을 보이게 됩니
다. 그들의 말하기는 장황하고 어려우며, 우리가 굳게 믿고 있는
가치들을 공격할 때가 많습니다. 그런데 우리는 이 어려운 지식

인의 말하기보다 훨씬 쉽고 단순하며, 우리의 입맛에 맞는 지식을 얻을 수도 있습니다. 조카에게는 그것이 사회주의에 대한 일본인 주인의 단순한 설명이었다면, 오늘날의 우리들에게는 SNS와 유튜브가 있습니다. 지식인의 어려운 말과 논리보다 이들의 쉽고 입맛에 맞는 설명이 더 큰 신뢰를 얻는 것입니다. 이러한 상황 속에서 우리는 점점 지식인의 말, 엄밀한 학문적 연구마저도 불신하고, 부인하는 풍조가 점점 확산되고 있습니다. 이러한 현상을 우리는 흔히 '반지성주의'라고 말합니다.

작품 속 조카의 모습은 여러 측면에서 '반지성주의'의 모습을 고스란히 보여주고 있습니다. 맞는 설명이 아니라 쉬운 설명을 맹신한다는 것, 그리고 무엇보다 다른 가능성을 보려 하지 않는다는 점에서 조카의 모습은 '용감한 반지성주의'의 전형적인 모습이라고 할 수 있을 것입니다.

반지성주의의 뿌리

흥미로운 사실은 반지성주의 풍조 속에서 지식인이 차지했던 역할을 사회적 강자들이 차지하고 있다는 사실입니다. 재벌이나 연예인, SNS 속 유명인들의 말이 우리의 행동과 판단에 더 큰 영향을 끼치고 있다는 현실은 우리가 사실과 가치를 판단하는 데 있어 세속적 욕망의 지배력이 더욱 커지고 있다는 점을 보여줍니다. 마치 작품 속에서 조카가 사회적으로 실패한 '치숙'의 말을 우습게 여기고, 사회적으로 성공한 일본인 주인의 말을 맹신하는 것과 똑같은 모습을 보이고 있는 것입니다.

"알려고 하지 않으면 나도 어쩔 도리가 없다"는 공자님 말씀처럼, 아무리 뛰어난 지식과 지혜도 그것을 알고자 하지 않는 사람에게는 어떤 의미도 없습니다. 바로 이런 점에서 오늘날 우리 사회의 근본을 위협하고 있는 것은 알려고 하지 않고, 보려고 하지 않는 '반지성주의'라는 '어리석음'입니다. 우리는 채만식의 〈치숙〉이라는 작품을 통해 그 반지성주의의 뿌리에 도사리고 있는 우리의 '세속적 욕망'들을 되돌아볼 필요가 있습니다. 진정한 어리석음이 무엇인지, 그리고 그 어리석음의 근원에 무엇이 놓여있는지를 성찰하게 한다는 점에서 이 작품은 오늘날에도 여전히 스스로를 비춰보는 거울이 되기 충분합니다.

지켜야 할 '무엇'들

황만근은 이렇게 말했다

독 짓는 늙은이

유자소전

아우를 위하여

바비도

성석제, 〈황만근은 이렇게 말했다〉

존경과 부러움

이 작품의 매력은 '황만근'이라는 캐릭터에 있습니다. 그런데 이 인물은 작품 내내 한 번도 직접적으로 등장하지는 않습니다. 황만근에 대한 이야기는 모두 주변 사람들의 기억입니다. 소설은 첫 구절처럼 '황만근이 없어졌다'는 상태에서 시작합니다. 그러니 우리는 황만근이 어떤 사람인지를 황만근 자신의 입장이 아니라 주변 인물들의 기억에 의존해 판단할 수밖에 없습니다. 그들의 기억을 한마디로 요약하자면 황만근은 '반푼이'입니다.

'반푼'이란 말 그대로 '한푼'의 반입니다. 한푼이 온전함이라면, 반푼은 그 절반이니 부족함이고 모자람입니다. 마을 사람들 입장에서 황만근이라는 인물은 모자란 사람입니다. 사람으로서 제대로 된 역할을 못 한다고 여기는 것입니다. 이들은 황만근에 대한 평가를 맹신하고, 자신의 판단을 의심하지 않습니다. 이러한 인식은 '황만근가'라는 사회적 학습에 의해 공유되고, 지속됩

니다. 한편으로 황만근에 대한 이러한 평가는 자신들이 하고 있
는 부당한 대우를 정당화합니다. 동네 사람들은 황만근을 온갖
궂은일에 부려먹습니다. 하지만 그들은 황만근의 공을 인정하기
는커녕 오히려 자신들이 아니면 그가 굶어죽었을 거라고 공치사
를 합니다. 일손이 바쁠 때면 황만근을 찾아 부려먹고는 '반푼이'
라며 임금도 절반만 지급합니다. '모자람'이 돌봄이 아니라 착취
의 이유가 되는 것입니다.

　그러나 단 한 사람만은 그를 다르게 기억합니다. 외부에서 귀
농한 '민씨(민순정)'가 바라본 황만근은 절대로 '반푼이'가 아닙
니다. 오히려 그는 황만근을 '선생'이라 칭하며, '하늘이 내고 땅
이 일으켜 세운 사람'이라 극찬합니다. 그가 바라본 황만근은 태
생적 약점을 극복한 현명한 사람이고, 인간으로서의 도리와 공
동체 구성원으로서의 책임을 성실히 수행한 존경받을 만한 인격
체입니다. 여기서 우리는 '황만근'이라는 한 인물을 바라보는 엇
갈린 두 가지 시선을 바라보게 됩니다. 그리고 그 두 가지 시선의
충돌은 오늘날 한국 사회의 민낯을 진지하게 돌아보는 계기가 됩
니다.

누구도 존경하지 않는 사회

　한 사회의 모습은 대체로 그 구성원들이 누구를 존중하고, 또
누구를 배척하는지를 통해 드러납니다. 한 사회가 존경하는 인물

의 구체적인 삶은 추상적이고 모호한 가치관보다도 훨씬 더 직접적으로 그 사회의 지향과 이상을 알려주기 때문입니다. 이것은 사회뿐만 아니라 개개인의 경우에도 적용될 수 있는 이야기지요. 그래서 면접에서도 '존경하는 사람이 누구냐'는 질문이 자주 등장하게 됩니다. 누구를 존경하느냐가 그 면접자가 가지고 있는 가치관과 이상을 판단할 수 있는 근거라고 생각하는 것입니다.

그런데 요즘 학생들과 이야기를 하다보면 '존경하는 사람'에 대한 면접 질문을 제일 어려워한다는 사실을 발견하게 됩니다. 사실 이 질문은 딱히 답이 정해진 질문도 아니고, 학생 입장에서는 오히려 자기 가치관과 신념을 내세울 수 있는 좋은 기회입니다. 그럼에도 많은 학생들이 이 질문 앞에서 제대로 답하지 못하는 모습을 종종 보게 됩니다. 이것은 곧 많은 학생들이 '존경하는 인물'을 갖지 못하고 있다는 뜻이고, 이것은 곧 많은 학생들이 평소에 누구를 '존경해야 한다'는 필요성을 못 느끼고 있다는 의미일 것입니다.

물론 과거의 우리 사회를 생각해보면 지금의 학생들이 '위인의 권위'에서 벗어난 것이라고 생각할 수도 있습니다. 우리 사회는 오랫동안 위인의 삶을 따라 배울 것을 강요했던 것이 사실입니다. 어렸을 때는 위인전을 읽고, 학교에서는 위인들의 삶을 배웠고, 심지어는 당대의 권력자를 위인으로 치장하기도 했습니다. 이렇게 강요된 존경은 결국 개개인의 가치관을 사회가 정하는 방향으로 획일화시킨다는 점에서 많은 비판을 받았고, 우리 사회가 권위주의 체제를 벗어나 민주주의를 확립함에 따라 점점 지나간 시절의 이야기가 되었습니다.

그러나 강요된 '존경'이 바람직하지 않다는 말이 곧 누군가를 존경할 필요가 없다는 뜻은 아닙니다. 사람은 사람의 삶에서 가장 크고 중요한 교훈을 얻기 마련입니다. 우리가 소설을 통해 다양한 사람의 이야기를 읽는 것도, 그것이 그 어떤 추상적인 선언이나 이론보다도 우리의 마음과 뜻을 움직이는 힘이 있기 때문입니다. 바로 이런 점에서 사람을 존경하지 못하는 삶은 불행한 삶입니다. 존경하는 사람이 없는 사람은 마음과 뜻이 움직이지 않습니다. 그저 자기 경험과 욕망에 갇혀 삶의 가능성을 닫아버린 삶을 살아가는 것입니다.

'천조국'과 '형들'의 시대

오늘날 한국 사회에서 '존경'을 대신하는 것은 부러움입니다. '천조국'이란 유행어가 있습니다. 미국을 일컫는 말입니다. 국방비가 천조에 달하기 때문에 나온 말이라고 하기도 합니다. 인터넷에선 미국의 군사력을 과시하는 사진에 '천조국의 위엄'이라고 칭하는 글들을 흔히 볼 수 있습니다. 그러나 이것은 존중이 아니라 굴복이고, 존경이 아니라 부러움입니다. 이 유행어 속에는 힘의 논리에 대한 숭배가 들어 있습니다. 미국이 군사력이 강하다는 사실, 그래서 미국에 함부로 덤비는 집단은 바보같은 존재라는 논리를 아무런 비판 없이 받아들이고 있는 것입니다.

그뿐만이 아닙니다. 언제부터인가 우리 사회에서는 '형'이라는 말이 유행하기 시작했습니다. 이 말은 강력한 권력자인 트럼프나 푸틴, 시진핑 같은 인물에게 붙여지기도 하고, 막강한 재력을 지닌 재벌 회장에게도 붙여지기도 합니다. 한편으로는 동양인보다 건장한 육체를 가지고 있는 타 인종에게 쓰이기도 합니다. 이들 모두는 우리들보다 '강자'입니다. 우리는 그들에게 '형'이라는 친족의 호칭을 붙입니다. 친족의 호칭을 붙이는 것은 거리감을 없애고 싶은 마음입니다. 거리감을 없애서 결국 한편이 되고자 하는 욕망의 표현입니다. 소위 말하는 '강자와의 동일시'가 숨어있는 말입니다. 그렇지만 우리가 미국을 '천조국'이라 부른다고 해서 미국을 존경하는 것이 아니듯이, 강자들을 '형'이라고 부른다고 해서 우리가 그들을 존경하는 것은 아닙니다. 우리는 그저 그들이 가진 힘을 부러워할 뿐입니다.

강자를 부러워하는 것은 강자가 되고 싶기 때문입니다. 강자가 되려는 사람은 강자와 약자의 간극을 좁히는 일에 관심이 없기 마련입니다. 오히려 강자와 약자의 간극이 더 벌어지는 것을 원합니다. 비록 지금 자신이 약자의 처지일지라도 말입니다. 그러니 그들은 그 간극을 자발적으로 정당화합니다. 저임금을 받는 노동자는 능력이 없으니, 저개발국가는 미성숙한 국민성을 갖고 있으니 그 부당함이 당연하다고 말합니다. 아니, 한발 더 나아가 사회적 약자의 약점을 들춰내고 과장합니다. 그래야 강자와 약자의 간극이 정당화될 수 있으니까 말입니다. 다시 한번 말하지만 비록 지금 자신이 약자의 처지일지라도 말입니다.

황만근이 살던 마을 사람들의 기억은 바로 이 심리적 동인이 표현된 결과입니다. 그들이 왜 말끝마다 황만근을 반푼이라 불렀는지, '황만근가'라는 일종의 사회적 선전이 왜 퍼졌는지, 더 나아가 황만근을 대하는 자신들의 부당한 태도에 대해 왜 일말의 반성조차 없었는지를 우리는 되새겨보아야만 합니다.

'농가부채'와 '빚투'

마을 사람들은 강자가 되고 싶은 욕망을 당연시합니다. 이러한 관점에서 보자면 황만근은 '반푼이'가 맞습니다. 왜냐하면 강자가 되기 위해서는 자신의 이익을 최우선으로 생각해야 하기 때문입니다. 그런데 황만근은 자신의 이익을 최우선으로 생각하지 않습니다. 그에게는 강자가 되고 싶은 욕구가 없기 때문입니다. 그는 사익보다 공익을, 자신의 편안함보다 인간의 도리를 먼저 생각하는 사람입니다. 그는 공치사 한 마디 듣지 못하더라도 마을 공동체를 위한 일에 앞장서는 사람입니다. 자신은 변변한 밥도, 잠자리도 챙기지 못하지만 자식과 어머니를 돌보는데 헌신합니다. 심지어는 그 자식마저도 자기 친아들이 아닐 수 있음에도 그는 최선을 다해 아들을 돌봅니다.

그러나 사익과 욕망에 눈이 먼 마을 사람에게는 이 모든 행동이 '모자란' 것입니다. 이쯤 되면 우리는 황만근과 마을 사람 중과연 누가 '모자란' 사람인지 묻지 않을 수 없습니다. 심지어 이들은 '황만근이 직접 심어놓은 등나무 덩굴 아래, 직접 짠 평상에' 모였으면서도, 황만근에게 고마워하기는커녕 그를 욕하기 바쁩니다. 황만근이 사라진 상황 속에서 마을회관의 변소를 치우면서도, 그동안 그 궂은일을 해왔던 황만근에게 감사하기는 고사하고, 자신이 그 일을 하게 된 상황에 대해 화를 냅니다. 이쯤되면이 상황을 바라보는 우리들이 대신해서라도 부끄러움을 느끼고 싶은 심정입니다.

그들이 이렇게 황만근을 부당하게 대우하는 명분은 대체로 그가 어리석다는 것에서 출발합니다. 하지만 사람을 어리석게 만드는 것은 욕망입니다. 강자가 되고 싶은 욕망에 충실한 마을 사람들이야말로 빚의 노예가 되었지만, 황만근은 그런 욕망이 없기에 부채로부터 자유롭습니다. 과연 누가 누구를 반푼이라 말해야 마땅한가요? 마을 사람들의 어리석음은 이에서 그치지 않습니다. '농가부채 탕감'이라는 공동의 이익을 위해 행동하기로 해놓고는 그대로 따르지 않습니다. 자신들의 문제를 해결하기 위한 공동 행동에 나서지 않는 이들의 태도는 눈앞의 개인적 이익에만 눈이 먼 어리석은 행동이라 해야 마땅할 것입니다.

안타까운 것은 마을 사람들의 이러한 태도가 우리 현실에서도 그리 낯선 것이 아니라는 점입니다. 당연하게도 마을 사람들을 어리석게 만든 그 욕망이 지금 현실의 보편적인 욕망이기 때문이지요. 바로 얼마 전까지만 해도 강자가 되고 싶은 욕망에 '영끌'하고 '빚투'해서 부동산과 주식과 가상화폐에서 '인생역전'하는 꿈이 우리를 지배하고 있지 않았습니까? 내 개인의 작은 이익에는 공정과 상식을 들먹이지만 거대한 불의 앞에서는 내 일이 아니라고 방관하는 우리의 현실도 작품 속의 모습과 얼마나 다르다고 할 수 있을까요?

그러나 한 사회가 아무리 욕망의 노예로 전락하고 있다고 하더라도 어느 곳인가에는 묵묵히 삶의 도리를 다하는 사람이 있기 마련입니다. 황만근이 바로 그런 사람입니다. 그는 촌장의 말대로, 아무도 지키지 않는 무리한 '행동지침'을 따라서 낡은 경운기로 궐기대회에 참여한 끝에 얼어죽습니다. 작품의 말미에 밝혀진 사실은 놀랍게도 황만근 자신은 부채가 없었다는 사실입니다. 심지어 황만근 자신은 '농민은 빚을 지면 안 된다'는 신념을 가지고 있는 사람이었습니다. 그러니 그는 자신의 이익을 위해서가 아니라, 순수하게 농가부채로 고통을 받는 사람들을 위해 수고로움과 위험을 감내했고, 그 결과 죽음이라는 불행을 맞게 된 것입니다.

작품 초반부만 보면 우리는 어리숙한 그가 이장의 꾐에 넘어가 불행한 최후를 맞게 되었다고 생각하게 됩니다. 하지만 작품의 결말에서 우리는 그가 어리석은 사람이 아니었으며, 오히려 나름의 신념과 가치를 갖고 행동하는 사람임을 알게 됩니다. 그가 궐기대회에 경운기를 끌고나간 것은 단지 이장의 꼬임에 넘어간 것이 아니고, 자신이 생각한 책임과 도리를 다하기 위한 일임을 알게 됩니다. 그리고 이제 작품의 처음으로 돌아가 황만근의 실종에 대한 이장의 반응을 되새겨 봅시다.

그는 이렇게 말합니다.

"만그인지 반그인지 그 바보 자석 하나 때문에 소 여물도 못하러 가고 이기 뭐라. 스무 바리나 되는 소가 한꺼분에 밥 굶는 기 중요한가, 바보 자석 하나가 어데 가서 술 처먹고 집에 안 오는 기 중요한가, 써그랄."
– 《황만근은 이렇게 말했다》(성석제 / 창비)

부끄럽고, 부끄럽습니다.

'황만근'과 백락

마을 사람들이 '황만근'을 '반푼이'라 여길 때 그가 사실 현명한 인물이라는 사실을 알아차린 유일한 사람은 외부에서 온 '민씨'입니다. 그가 황만근에 대한 마을 사람들의 평가가 잘못된 것을 알게 된 이유는 황만근이 궐기대회로 출발하기 전날 그와 술을 마시며 대화를 나누었기 때문입니다.

여기서 중요한 사실은 '민씨'가 외부인이었다는 사실입니다. 그는 외부에서 온 사람이기에 황만근의 참모습을 알 수 있었습니다. 외부인이었던 그는 '황만근가'로 상징되는 오래된 고정관념에 사로잡혀 있지 않았습니다. 고정관념을 벗어난 민씨에게 황만근은 충분히 존경할 만한 인물입니다. 작품의 끝은 민씨가 황만근에게 바치는 묘비문으로 마무리됩니다. 여기서 그는 '새터말로 귀농하였다가 이룬 것 없이 다시 도시로 흘러' 간다고 말합니다. 아무래도 황만근을 대하는 마을 사람들의 비정한 모습 때문이 아닐까 합니다.

민씨가 황만근을 존경하게 된 것은 그를 통해 세상에 대한 새로운 깨우침을 얻었기 때문입니다. 민씨가 황만근을 존경하게 된 것은 그를 통해 삶의 태도를 배웠기 때문입니다. 우리가 누군가를 존경한다는 것은 바로 그런 것입니다. 우리는 누군가를 존경함으로써 세상에 대한 이해를 넓히고, 우리가 살아가야 하는 길이 어떤 것인가를 되새기게 되는 것입니다. 이는 강자를 부러워하고, 그 지위를 욕망하기만 하는 이들은 영원히 얻을 수 없는 인간의 자긍심입니다.

물론 어떤 사람은 세상에 존경할 만한 이가 안 보인다고 한탄합니다. 그러나 존경할 만한 인물이란 마치 천리마와 같은 것인지도 모릅니다. 세상에 천리마가 없는 것이 아니라 천리마를 알아볼 수 있는 백락과 같은 인물이 없는 것이라 했습니다. 욕망과 고정관념에 사로잡혀 '황만근'을 반푼이라 폄훼하던 마을 사람들의 모습을 반면교사로 삼아, 우리가 우리 주변에 존재하는 '황만근'을 알아차릴 힘을 기를 수 있기를 바랍니다.

황순원, 〈독 짓는 늙은이〉

우리가 노동을 잃어버릴 때

우리 소설 작품들 속에는 유난히 불행한 상황이 많이 등장합니다. 물론 삶에 대한 진지한 성찰을 목표로 하는 작품일수록 인간의 고통과 불행을 다룰 수밖에 없는 것도 한 이유일 수 있겠습니다만, 무엇보다도 우리 사회가 걸어온 역사가 그만큼 평탄하지 못했다는 점이 가장 큰 이유가 아닐까 합니다. 이처럼 평탄하지 못했던 역사는 한편으로는 발전의 원동력으로 작동했던 것이 사실입니다. 비단 경제적인 영역뿐만 아니라 정치적인 면에서도, 또 사회구조적인 면에서도 우리는 불행의 원인을 찾아 그것을 해결하기 위해 부단한 노력을 기울여 왔고, 또 그것이 일정 부분 성공했다고 믿고 있습니다. 흔히 쓰는 말 중에 "무슨 쌍팔년도도 아니고"라는 말이 있습니다. 이 말에도 우리 사회가 과거와는 달라졌다는, 즉 우리가 과거 사회보다는 나은 사회 속에서 살아가고 있다는 강한 자신감이 스며 있습니다. 이런 점에서 보자면 많은 이들이 과거의 우리 소설에 흥미와 재미를 못 느끼는 현상도 이해할 수 있습니다. 이미 과거와는 다른 사회에서 살고 있다고 믿는 사람들에게 이미 지나간 불행한 시절의 불행한 이야기를 듣는다는 것은 피곤하고 불편한 일일 뿐입니다.

그러나 현실을 냉정히 돌아보면 우리는 여전히 고통과 불행 속에 살아간다는 사실을 발견하게 됩니다. 빈곤과 불평등, 부당한 억압은 그 형태와 정도가 바뀌었을 뿐 여전히 우리의 삶에 존재하는, 우리가 해결하지 못한 과거의 유산들입니다. 우리가 과거의 불행에서 오늘의 고통을 돌아볼 수 있는 이유도 여기에 있습니다. 필요한 것은 표면적인 차이에 속지 않고, 그 내면에 존재하는 인간과 사회의 모습을 직시하려는 태도뿐입니다.

황순원의 〈독 짓는 늙은이〉는 1950년대 작품입니다. 1950년대 한국 사회는 경제적으로 아주 낙후된 사회입니다. 오늘 우리의 모습과는 다릅니다. 당연히 등장하는 삶의 조건도 다릅니다. 우리들 대부분은 항아리를 만드는 일도, 방물어미 같은 일도 하지 않습니다. 아프면 병원에서 치료를 받는 것이 당연하고, 일을 하지 못하더라도 최소한의 사회보장을 받을 수 있습니다. 그러나 이것은 표면적인 차이일 뿐입니다. 이 작품의 주인공이 겪는 불행은 여전히 우리 삶에도 존재합니다. 아니, 우리는 과거보다 더 극심한 위기 속에서 살아갑니다. 왜냐하면 그 불행의 핵심 요인이 노동력 상실에 있기 때문입니다.

노동의 두 가지 의미

작품 속에서 노인은 병을 앓고 있습니다. 질병은 노동력을 상실하는 대표적인 상황입니다. 노동을 하기 위해서는 건강한 몸과 정신이 필요합니다. 그러나 누구도 노동력을 영원히 유지할 수는 없습니다. 왜냐하면 우리는 모두 늙어가기 때문입니다. 나이를 먹으면 건강을 유지하기 힘듭니다. 작품 속에서는 노인이 어떤 병을 앓고 있는지 구체적으로 말하지 않습니다. 말하지 않는 것이 당연합니다. 나이를 먹으면 어떤 병이든 걸릴 수 있기 때문입니다. 그러니 우리는 모두 언젠가는 노동력을 잃어버릴 수밖에 없는 존재입니다.

우리가 노동을 하는 가장 직접적인 이유는 생계를 이어나가기 위해서입니다. 인간은 생존에 필요한 요소들을 분업과 교환을 통해 얻습니다. 타인에게서 무엇인가를 얻으려면 나도 무엇인가를 주어야 합니다. 내가 줄 것을 그때그때 바꾸는 것보다는 꾸준히 그 능력을 특화시켜 나가는 것이 교환에 유리합니다. 여기서 노동은 직업이 됩니다. 그러니 '독 짓는 노인'은 노동이며 직업입니다. 그런데 노인은 이제 그 능력을 상실하고 있습니다. 그러니 당연히 생계의 위기를 겪게 됩니다. 여기서 생계의 위기란 나 혼자만의 위기가 아닙니다. 우리는 가족을 이루어 살기 때문입니다. 가족은 무엇보다도 '생계공동체'입니다. 특히 교환을 해올 수 있는 노동이 가장에게 집중된 가족에게, 가장의 노동력 상실은 곧 가족 전체의 위기가 됩니다.

작품 속에서도 노인의 노동력 상실은 곧 가족의 해체로 이어집니다. 먼저 노인이 병에 걸리자 부인이 젊은 조수와 함께 가족을 떠납니다. 노인은 정신적 충격 속에서도 어린 아들을 어떻게든 지켜내려고 합니다. 그러나 이미 노동력을 상실해 독을 지을 수 없는 노인이 가족을 유지할 수 있는 방안은 없습니다. 결국 노인은 어린 아들마저 다른 가족에 편입시킬 수밖에 없습니다.

이 불행의 양상은 오늘을 사는 우리에게도 낯설지 않습니다. 대표적으로 IMF 금융위기를 맞으며 수많은 가족이 붕괴되고, 때로 극단적으로는 잘못된 선택을 하는 경우를 목격해 왔습니다. 비단 금융위기 상황만이 아닙니다. 질병과 재난으로 인한 노동력 상실은 누구에게나 닥칠 수 있는 일입니다. 그리고 그로 인한 가족의 붕괴 역시 여전히 우리 옆에 있는 불행입니다. 다른 한편 우리 현실은 어떤 면에서 〈독 짓는 늙은이〉보다 더 심각합니다. '독 짓는 늙은이'는 건강이 허락하는 시기까지 노동을 할 수 있습니다. 하지만 우리들은 질병과 재난이 아니더라도 나이를 먹으면 대부분 일자리를 잃는 것이 당연한 사회 속에서 살고 있습니다. 그러니 우리 사회가 겪고 있는 독거노인 문제, 노인 빈곤 문제 역시 필연적인 귀결이라고 할 수 있을 것입니다.

노동의 위기, '나'의 위기

물론 노동력을 잃어도 생계를 유지할 수 있긴 합니다. 축적해

놓은 재산이 아주 많으면 가능합니다. 노동의 의미를 생계유지 수단으로만 한정할 때, 재산이 많다면 노동을 하지 않아도 생계에 필요한 물건을 교환하면 됩니다. 사실 우리가 살고 있는 시장경제는 노동이 아니라 화폐를 통해 교환이 이루어지기 때문에, 역설적이지만 노동을 안 하는 사람일수록 더 풍부한 교환을 누리는 상황을 종종 목격하게 됩니다. 이런 상황 속에서 많은 청소년들이 '하고 싶은 일은 없고, 돈이나 많았으면 좋겠다'고 말하는 현상이 나타나는 것입니다. 이는 결국 노동을 생계유지의 의미로만 받아들이고 있기에 나오는 말이라고 할 수 있습니다.

그러나 부자가 되는 것은 어려운 일입니다. 세상에는 늘 풍족한 사람보다는 그렇지 못한 사람이 많기 마련입니다. 이런 경우 교환을 통해 생계를 이어가는 것은 불가능합니다. 그렇다면 교환이 아니라 상대방의 호의를 일방적으로 기대하는 수밖에 없습니다. 그것이 바로 '거렁뱅이질'입니다.

노인은 병에 걸린 상황에서도 이를 용납할 수가 없습니다. 그래서 처음에 어린 아들에게 화를 냅니다. 노인이 화를 내는 이유는 노인에게 노동은 단순히 생계유지 수단이 아니기 때문입니다. 여기서 우리는 노동의 두 번째 의미를 생각해보게 됩니다. 인간에게 노동은 자기 정체성의 기반이자, 자기의 뜻과 능력을 표현하는 수단입니다. 우리는 늘 자신이 누구인지 묻습니다. 그런데 이 질문은 매우 어려운 질문입니다. 왜냐하면 나의 생각과 감정은 늘 변화하기 때문입니다. 끊임없이 변화하는 존재를 규정하기란 매우 어려운 일입니다.

그러나 인간은 다행히 혼자 자신의 생각과 감정만으로 살아가는 존재가 아닙니다. 사회 속에서 타인과 관계를 맺으며 살아갑니다. 여기서 자신이 맺는 타인과의 관계는 비교적 고정된 것이며 이것이 바로 우리의 정체성을 안정시키는 요소가 됩니다. 여기서 타인과의 관계를 맺는 매개가 바로 노동이며 직업입니다. 그러니 많은 서양 이름의 기원이 직업인 이유도 여기에 있을 것입니다.

다른 한편 노동은 본디 주체성을 실현하는 일입니다. 우리가 무엇인가를 쓸모 있게 만들기 위해서는 무엇을 만들지, 어떻게 만들지 스스로 정해야 하며, 그것을 스스로 실행해야 합니다. 물론 현대 사회의 컨베이어벨트 생산 체계는 이 주체성을 앗아간 측면이 있지만, '독 짓는 늙은이'는 자기 뜻과 능력을 온전히 발휘하는 노동을 하고 있습니다.

그러니 노인은 '거렁뱅이'가 되는 것을 거부합니다. 평소 거렁뱅이들에게 거처를 제공하던 행위도 하지 않습니다. 자신이 '거렁뱅이'가 될지도 모른다는 두려움 때문입니다. 이는 노인이 자신의 노동과 직업을 단순히 생계유지 수단으로 여기지 않는다는 것을 말합니다. '독 짓는' 행위는 노인의 정체성이며, 노인의 '자기실현 행위'입니다. 그러니 노인에게 노동력의 상실은 생계 이상의 위기입니다. 자신의 삶과 존재에 대한 위기입니다. 우리는 노동과 직업에 자신의 정체성을 투여하는 이와 같은 삶의 태도를 흔히 '장인정신'이라 칭합니다.

'장인정신'의 양면성

'장인정신'이라는 말은 인간과 노동에 대한 깊이 고민해볼 수 있는 말입니다. 결국 장인정신은 자기 삶의 의미를 자신의 노동과 직업에서 찾는다는 것입니다. 이는 사회 전체적으로 보았을 때, 그리고 그 사회를 유지하는 권력의 입장에서는 매우 긍정적으로 여겨질 수 있는 말입니다. 노동을 하는 사람들이 보상과는 무관하게 자신의 노동에 의미를 부여한다면 매우 반가운 일입니다. 게다가 자신의 직업을 자신의 정체성과 동일시하기 때문에 더 나은 지위를 요구할 일도 없습니다. 권력의 입장에서는 모두 권장할 만한 일입니다.

그러나 노동을 하는 우리 자신의 입장에서는 다르게 여겨질 수 있을 것입니다. 우리가 노동을 하는 것은 애초에 우리 자신을 위한 일입니다. 그런데 '장인정신'이란 우리를 위해 노동이 있는 것이 아니라, '노동'을 위해 우리가 존재하는 것이 될 수도 있습니다. 이것은 자칫하면 우리 자신이 생산시스템 혹은 사회적 목표를 위한 도구로 전락할 수도 있다는 뜻이 될 수도 있습니다. 게다가 만약 그 직업이 나 자신의 선택이 아니라 전통과 출생에 따라 비자발적으로 결정된 것이라면 그때도 과연 '장인정신'이 긍정적인 의미를 지닐 수 있는지 고민해봐야 할 것입니다.

여기서 우리는 노동과 직업에 대한 중요한 고민을 만나게 됩니다. 노동을 하며 살아가야 하는 우리들이 과연 노동과 직업을 나의 정체성과 삶의 의미로 받아들여야 하는지 고민해볼 필요가 있습니다. '장인정신'이 한편으로는 인간을 도구화할 수 있는 위험성이 있다는 점을 충분히 고려하면서도, 우리는 노동과 직업이 아니라면 어디서 과연 나의 정체성과 삶의 의미를 찾아낼 수 있는지 고민해봐야만 할 것입니다.

안타깝게도 이 작품 속 노인은 자신이 선택한 '장인정신'마저도 끝까지 지켜낼 수 없었습니다. 왜냐하면 생계의 위기 속에서 노동의 의미가 점점 바뀌어가기 때문입니다. '거렁뱅이질'에 화를 내던 노인은 나중에는 '거랑질을 해서라도 애를 굶기지 않겠다고' 말합니다. 몸이 정상적이지 않지만 독을 지으려 합니다. 왜냐하면 이미 독을 짓는 노동이 생존을 위한 행위가 되었기 때문입니다. 독을 짓는 행위가 자신의 정체성을 위한 행동이라면, 제대로 할 수 없다면 독을 지으면 안 됩니다. 그것이 '장인정신'이기 때문입니다. 그러니 노인이 쓰러져 가면서 독을 짓는 모습은 이미 생존의 위기 앞에서 '장인정신'이 무너지고 있는 상황이라고 볼 수 있습니다.

노인의 삶은 여기서 이미 파국에 달하게 됩니다. 자신의 정체성을 지탱하고 있었던 노동이 단지 생존의 도구로 전락하는 순간 독들은 터져나가고, 노인의 삶도 무너지는 것입니다. 독들이 터져나가는 장면은 결국 노인이 생계 유지 수단으로서의 노동력을 상실했을 뿐만 아니라, 자신의 정체성과 삶을 지탱해 주었던 노동마저 상실했음을 여실히 보여주는 장면입니다.

그럼에도 노인은 끝까지 자신의 노동에서 자신의 정체성과 삶의 의미를 찾으려 합니다. 마지막 장면에서 노인이 독 대신에 가

마에 들어가 죽음을 맞이하는 장면은 노동력을 상실한 불가항력적 불행 속에서도 자신의 정체성을 회복하려는 비극적 의지를 보여줍니다.

AI와 로봇, 그리고 노동

작품에서 노인의 노동력을 빼앗아 간 것은 질병입니다. 그런데 오늘날 우리는 젊고 건강한 수많은 사람들마저도 일시에 노동력을 빼앗길 수 있는 위기 속에서 살아가고 있습니다. AI와 로봇 기술의 확산 때문입니다. 언론에서는 하루가 멀다하고 우리의 일자리를 대체할 신기술을 선보이고 있습니다. 또 어떤 일자리가 먼저 없어질 것인지 담담하게 예측합니다. 신기술로 인한 노동의 대체는 개개인의 문제가 아니라 자동화가 이루어지는 산업 전체에 종사하는 사람이 모두 겪게 된다는 점에서 더더욱 심각한 문제가 되고 있습니다. 이런 상황에서 생산력을 절대적 신화로 맹신하는 우리 사회는 개개인이 이런 변화에 적응해야 한다고 말합니다. 더 이상 하나의 직업만을 가지고 살 수는 없으며, 취업을 하는 순간 다른 직업으로 이직하기 위한 준비를 해야 한다고 말합니다. 우리는 이러한 사회적 변화 앞에서 모두가 '독 짓는 노인'이 되는 것은 아닌지 불안해집니다.

물론 우리 사회는 이러한 변화에 대해 어떻게 대비할 것인지 논의하고 있습니다. 직업교육을 확대하고, 실업급여를 강화하겠

다고 합니다. 또 노동과 무관하게 기본적인 생활을 유지할 수 있
도록 기본소득제도를 마련해야 한다고 말하기도 합니다. 노동의
의미가 일차적으로 생계유지에 있다는 사실을 고려한다면 이 모
든 논의는 나름의 의미가 있습니다. 그러나 다른 한편 노동의 두
번째 의미에 대한 논의는 실종되고 있는 것 또한 사실입니다. 우
리에게 노동은 여전히 안정된 자기 정체성의 기반이며, 자신을
세상에 표현하는 수단입니다. 생산력이라는 명분 아래서 급격히
사라지고 변동되는 노동이 우리의 삶에 끼칠 근본적인 위기에 대
해서 우리는 충분히 고민하고 있지 않습니다. 노동이 없어진다
면 우리는 과연 어디서 우리의 정체성과 삶의 의미를 찾아야 하
는지, 또 그것이 가능한 것인지 묻지 않습니다. 이 질문이 생략된
미래가 우리를 얼마나 행복하게 할 수 있을까요?

작품에서 '독 짓는 노인'은 감당할 수 없는 불행 속에서 끝내
비극적 최후를 맞습니다. 왜냐하면 그의 불행은 혼자만의 것이었
기 때문입니다. 그렇기에 그는 자신이 살아온 삶의 가치를 죽음
을 맞이하는 방식을 통해서만 지켜낼 수 있었습니다. 그러나 우
리는 지금 이 불행을 혼자 겪어야 하는 상황이 아닙니다. 우리는
모두 '독짓는 늙은이'의 위기를 같이 맞이하고 있습니다. 그러니
우리는 혼자서 비극적 최후를 맞이하기 전에 다 같이 머리를 맞
대고 물어야 합니다.

나에게, 아니 우리에게 노동은 무엇이 되어야 하는가?

이문구, 〈유자소전〉

총수와 운전수

드라마나 영화, 광고에는 '성공한 삶'이라는 말이 자주 나옵니다. 그것들은 대개 멋진 차와 집, 여유롭고 호화스러운 생활, 높은 지위와 막강한 권력과 같은 이미지로 그려집니다. 이런 이미지를 통해 현대 사회에서 '성공한 삶'은 '행복한 삶'과 종종 동의어로 그려집니다. 그러나 우리는 무엇이 진짜 '성공한 삶'인지에 대해서는 진지하게 생각하지 않습니다.

생각해보면 '성공한 삶'이라는 표현 자체가 가능한지부터 의문스럽습니다. 성공이란 실패와 짝을 이루는 말입니다. 이 상반된 단어들은 우리가 어떤 구체적인 목표에 도달했는지 그렇지 못했는지를 표현하는 말입니다. 승부차기나 다이어트 같은 일은 구체적이고 객관적인 목표가 있습니다. 그렇기에 우리는 승부차기를 성공할 수도 있고, 다이어트를 실패할 수도 있습니다. 그렇다면 우리의 삶에도 구체적이고 객관적인 목표가 존재한다고 할 수 있을까요? 아마 그렇지는 않을 것입니다. 만약 누군가가 인간이 살아가는 목적이 어떤 것이라고 결정한다면 우리는 모두 코웃음을 칠 것입니다. 왜 내 삶을 네가 결정하냐고, 무슨 권리로 그럴 수 있냐고 무시할 것입니다. 그럼에도 우리는 '성공한 삶'이라는 표현은 별다른 의심 없이 받아들입니다. 그리고 자신도 모르게 그 '성공'에 내포된 삶의 목표들을 당연히 받아들입니다. 이런 점에서 '성공한 삶'이라는 표현은 누군가를 무의식적으로 조종하는 일종의 최면술 같은 단어입니다.

온갖 미디어를 통해 쏟아지는 이 최면 주문을 벗어나는 것은 쉽지 않습니다. 그 결과 우리는 너무나 쉽게 삶의 성공과 실패를 판단합니다. 그러나 실제로 우리의 삶은 매우 복합적인 요소와 시기들로 구성됩니다. 우리는 살아가면서 삶을 구성하는 특정한 분야에서는 성공할 수도 있고, 또 어떤 기간에는 실패를 겪을 수도 있습니다. 우리는 종종 이 당연한 사실을 망각하고, 어떤 일의 실패 때문에, 혹은 어떤 기간의 실패 때문에 자신의 삶은 실패했다고 여기곤 합니다. 진정으로 우리 삶과 스스로에 대한 가치를 떨어뜨리는 것은 어느 분야, 어느 순간의 실패가 아니라, 그 일부의 성공과 실패를 자신의 삶 전부와 동일시 여기는 편협한 태도입니다. 우리가 '성공한 삶'이라는 당연해 보이는 말과 이미지들을 의심해 봐야 하는 이유도 바로 여기에 있습니다.

이런 점에서 이문구의 〈유자소전〉은 우리의 상식과는 다른 '성공한 삶'의 모습을 통해 삶의 복합성을 되돌아보게 하는 작품입니다.

달변의 이유

이 작품 〈유자소전〉의 주인공은 '유재필'이라는 인물입니다. 상식적인 기준으로 보았을 때 그는 성공한 삶을 살아간 사람은 아닙니다. 높은 학식을 쌓거나 누구나 부러워할 만한 부나 지위를 성취한 것도 아닙니다. 그러나 작가는 그를 공자나 맹자와 같은 성인군자로 칭합니다. '유자'라는 주인공의 별명은 그 존경의 표현이며, 이 작품의 제목 역시 그에 관한 작은 전기라는 뜻으로 이해됩니다.

주인공을 기리는 사람은 비단 작가뿐만이 아닙니다. 주인공 유재필은 스스로는 한 편의 작품도 남기지 않았지만, 그럼에도 많은 작가들과 교류하고 문학작품의 주인공이 되기도 합니다. 사실 어느 영역이든지 전문가 집단은 나름의 폐쇄성을 지니고 있기 마련입니다. 특히 당대의 지성이라고 스스로 자부했을 문학인들이 제대로 교육 기회도 얻지 못한 평범한 인물과 이렇게 깊은 관계를 맺는다는 것은 매우 특이한 일이 아닐 수 없습니다. 더더욱 놀라운 일은 그와 관계를 맺고 그를 기억하는 사람들이 문학인들만이 아니었다는 사실입니다. 병원에서든, 경찰이든, 심지어는 비석을 새기는 사람까지도 모두 그를 기억하고 흔쾌히 그의 부탁을 들어줍니다. 실로 놀라운 인맥이 아닐 수 없습니다.

그가 이렇게 넓은 인맥을 쌓을 수 있었던 까닭에 대해서 작가는 그의 뛰어난 입담을 꼽습니다. 입담이 좋다는 것은 한마디로 말을 재미있게 잘한다는 것입니다. 그런데 우리는 대체로 말을 잘한다는 것을 그리 긍정적으로 생각하지 않는 경우가 많습니다. '말보다 행동이 중요하다'든지, '말만 번지르르하다' 같은 표현도 그런 인식을 반영합니다. 물론 어떤 사람들은 진실을 가리고, 부당한 이익을 위해 말을 악용하고 있는 것이 사실입니다. 그러나 이러한 말하기는 오래 지속될 수 있는 것이 아닙니다. 유재필처럼 평생에 걸쳐 평가를 받고, 또 그것이 그렇게 넓은 인간관계로 남기 위해서는 진정한 의미에서 말을 재미있게 잘해야 하는 것입니다.

'진정한 의미에서 말을 재미있게 잘한다'는 것은 단지 아는 것이 많다는 것과는 다른 것입니다. 말을 한다는 것은 소통한다는 것입니다. 아무리 유창하게 높은 수준의 이야기를 풀어놓는다 하더라도 그것이 듣는 사람에게 아무런 감흥을 주지 못한다면 뛰어난 입담이라고 할 수 없을 것입니다. 이런 점에서 뛰어난 입담은 자신의 말을 듣는 사람에 대한 이해와 배려에 기반한 것입니다. 작품 속에서 유재필의 군대 생활에 대한 부분은 바로 이런 말하기의 속성을 잘 보여줍니다.

유재필은 우연히 줍게 된 사주책 하나로 상관들의 점을 봐주면서 군대 생활을 편하게 합니다. 점쟁이도 아닌 그가 '도사'라는 칭호까지 얻을 수 있었던 것은 그의 고향 친구가 사전조사를 치밀하게 해줬기 때문입니다. 상대방의 처지와 상황을 이해하고 그에 필요한 이야기를 하니 유재필의 말이 힘을 얻게 된 것입니다. 이처럼 유재필이 입담이 뛰어나다는 것은 그가 듣는 이의 흥미와 기분을 고려해 이야기한다는 뜻이고, 이것이야말로 그가 그토록 폭넓은 인간관계를 맺고, 많은 이들의 기억에 남는 삶을 살아갈 수 있는 비결이었다고 할 수 있을 것입니다.

다른 한편으로 아무리 상대방을 이해하고 배려한다고 하더라도 말하는 사람의 태도와 목적이 바르지 못하다면 재미있는 대화가 될 수 없다는 사실도 생각해보아야 합니다. 말하는 사람이 무엇인가를 숨기거나 자신이 말하는 내용에 자신이 없다면, 또 어떤 목적을 위해 대화를 꾸며 내려 한다면 우리는 그 사람과의 대화에서 어떤 감흥도 느끼기 어렵습니다. 반면 유재필의 말하기는 용기있고 솔직합니다. 이는 아끼던 비단잉어들이 죽어 잔뜩 화가 난 재벌총수 앞에서도 당당히 자신의 의견을 이야기하는 모습에서 잘 드러납니다.

"어떻게 된 거야?"

한동안 넋 나간 듯이 서 있던 총수가 하고많은 사람 중에 하필이면 유자를 겨냥하며 물은 말이었다.

"글쎄유. 아마 밤새에 고뿔이 들었던갑네유."

유자는 딴청을 피웠다.

"뭐야? 물에서 감기 들어 죽는 물고기두 봤어?"

총수는 그가 마치 혐의자가 되는 것처럼 화풀이를 하려 드는 것이었다. 그는 비위가 상해서 한마디 했다.

"그야 팔자가 사나워 이런 후진국에 시집와 살라니께 여러 가지루 다 힘들고 피로가 쌓였을 테구 …. 그런 디다가 부릇쓰구 지루박이구 노랫가락을 트는 대루 춤을 춰 댔으니께 몸살기두 다소 있었을테구 …. 본래 받들어서 키우는 새끼덜일수록 탈이 많은 법이니께…."

이렇게 자신의 고용주이자 재벌총수에게도 주눅들지 않는, 유재필의 뛰어난 입담은 삶의 태도 그 자체를 반영한 것입니다. 권력자에게 비굴하지 않고 약자들에게 거만하지 않은 태도, 자신의 이익을 앞세우기보다는 공평무사한 시선으로 사리를 판단하는 분별력이야말로 그가 지닌 말의 힘입니다.

인맥의 이중성

말의 힘이 있는 사람과의 대화는 즐거울 뿐만 아니라, 사람과의 관계를 돈독하게 합니다. 우리는 흔히 말을 잘 하는 사람을 경계해야 한다고 하지만 사람을 판단하는 기준에서 그 사람의 '말'을 빼놓을 수는 없습니다. 우리가 경계해야 하는 사람은 말을 잘 하는 것처럼 보이는 사람이지, 진정으로 좋은 대화를 하는 사람이 아닙니다. 당연히 유재필은 좋은 대화를 하는 사람이고, 그 결과 다양한 사람들과 폭넓은 인간관계를 형성합니다. 소위 말하는 '인맥'이 넓은 사람입니다.

그런데 여기서 우리는 '인맥'이라는 말의 의미를 되새겨볼 필요가 있습니다. '인맥'이라는 말을 성공의 비결을 알려준다고 말하는 수많은 베스트셀러에서도 강조하는 말입니다. 한마디로, 성공하기 위해서는 '인맥'이 중요하다는 가르침인 것입니다. 이 경우 '인맥'이라는 말은 그리 긍정적인 의미가 되지 못합니다. 왜냐하면 그것은 독점과 특권에 대한 욕심이 되기 때문입니다. 흔히 봉건 사회의 문제 중 하나로 '연고주의'를 지적합니다. '연고주의'가 문제가 되는 이유는 그것이 공적인 시스템을 무너뜨리기 때문입니다. '고향 사람이니까', '같은 학교니까'와 같은 말들이 공적인 기준을 대신하기 시작하면 시스템의 객관성과 형평성이 무너지는 것은 당연한 일입니다. 인맥이 성공의 비결이라고 말하는 시각 속에는 경쟁 속에서 자신만 우월한 지위에 서고자 하는 숨은 욕심이 있습니다.

더 나아가 인맥이 성공의 비결이라는 시각은 철저히 인간관계를, 그리고 다른 이들을 도구화하는 시각입니다. 이런 시각에서 보자면 우리는 우리에게 도움이 될 관계만을 중요시해야 합니다. 어떤 사람이 나의 성공에 도움이 되지 않는다면 우리는 그와 관계를 맺을 필요가 없습니다. 아니, 지금 관계를 맺더라도 상황이 바뀌면 관계를 유지할 필요가 없습니다. 이는 우리의 현실에서도 잘 드러납니다. 흔히 '연고주의' 문화를 정이 넘치는 문화라 생각하지만, 실상은 도움이 되거나 적어도 그 가능성이 보일 때만 '연고'가 작동하는 비정한 모습을 종종 발견할 수 있기 때문입니다.

이런 맥락에서 보았을 때 유재필의 삶은 우리에게 진정한 '인맥'이 무엇인지 생각하게 합니다. 그는 어떤 사람이 자기에게 도움이 된다고 생각해서 관계를 맺은 것이 아닙니다. 그의 삶과 전혀 관련 없는 문학인들과의 관계가 그렇습니다.

그가 관계를 맺은 다른 이들도 마찬가지입니다. 성공을 위한 인맥과는 전혀 관계가 없는 사람들입니다. 그의 인맥은 어떤 목적을 위한 도구가 아니라 삶의 자연스러운 결과입니다. 그의 대화법이 그렇듯이 그는 사람을 이해하고 배려합니다. 그것은 단지 대화로 끝나지 않고 그 사람에게 도움이 될 만한 일이 있다면 발 벗고 나섭니다. 그 과정에서 그와 관계를 맺은 사람들은 그를 잊지 않고, 그에게 도움이 되는 일을 하려고 합니다. 그는 이 도움을 통해 또 다른 사람을 돕습니다. 그는 자신이 쌓은 인맥으로 경쟁에서 유리한 위치에 서거나 다른 사람의 권리를 빼앗으려 하지 않습니다.

그가 인맥을 통해 하는 일은 다른 사람의 선의를 이끌어내는 일입니다. 그 결과 그는 자연스럽게 사람과 사람의 선의를 이어주는 역할을 하게 됩니다. 이것은 당연하게도 성공을 위한 인맥과는 전혀 다른 종류의 인간관계입니다.

사람은 사람들 사이에서 살아갑니다. 단지 살아갈 뿐만 아니라 자신이 누구인지도 사람들과의 관계를 통해 결정됩니다. 만약 자신이 다른 이들과 도구적으로 관계를 맺는다면 그 자신은 그런 종류의 사람인 것입니다. 그리고 그 사람은 삶의 어떤 영역에서는 성공했을지도 모르지만 인간과 인간의 관계에서는 실패한 삶이라 평할 수 있을 것입니다. 반면 유재필은 그 반대입니다. 우리는 적어도 유재필의 삶이 인간과 인간의 관계에서 실패한 삶이라고 이야기할 수는 없을 것입니다. 이런 점에서 유재필에게 그 폭넓은 인맥은 성공의 도구가 아니라 성공의 징표라고 말할 수 있을 것입니다.

직업과 장인정신

유재필이 넓은 인맥을 쌓는 데 도움이 되었던 것은 그의 직업입니다. 그는 살아가는 동안 다양한 직업을 갖게 됩니다. 재벌총수의 운전수로 일하다 좌천되어 사고처리를 담당하는 '노선상무'로 일하고, 마지막으로는 개인병원의 사무처장을 맡기도 합니다. 그 과정에서 그는 다양한 사람을 만나고 관계를 맺습니다. 그리고 그 과정에서 그는 일종의 '장인정신'이라고 부를 수 있을 만한 태도를 보입니다. 그것은 단순히 자신이 맡은 업무를 철저히 해낸다는 의미만은 아닙니다. 그의 '장인정신'은 한마디로 말해 자신의 직업으로 사람들에게 가장 큰 도움을 줄 수 있는 길을 끊임없이 모색하는 태도입니다. 이는 그가 '노선상무'를 맡았을 때 잘 드러납니다. 그는 회사 입장에서 교통사고를 처리하는 사람입니다. 한마디로 회사의 이익만을 우선시하면 됩니다. 그러나 그는 자신의 일을 그렇게 단순하게 받아들이지 않았습니다. 가해자와 피해자 모두의 처지를 고려하면서 자신이 할 수 있는 최선을 다하려 합니다. 법을 배우고, 침술도 익힙니다. 자신이 타인을 위해 할 수 있는 일을 다하기 위해 끊임없이 노력합니다. 아마도 이러한 배움의 결과와 그 과정에서 얻은 경험은 그의 입담을 더욱 키웠을 것입니다. 우리는 이런 유재필의 모습을 보면서 직업과 장인정신에 대해 다시 생각해보게 됩니다.

한동안 우리 사회는 일본의 장인정신을 치켜세우고, 그것을 바람직한 직업의식이라고 평가해왔습니다. 작은 일이라도 자신이 맡은 일을 완벽하게 해내고 그 일을 자신의 숙명이라고 받아들이는 태도는 한참 제조업을 키우는 과정에 있던 과거 우리 입장에서는 본받을 일이라고 여겨진 것이 사실입니다. 그러나 이제 상황은 바뀌었습니다. 기술과 산업의 변화가 가속되고 있는 디지털 경제에서 더 이상 장인정신은 바람직한 태도라 여겨지지 않습니다. 오히려 정해진 일, 주어진 일만을 완벽하게 수행하려고 하는 태도가 빠른 변화의 걸림돌이 되고 있다는 평가가 일반화된 것입니다. 물론 일본의 장인정신은 그 출발점이 신분제에 있다는 점에서 사람들을 불평등한 사회구조에 순응시키는 역할을 한 것이 사실입니다. 또 더 이상 '평생직업'이라는 말이 의미가 없어진 지금의 사회 변화와도 동떨어진 측면이 있습니다. 하지만 변화하는 사회 속에서 우리는 직업과 노동의 의미를 다시 생각해 보아야 합니다. 일본의 장인정신은 그것이 가진 부정적인 측면에도 불구하고 노동과 직업에 생존수단 이상의 의미를 부여하는 역할을 했습니다. 만약 우리가 그것을 더 이상 필요로 하지 않는다면 직업과 노동에서 어떤 생존수단 이상의 의미를 찾아야 하는지 질문해야만 할 것입니다.

이런 점에서 유재필의 삶은 새로운 의미의 '장인정신'을 보여줍니다. 그는 자신의 직업을 숙명으로 생각하는 사람은 아닙니다. 운전사라는 직업을 선택한 것도 세상을 더 많이 구경하고 싶다는 사소한 생각 때문이었습니다. 또 한 가지 직업만을 고집하지도 않았습니다. 그러나 작가는 그에게서 '장인정신'을 발견합니다. 왜냐하면 그는 어떤 직업을 하더라도 그것이 어떻게 사람들을 도울 수 있는지 생각하고, 제대로 된 도움을 주기 위해 끊임없이 노력했기 때문입니다. 심지어는 자신이 그 일을 그만둠으로써 더 많은 사람에게 도움이 된다면 그 길을 택하기도 합니다. 유재필이 말년에 병원 사무처장을 할 때 병원비가 없는 환자들을 탈출시키고 사표를 쓴 것이 바로 그 대표적인 사례입니다. 이렇듯 그의 장인정신은 일 자체가 아닌, 사람을 위한 것이었습니다.

오늘날 분명 과거의 전통적인 장인정신을 강요하는 것은 타당하지도, 가능하지도 않은 일입니다. 그러나 그렇다고 해서 노동과 직업을 생계수단으로만 여기고 살아가는 것도 바람직한 삶은 아닙니다. 그렇기에 유재필이 보여주는 노동과 직업에 대한 태도는 우리에게 많은 것을 일깨워 줍니다. 우리는 과연 앞으로의 직업과 노동에 어떤 의미를 부여하게 될까요?

총수와 운전수

유재필의 삶은 우리가 일반적으로 상상하는 '성공한 삶'과는 거리가 멉니다. 우리가 상상하는 '성공한 삶'이란 오히려 유재필을 운전수로 고용한 재벌총수와 같은 삶입니다. 그렇다면 그 재벌총수의 삶은 진정으로 '성공한 삶'일까요? 재벌총수는 여러 가지 측면에서 유재필과 대비되는 인물입니다. 그는 유재필이 이루지 못한 것들을 이뤄냈습니다. 많을 부를 쌓았고, 높은 사회적 지위를 누립니다. 반면 유재필이 이룬 것을 그는 이뤄내지 못했습니다. 재물을 가지고 그가 한 일은 자신의 부를 과시하기 위해 엄청나게 비싼 비단잉어를 사들인 것이었습니다. 그것은 사람에게도, 심지어는 시멘트독으로 죽은 잉어들에게도 도움이 안 되는 일이었습니다. 그에 비해 가진 것이 극히 적은 유재필이 수많은 사람에게 도움이 된 모습과는 정반대의 결과입니다. 또한 그는 두려움도 극복하지 못했습니다. 매일 아침 제주에서 공수해온 정한수를 떠다놓고 불공을 드리는 그의 모습은 그가 얼마나 약한 인간인지를 보여줍니다. 이 역시 어떤 권력과 위협 앞에서도 자신이 할 말을 다하는 유재필의 모습과는 극명한 대비를 이룹니다. 그러므로 우리는 이 재벌총수가 부를 쌓는데, 기업을 성장시키는데 성공했다고 평할 수 있을지언정 과연 '성공한 삶'이었는지에 대해서는 의문을 가질 수밖에 없는 것입니다.

물론 유재필의 삶 역시 모든 부분, 모든 시기에 걸쳐 성공했다고 말할 수는 없을 것입니다. 그러나 우리는 적어도 그가 삶의 어떤 영역에서 성공했는지는 말할 수 있습니다. 그는 무엇보다도 다른 사람과의 관계에서 성공적인 삶을 살았습니다. 다른 사람을 진정으로 돕고 이해하는 과정에서 그는 사람들의 기억에 남은 사람이 되었습니다. 인간관계에서 이보다 더 큰 성공은 찾기 어려울 것입니다. 그는 또한 평생의 노동과 직업에서 성공한 사람이었습니다. 그는 일의 노예가 되지 않았고 자신의 선택한 일의 주인이 되어 일을 능동적으로 삶의 보람으로 만들어 간 사람이었습니다. 노동과 직업에서 이보다 더 큰 성공은 찾기 어려울 것입니다. 마지막으로 그는 윤리적으로 성공한 사람이었습니다. 그는 눈 앞의 이익 때문에 위선자의 앞잡이가 되지도 않았고, 사회적인 비난 때문에 아버지의 행적을 숨기지도 않았습니다. 그는 자신이 옳다고 하는 삶을 위해 위험과 불이익을 감수했습니다. 윤리적 삶을 살고자 하는 이에게 이보다 더 큰 성공은 찾기 힘들 것입니다. 인간관계에서, 노동과 직업에서, 윤리적 삶에서 그는 충분히 성공한 삶이었습니다. 우리의 삶에 어떤 부분이 이보다 더 중요하다고 말할 수 없다면 그는 분명 '성공한 삶'을 살았습니다. 그리고 그 성공은 그 어떤 부분에서도 타인의 실패를 필요로 하지 않는다는 점에서, 무엇보다도 아름다운 성공입니다.

오늘도 우리는 '성공한 삶'에 대한 수많은 이미지들을 접하게 됩니다. 그 반짝임들에 현혹당하지 않기 위해 우리는 가끔씩 유재필, 아니 '유자'의 삶을 떠올려볼 필요가 있습니다. 나는 과연 인생의 어떤 부분에서 성공하고 싶은지, 또 그것을 위해 어떤 실패를 감수할 각오가 되어 있는지 멈춰 생각해야만 합니다.

공포와 맞서는 법

우리는 많은 것을 두려워하면서 살아갑니다. 하지만 두려움 자체는 부끄러운 일이 아닙니다. 두려움을 통해 생존가능성을 높여온 것이 생명 진화의 역사이기 때문입니다. 두려움이 있기 때문에 우리는 먹지 말아야 할 것을 먹지 않게 되었습니다. 두려움이 있기 때문에 자신보다 강한 생명체를 피할 수 있었습니다. 두려움이 있기 때문에 위험한 곳을 가지 않게 되었습니다. 이런 점에서 두려움은 우리 유전자가 우리에게 전해주는 경고장이라고 할수도 있으며, 그 신호에 충실히 따르는 것이 대부분의 생명체에게는 현명한 선택일 것입니다.

그러나 다른 생명체와 달리 인간은 때때로 이 두려움을 극복해내야 할 때가 있습니다. 그 첫 번째 이유는 우리가 자연이 아니라 사회 속에서 살고 있기 때문입니다. 비교적 고정된, 변동이 없는 자연 환경 속에서 유전자의 경고는 생존에 큰 도움이 됩니다. 수만 년 전 조상에게 위험했던 환경은 지금의 자손들에게도 여전히 위험합니다. 그러므로 유전자에 새겨진 두려움은 무엇보다 믿을 만한 생존안내서가 됩니다. 문제는 이 경우 이 두려움은 대부분 수만 년 후까지 변하지 않는 지침이 된다는 점입니다.

바로 이런 점에서 인간이 살아가는 환경은 완전히 다릅니다. 우리는 사회 속에서 살아갑니다. 이것은 비교적 고정되고 변동이 적은 자연과 달리, 짧은 시간에도 큰 변화를 만들어낼 수 있는 세계입니다. 이때 과거의 산물인 두려움은 변화를 방해하는 요소가 됩니다. 생각해 보면 인간이 문명을 만들어 온 과정들 속에는 두려움의 명령을 거부했던 누군가가 항상 있었습니다. 불과 물, 벌레와 짐승, 왕과 장군이 주는 두려움을 극복했던 누군가들이 우리의 지금 이 자리를 만든 것입니다. 인간은 자연에 자신을 맞추어 사는 존재가 아니라 자신이 있을 사회를 만들어가는 존재입니다. 이것이 인간이 두려움을 극복해야 하는 첫 번째 이유입니다.

인간이 두려움과 싸워야 할 두 번째 이유는 외부 환경의 차이가 아니라 우리 스스로의 존재적 특성 때문입니다. 인간과 다른 생명체에게 두려움은 언제나 유효한 지침입니다. 왜냐하면 다른 생명체의 능력은 비교적 고정되고, 변동이 적기 때문입니다. 토끼는 사자에게 이길 수 없습니다. 이것은 급격한 진화가 이루어지지 않는 한 불변의 사실입니다.

반면 인간의 능력은 고정된 것이 아닙니다. 인간은 궁리를 하고, 방법을 찾아 스스로의 능력을 변동시킵니다. 물론 두려움을 극복한다고 해서 바로 능력이 변동되는 것은 아닙니다. 그러나 두려움을 극복하지 않는다면 어떤 시도도 할 수 없습니다. 바로 이런 점에서 지금의 우리보다 더 나은 존재가 되기 위한 첫걸음은 바로 두려움을 극복하는 것입니다.

이제 우리가 같이 생각해 볼 작품 역시 두려움에 대한 이야기입니다. 주인공의 공포심을 상징적으로 보여주는 것은 '노깡'입니다. 어린 시절 주인공은 총알을 찾아 자랑하기 위해 '노깡'에 들어갔다가 정체모를 뼈를 만지고 깊은 공포심을 느낍니다. 그 공포심은 주인공의 마음 깊은 곳에 자리 잡고 행동에 영향을 미칩니다. 자신의 학급에서 벌어지는 부당한 일들에 대해서 저항하지 못하고 소극적인 태도를 보이는 주인공의 모습은 작은 두려움이 어떻게 한 인간의 삶 자체를 지배하게 되는지를 잘 보여주고 있습니다.

그러나 주인공은 결국 그 공포를 극복해냅니다. 이런 점에서 이 소설은 성장소설이기도 합니다. 우리는 이 작품을 통해 주인공이 어떻게 공포와 싸워 이겨낼 수 있었는지, 그리고 그 극복이 가진 의미가 무엇인지를 생각해보고자 합니다. 어쩔 수 없이 두려움을 갖고 살아가는 오늘의 우리 모두에게 주인공의 성장은 되새겨볼 가치가 있는 희망의 편지이기 때문입니다.

노깡과 권력

이 작품에서 주인공이 느끼는 공포는 크게 두 가지입니다. 하나는 '노깡'에 대한 것이고, 다른 하나는 학급을 장악하고 마음대로 횡포를 부리고 있는 '권력'에 대한 것입니다. 그런데 이 두 가지 공포는 서로 다른 듯하지만 한편으로는 매우 닮아 있습니다. 그것은 바로 '상상'입니다. 주인공은 노깡 속에서 우연히 뼈를 만집니다. 그리고 죽음과 시체라는 원초적인 공포에 시달립니다. 그러나 주인공이 만진 뼈가 무슨 뼈인지 주인공은 정확히 모릅니다. 그것이 실제로 사람의 뼈일 수도 있고 다른 동물의 뼈일 수도 있습니다. 게다가 설사 사람의 뼈라 하더라도 그것이 주인공을 해칠 수는 없습니다. 결국 주인공의 두려움은 실제적인 위협에 대한 것이 아니라 위협에 대한 주인공의 '상상'에서 비롯된 것입니다.

반면 '이영래'라는 권력자에 대한 공포는 겉보기에는 실제적인 것처럼 보입니다. 이영래는 반에서 힘이 센 아이들을 부하로 부리면서 급우들에게 현실적인 폭력을 휘두릅니다. 자신도 그 폭력의 희생자가 될 수 있다는 것은 노깡에서 만난 뼈보다 훨씬 더 구체적인 공포입니다. 그러나 사실은 그 공포도 '상상'에 의한 것입니다. 주인공은 영래에게 반항하면서 '맞아서 머리가 깨진다'는 '상상'을 합니다. 이것은 그간 주인공이 가지고 있었던 공포가 무엇인지 구체적으로 설명하는 대목입니다. 그런데 그 '상상'은 현실화되지 않습니다. 주인공이 두려움을 극복하자마자 영래라는 권력은 맥없이 무너집니다. 결국 권력에 대한 주인공의 공포 역시 '상상의 산물'이었던 것입니다.

우리가 느끼는 두려움 역시 대부분 '상상'의 산물입니다. 왜냐하면 두려움이란 언제나 미래에 대한 일이고, 미래는 결정된 것이 아니기 때문입니다. 그럼에도 우리는 결정되지 않은 미래를 상상으로 그려내고, 그 상상된 결과를 두려워합니다. 수험생이라면 누구나 시험에 떨어지는 것을 두려워합니다. 그런데 시험에 떨어진 사람에게 언제나 불행만이 기다리고 있다고 누가 단언할 수 있겠습니까? 지금의 실패가 미래의 더 큰 성공이 되는 경우를 우리는 적지 않게 알고 있습니다. 지금의 실패가 어떤 결과를 불러올지는 정해진 일이 아닙니다. 죽음이라는 공포에 대해서도 마찬가지로 생각해볼 수 있습니다. 죽음은 인간이 느끼는 공포 중 가장 근본적인 것이라 할 수 있습니다. 그러나 이 역시도 마찬가지입니다. 아무도 죽어본 사람은 없습니다. 우리는 죽음이 무엇인지 알 수 없는 존재입니다. 그럼에도 우리가 죽음을 두려워하는 것은 죽음 자체가 아니라 죽음에 대한 상상 때문이라고 할 수 있을 것입니다. 그런데 우리는 그 정해지지 않은 미래를 일방적으로 상상하고 그것이 정해진 것처럼 여깁니다. 이처럼 두려움은 모두 '상상'에 기반한 것입니다. 루즈벨트 미국 대통령은 "두려움 자체 외에는 두려워할 것이 없다"는 말을 한 적이 있습니다. 이 역시 같은 깨달음이라 여겨집니다.

그런데 우리가 '상상'을 하는 이유는 '무지' 때문입니다. 주인공 역시 누구의 뼈인지, 권력이 어느 정도의 힘을 가지고 있는지 모릅니다. 모르기 때문에 상상하고, 그 상상을 통해 두려움에 빠집니다. 그러니 두려움에 맞서기 위한 첫 번째 비결은 '앎'입니다. 작품 속에서 주인공의 말을 빌어 작가는 이렇게 말합니다.

"우리를 위압하고 공포로써 속박하는 어떤 대상이든지 면밀하게 관찰하고 그것의 본질을 알아챈 뒤, 훨씬 수준 높은 도전 방법을 취하면 반드시 이긴다."

우리는 여기서 '앎'의 의미를 다시 한번 생각하게 됩니다. 진정한 '앎'이란 무엇이고, 그것은 왜 필요한 것인지 되묻게 됩니다.

우리들의 수치심

제대로 알면 두려움을 이겨낼 수 있습니다. 그러나 제대로 알기 위해서는 용기를 내야 합니다. 두려움에 빠진 사람은 제대로 알기 위해서 용기를 내기 어렵습니다. 그 결과 두려움의 악순환에서 벗어나지 못합니다. 이 악순환에서 벗어나기 위해서는 또다른 동기가 필요합니다. 그저 용기를 내라는 말은 큰 도움이 되지 못합니다.

우리는 그 첫걸음이 어떻게 시작되는지 주인공의 변화를 통해 배울 수 있습니다. 주인공을 두려움의 악순환에서 벗어나게 만든 동기는 '부끄러움'입니다. 주인공은 부정을 저지르고, 자신이 존경하는 교생선생님을 모독하는 영래 패거리의 모습을 보며 심한 수치심을 느낍니다. 주인공이 이 수치심에서 벗어나기 위해서는 영래 패거리의 행동에 반항하는 용기를 내야만 합니다. 부끄러움이 두려움을 이겨내게 만든 것입니다.

그렇다면 수치심이란, 부끄러움이란 무엇일까요? 부끄러움이란 흔히 자신이 생각하는 이상적인 모습에 현실의 자기 모습이 벗어날 때 느낀다고 말합니다. 예를 들어 자신이 깔끔한 사람이라고 생각하는 사람이 흐트러진 모습을 남에게 보일 때 부끄러워지는 것이 대표적인 사례라고 할 수 있습니다. 반대로 자신이 생각하는 이상적인 모습이 외모와 관련이 없는 사람들은 아무리 옷차림이 지저분해도 부끄러움을 느끼지 않을 것입니다. 이런 점에서 주인공이 느끼는 수치심은 도덕적인 자아와 관련된 것이라고 할 수 있을 것입니다. 즉, 불의를 눈감고 있는 자신의 모습이 자신이 바람직하다고 생각하는 도덕에서 벗어난다고 스스로 느끼는 데서 오는 부끄러움인 것입니다.

부끄러움은 반성의 계기가 됩니다. 이는 자신의 모습을 이상적인 모습으로 돌려놓으려는 시도로 이어집니다. 두려움 자체는 부끄러워할 일이 아닙니다. 그러나 두려워서 해야 할 일을 하지 못한다면 부끄러워하는 것이 당연합니다. 부끄러움과 두려움 사이에서 우리는 힘든 선택을 하게 됩니다. 부끄러움이 강하면 강할수록 우리는 두려움을 이겨낼 더 큰 힘을 얻게 됩니다. 여기서 부끄러움은 결국 자신의 이상적인 모습을 지키려는 마음이라고 할 수 있습니다. 그것을 우리는 자긍심이라고 부릅니다. 그러므로 용기의 비결은 자긍심입니다. 자긍심이 없는 사람을 우리는 비굴한 사람이라고 평합니다. 두려움을 이기지 못하면 그것은 부끄러움의 힘이 약한 사람, 자긍심이 없는 사람, 그러니까 비굴한 사람이 되는 것입니다. 교생선생님이 마지막에 주인공에게 한 말도 바로 이런 맥락에서 되새겨 볼 필요가 있습니다.

"애써보지도 않고 덮어놓고 무서워만 하면 비굴한 사람이 됩니다.
그래서 겁쟁이가 되어 끝내 무서움에서 놓여날 수가 없는 거예요."

물론 주인공 역시 처음부터 자긍심이 강한 사람은 아니었습니다. 주인공은 학급 내에서 벌어지는 부당한 일에 대해서 무관심한 채 자기 입시 공부에만 매진했고, 그런 자기 모습에 대해 부끄러움도 느끼지 못하는 사람이었습니다. 그런 주인공을 변화시킨 것이 바로 교생선생님이었습니다. 그렇다고 교생선생님이 특별히 주인공에게 어떤 강제력을 행사한 것은 아닙니다. 그저 존경할 만한 사람이었을 뿐입니다.

존경할 만한 사람이 있다는 것은 닮고 싶은 사람이 있다는 뜻입니다. 그것은 나의 이상적인 모습이 조금 더 구체화된다는 것을 의미합니다. 그리고 자신의 이상적인 모습이 구체화될수록 자신의 현실을 반성하는 힘이 커진다는 뜻이기도 합니다. 오늘날 우리 사회에서 많은 학생들이 존경하는 사람이 없다는 말을 합니다. 존경할 말한 사람이 없다는 말이 우려스러운 이유 역시 바로 이런 맥락에서 찾을 수 있을 것입니다.

그러나 주인공이 아무리 용기를 내서 두려움을 이겨냈다고 하더라도 그 용기가 주인공 혼자만의 것이었다면 결과는 그리 바람직하지 않았을 것입니다. 주인공은 권력의 폭력에 희생되었을 가능성이 높았을 것입니다. 그러나 용기를 낸 것은 주인공 혼자만이 아니었습니다. 다른 급우들 역시 영래 패거리에 대한 두려움을 극복해냅니다.

이것은 단지 우연히 아닙니다. 주인공이 교생 선생님의 모습을 통해 윤리적인 수치심에 눈떴듯이, 다른 급우들 역시 같은 수치심을 느끼고 있었기 때문에 가능한 일이었습니다. 이것은 주인공의 윤리적 자각이 보편적 가치를 가지고 있음을 의미할 뿐만 아니라, 우리 모두가 공유하고 있는 윤리적 이상이 존재한다는 것을 보여주고 있는 대목입니다. 바로 이 점에서 이 작품은 부당한 권력에 대한 저항을 윤리적 이상의 실현과정이라고 말하고 있습니다. 부당한 권력에서 느끼는 '우리들의 수치심'은 영래에 대한 저항이 단순한 이권다툼이나 이해관계의 충돌이 아니라 더 도덕적인 사회를 향해 나아가는 과정이라는 증거가 됩니다.

작품은 그렇기에 단지 영래라는 권력자의 몰락만을 그리는 것이 아닙니다. 권력자 개인의 몰락이 아니라 그 과정에서 얻은 도덕적 깨달음, 더 올바른 사회에 대한 희망이 진정한 작품의 결말입니다. 그것은 바로 "여럿이 윤리적인 무관심으로 해서 정의가 밟히는 일이 있어서는 안 될 거야. 걸인 한 사람이 이 겨울에 얼어 죽어도 그것은 우리의 탓이어야 한다."는 주인공의 말로 요약됩니다.

두려움의 시대

이 작품은 비교적 쉽게 읽힙니다. 이야기의 기본 구조는 단순한 선악구조처럼 보입니다. 그러나 실은 이 작품은 많은 정치적 상징과 은유를 숨기고 있습니다. 무엇보다 먼저 눈에 들어오는 것은 작품이 주인공의 동생에게 보내는 편지의 형식을 지니고 있다는 점입니다. 한 마디로 형이 동생에게 자신의 경험과 그로부터 얻은 깨달음을 전해주는 형태입니다. 작품의 제목인 '아우를 위하여'도 이런 맥락에서 이해될 수 있습니다. 즉, 자신이 두려움을 극복한 경험이 아우에게 도움이 될 것이라는 말입니다. 그런데 이는 거꾸로 보자면 주인공의 아우가 두려움을 극복할 필요가 있다는 것입니다. 다시 말해 주인공의 아우는 과거의 주인공처럼 공포에 사로잡혀 있는 상태라고 할 수 있겠습니다. 여기서 주인공의 아우가 지금 군대에 있다는 점을 주목해볼 필요가 있습니다. 당연하게도 동생은 구체적인 인물이 아니라 상징입니다. 이 소설이 발표된 것은 1972년입니다. 우리 사회가 박정희 정권의 지배를 받고 있던 시점입니다. '군에 있는 동생'이란 존재는 바로, 군사쿠데타로 정권을 잡은 박정희란 인물의 독재에 시달리던 우리 모두를 상징한다고 해석할 수 있을 것입니다. 말 한 마디만 잘못 해도 고문과 투옥이라는 극심한 공포 속에서 살아가던 국민들에게 공포를 어떻게 이겨낼 수 있는지 이야기하고, 그 공포를 이겨내면 저 강대한 권력도 종이호랑이처럼 무너질 수 있다는 희망과 용기를 작품은 말하고 있는 것입니다.

이런 관점에서 보면 작품은 당시 권력의 부당한 행태를 상징적으로 비판하고 있습니다. 예를 들어 영래가 부잣집 아이들을 갈취하다가 나중에는 그들에게 특혜를 베푸는 과정을 묘사하고 있는데, 이는 권력과 재벌의 유착관계를 압축적으로 묘사하고 있다고 볼 수 있습니다. 또한 학급의 불만을 무마하고, 자신의 권력을 정당화하기 위해 축구경기에 내모는 모습은 스포츠 경기를 통해 국민의 불만을 무마하는 권력의 행태를 잘 보여주고 있습니다. 또, 영래의 출신도 흥미로운 면이 있습니다. 작품에서 영래는 미군기지에서 미군이 양육하는 아이로 나옵니다. 이는 당시의 독재 정권의 배후에 미국이 있다는 풍자를 담고 있다고 볼 수 있을 것입니다.

여기서 우리는 그 이후 실제 역사를 생각해보게 됩니다. 결국 우리는 부당한 권력을 여러 번 무너뜨렸습니다. 그 부당한 권력이 조장한 온갖 공포들을 결국 극복했고 민주주의를 발전시켜 왔습니다. 비록 아직 우리 사회가 작가가 말한 도덕적 경지에까지 이르지는 못했지만, 공포와 비굴함을 이겨낸 것입니다. 두려움을 이겨낸 한 사람의 경험은 그 사람만의 것이 아닙니다. 한 사람이 두려움을 이겨낸 경험은 반드시 다른 이에게 이어집니다. 바로 이런 점에서 대한민국의 현대사는 인간이 왜 두려움을 극복해야 하는지 알려주는 생생한 사례입니다.

더 나은 삶과 세계를 위한 감동

우리가 소설에서 얻는 감동은 크게 세 가지가 있는 것 같습니다. 그것은 바로 '진선미'입니다. 우리는 소설에서 삶과 세계에 대해 진실을 발견할 때 감동합니다. 우리는 소설에서 더 나은 삶과 세계를 향한 도덕적 의지를 얻게 될 때 감동합니다. 우리는 소설이 삶과 세계의 아름다움을 그려낼 때 감동합니다. 물론 한 작품이 하나의 감동만을 다루는 것만은 아닙니다. 오히려 좋은 작품이란 이 세 감동이 유기적으로 조화를 이루는 작품일지도 모르겠습니다.

그럼에도 우리는 유난히, 더 나은 삶과 세계를 향한 도덕적 의지를 다룬 작품들에 대해 좋지 않은 선입견을 가지고 바라볼 때가 많습니다. 그러나 아무리 깊이 있는 진실도, 아무리 뛰어난 아름다움도 그것이 우리의 삶과 세계를 더 나은 것으로 만드는 일과 무관하다면, 그 끝에는 허무함만이 남아 있을 것입니다.

우리가 아무리 진실과 아름다움을 알게 된다고 하더라도, 그것이 더 나은 삶과 세계로 이어지기 위해서는 반드시 도덕적 실천을 고민해야만 합니다. 바로 이런 점에서 황석영의 〈아우를 위하여〉는 더 나은 삶과 세계를 위해 꼭 필요한 감동을 담고 있는 작품이라고 말하기에 부족함이 없다고 생각합니다.

김성한, 〈바비도〉

신념과 이념 사이

인간 사회는 언제나 불완전합니다. 부패와 모순, 부조리와 불평등이 언제나 존재하기 때문입니다. 물론 이러한 불완전성이 인간 사회를 변화 발전시키는 원동력이라는 말도 일면 타당한 말입니다. 그러나 이것은 냉정한 관찰자의 말일 뿐입니다. 지금 당장 사회의 모순 속에서 고통받는 사람에게 이러한 주장은 별다른 위안이 되지 못합니다. 그들에게 필요한 것은 먼 미래의 의미 부여가 아니라 지금 당장의 선택과 결단이기 때문입니다.

다수가 모르는 부조리를 먼저 보는 사람은 늘 괴로울 수밖에 없습니다. 다수가 부조리에 눈을 감는다는 것은 그만큼 권력의 힘이 막강하다는 것이며, 그럼에도 그가 부조리를 볼 수 있다는 것은 현실이 이미 부조리를 감출 수 없을 정도로 부패하기 시작했다는 것을 의미합니다. 그러니 누구보다도 먼저 모순과 부조리에 눈을 뜬 사람은 그만큼 막강한 권력 앞에서 고통받기 마련입니다. 날이 밝기 전 가장 춥고 어두운 밤에 홀로 눈을 뜬 처지인 것입니다. '바비도'는 그 고통스러운 선택과 결단의 갈림길에 선 인간의 모습을 생생하게 보여주고 있습니다.

권력과 해석

소설 〈바비도〉의 배경은 14세기 영국입니다. 잘 알려진 것처럼 중세의 유럽은 종교의 힘이 막강했던 시절이었습니다. 카톨릭 교회는 라틴어 성경만을 인정했고, 당연히 성경의 해석은 라틴어를 읽을 수 있는 교육을 받았던 신부들이 독점했습니다. 이는 지식, 나아가 언어의 독점이 어떻게 권력의 수단이 되는지를 잘 보여주는 사례입니다. 우리나라 역시 '한자'라는 언어를 통해 양반계급이 지배권을 행사했으며, 법전의 용어와 문장들을 알기 쉽게 고치기 시작한 것은 극히 최근의 일이었다는 사실만 생각해보더라도, 권력이 얼마나 언어와 지식의 독점에 공을 들이고 있는지 쉽게 알 수 있습니다.

인간의 모든 삶이 기독교적 규칙에 따라 행해져야 한다는 것이 상식인 사회에서 성경의 해석을 독점한다는 것은 타인의 행동을 자신의 마음대로 지배할 뿐만 아니라 부의 분배 역시 자기 마음대로 할 수 있다는 것을 의미합니다. 종교적 경전은 대체로 추상적이고 보편적이며 때로는 은유적인 언어로 되어 있기 마련입니다. 이것을 구체적인 현실에 적용하기 위해서는 반드시 해석이 필요합니다. '신앙심이 깊은 사람이 천국에 간다'는 말은 현실적으로는 아무런 의미가 없습니다. 이 말이 구체적인 현실에 적용되기 위해서는 신앙심이 무엇인지, 또 그것이 깊다는 것을 판단할 수 있는 기준은 무엇인지에 대한 해석이 필요합니다. 권력은 대체로 이 해석 과정에 자신의 의지와 이해를 반영시킵니다.

그런데 다른 한편 우리는 왜 이런 귀찮은 과정이 필요한지 의문이 들 수 있습니다. 권력을 가진 자는 말 그대로 힘을 가진 자입니다. 그러니 성경의 해석 없이도 힘으로 지배하면 그만이라고 생각할 수도 있습니다. 그러나 힘의 지배는 지속될 수 없습니다. 권력은 언제나 소수이고 지배를 받는 사람은 언제나 다수입니다. 그러니 지배받는 자들의 자발적 동의 없이 권력은 안정적으로 그 지위를 누릴 수 없습니다. 지배받는 다수의 동의를 얻기 위해서는 자신들의 권력이 모두에게 도움이 되어야 한다고 주장해야 합니다. 그런데 그것은 실질적인 이익일 수가 없습니다. 실질적으로 모든 이에게 도움이 되려면 권력의 자신의 이익을 포기해야 합니다. 그러니 권력은 현실이 아닌 가상의 이익을 내세웁니다. 대표적으로 내세나 천국, 신의 은총 같은 것들입니다. 이것이 바로 역사상 많은 왕들이 스스로를 종교의 수호자로 자칭한 이유입니다.

이처럼 가상의 공익을 내세워 권력을 정당화하려는 방식은 근본적으로 명분과 실제가 다른 모순을 내재하고 있습니다. 겉으로는 종교적 질서를 내세우지만 속으로는 자신들의 세속적 이익을 챙기는 사제들의 모습은 이를 잘 보여줍니다. 물론 이러한 모순은 처음에는 잘 드러나지 않습니다. 왜냐하면 자신들의 세속적 이익에 맞춰 종교적 질서를 꾸며놓기 때문입니다. 그러나 종교적 질서는 변하지 않는데 반해 세속적 이익은 계속 바뀝니다. 권력은 처음 자신이 내렸던 해석을 배신해야 하는 처지가 됩니다. 여기서 권력은 자신의 해석에 따라 세속적 이익을 포기하는 것이 아니라, 세속적 이익에 따라 해석을 바꿉니다. 이러한 일이 반복되면서 세계는 점점 그 부조리와 모순이 드러나게 됩니다.

조지 오웰의 《1984》는 바로 이런 권력의 모순을 잘 드러냅니다. 빅브라더가 지배하는 영국은 끊임없이 전쟁을 벌이고 있지만 그 상대는 계속 바뀝니다. 누가 우리 공동체의 적인지에 대한 해석이 끊임없이 바뀌고 있는 것입니다. 당연히 정상적인 사회와 개인이라면 이 모순에 눈을 떠야 합니다. 그러나 《1984》의 사회에서는 그것이 불가능합니다. 기록을 권력이 독점하고 있기 때문입니다. 권력은 현재에 맞춰 과거의 기사들을 수정하고, 개인들이 기록하는 것을 금지시킵니다. 《1984》에서는 기록을 금지하지만, 〈바비도〉에서는 성경을 읽을 수 없도록 합니다. 겉으로 상반되어 보이는 이 폭력은 내면적으로는 자신의 모순을 은폐하려는 권력의 발악이라는 점에서 정확히 일치합니다.

바비도는 순교자가 아니다

그러나 다행히 역사상의 어떤 권력도 지식의 확산을 막지는 못했습니다. 권력이 어떠한 폭력을 쓰더라도 누군가는 기록하고, 또 누군가는 그것을 읽으면서 그 모순과 부조리에 눈떠온 것이 바로 인류의 역사입니다. 문제는 모순과 부조리에 눈을 뜬다고 해서 그 자체가 해결책을 말해주는 것은 아니라는 점입니다. 모순을 인식한다고 하더라도 그에 대처하는 방법은 하나가 아닙니다. 모순과 부조리를 인식하지 못한 사람들은 정해진 질서에 따라 살아가면 됩니다. 하지만 그렇지 못한 사람들은 선택과 결단을 위한 고뇌에 빠지게 됩니다.

가장 단순한 선택지는 모순과 부조리에 눈을 감는 것입니다. 자신이 발견한 사실을 애써 무시하고 아무 일 없다는 듯이 기존의 질서에 따라 살아가는 것입니다. 이 경우 자신에게 가해지는 권력의 폭력을 피할 수 있을 뿐만 아니라, 오히려 이 사회의 모순과 부조리를 더 잘 이해하고 받아들이기 때문에 그렇지 못한 사람들보다 더 큰 세속적 이익을 얻을 수도 있습니다. 우리가 역사 속에서 흔히 발견하는 변절자들이란 대개 이런 선택지를 택한 사람들입니다. 그리고 대한민국의 역사가 증명하듯이 이런 사람들은 대체로 큰 세속적 성취를 누립니다.

바비도의 고뇌에서도 첫 번째로 드러나는 선택지는 바로 이와 같은 것이었습니다. 그는 죽음의 공포 앞에 서게 됩니다. 그것도 화형이라는 끔찍한 죽음입니다. 그가 변절한다면 그는 이 죽음을 피할 수 있습니다. 더구나 그에게는 이러한 선택을 정당화할 수 있는 근거도 있습니다. 바로 상황의 불가항력성입니다. 한마디로 '어쩔 수 없다'는 것입니다. 권력은 강하고, 세상은 견고합니다.

자신이 신념을 지켜봤자 흠집 하나 낼 수 없을 것처럼 보입니다. 더구나 자신같이 천한 신분이 말입니다. 그렇다면 당연히 자신의 죽음이나 신념은 의미없는 것이 됩니다.

그런데 그의 머릿속에 떠오른 두 가지 생각들은 사실 상반된 근거입니다. 죽음에 대한 두려움은 개인적인 것인데 반해 '어쩔 수 없다'는 무기력함은 사회적 영향력에 기반한 판단입니다. 물론 일반적인 경우 이 두 가지 생각은 연쇄적인 작용을 일으킵니다. 자신이 이 사회에 영향을 끼칠 수 없으니 개인적 이익만이라도 챙겨야겠다는 생각으로 이어지는 것이지요. 반면 죽음의 위협을 무릅쓰고 모순과 부조리에 저항해야겠다고 생각하는 사람은 이 두 가지 근거 중에서 적어도 하나는 극복해야 합니다. 자신의 세속적 삶보다 더 중요한 가치가 존재한다고 믿든지 아니면 자신이 이 사회에 영향을 끼칠 수 있다 믿어야 합니다.

물론 이 경우도 대부분 두 가지 근거가 상호작용하기 마련입니다. 자신의 저항이 사회에 영향을 끼칠 수 있고, 그것은 곧 자신의 세속적인 안녕보다 더 높은 가치가 있다고 믿는 것이지요. 예를 들어 순교자의 경우 그는 자신의 죽음을 통해 자신이 믿는 신의 뜻이 이 세계에 실현될 것이라는 점에서 죽음을 선택합니다. 그러니 정확하게 자신이 사회에 영향을 끼칠 수 있으며, 그것이 자신의 세속적인 삶보다 더 중요한 가치를 지닌다고 생각하는 것입니다.

이런 점에서 바비도는 순교자가 아닙니다. 그는 자신이 사회에 영향을 미칠 수 있다고 믿어 죽는 것이 아닙니다. 이단심문을 앞

둔 바비도는 죽음에 대한 공포, 무기력을 넘어 힘의 논리가 지배하는 이 사회의 질서 자체에 대한 분노를 표출합니다. 그가 죽음을 선택한 것은 사회를 변화시키기 위한 것이 아니라 죽음이 이 질서를 따르지 않는 유일한 길이기 때문입니다. 이러한 맥락에서 그가 죽어가면서 터뜨리는 웃음은 그 부조리한 질서에 대한 비웃음이라고 볼 수 있을 것입니다. 한마디로 바비도는 사회를 변화시킬 수 있다는 것은 믿지 않았지만, 자신의 세속적 삶보다도 더 높은 가치가 존재한다는 믿음은 가지고 있었습니다. 그리고 그 가치는 사회적인 것이 아니라 바로 자기 자신의 가치였고, 그것을 우리는 자긍심 혹은 존엄이라 부를 수 있을 것입니다.

순교자는 신을 위해 죽습니다. 그러나 바비도는 자신을 위해, 자신의 존엄을 위해 죽었습니다. 그러나 그는 그 어떤 순교자보다 자신의 존엄을 실현한 사람입니다. 어떠한 기대와 희망이 없이도 오로지 존엄만을 위해 죽었기 때문입니다. 이러한 바비도의 죽음은 특히 고도화된 시장경제 속에서 살아가는 우리들에게 존엄의 가치에 대해 생각하게 합니다. 시장경제 속에서 인간의 존엄은 세속적인 성취와 동일시됩니다. 부조리와 모순에 대한 저항을 존엄으로 생각하는 것이 아니라, 오히려 그것을 적극적으로 활용해 얼마나 많은 소득과 소비 속에 살아가는지가 존엄의 척도로 뒤바뀌어 있습니다. 화염의 고통 속에서 바비도가 터뜨린 웃음은 이토록 손쉽고 값싼 존엄을 비웃고 있는 것은 아닌지 생각해볼 필요가 있습니다.

신념의 선택, 이념의 선택

바비도가 순교자가 아니라는 사실, 그리고 그의 죽음이 결국 그의 존엄을 위한 것이었다는 사실은 우리에게 또다른 고민을 안겨줍니다. 왜냐하면 결국 그의 죽음은 개인적인 가치의 실현이기 때문입니다. 그가 저항을 통해 자신의 가치를 실현한 것처럼, 순응이나 변절을 통해 개인적인 삶을 추구할 자유가 있다고 주장하는 사람들도 있습니다. 결국 그의 죽음이 그 자신의 신념에 따른 것이라면 그와 다른 신념과 가치를 지닌 사람들의 선택을 비판할 이유가 어디에 있냐는 것입니다.

여기서 우리는 바비도의 선택이 신념의 영역에서 이념의 영역으로 나아가지는 못했다는 사실을 이해할 필요가 있습니다. 신념은 어디까지 개인의 가치관에 해당하는 것입니다. 그렇다고 모든 신념이 이념이 되는 것은 아닙니다. '이념'이란 이 세계의 옳고 그름과 나아가야 할 방향에 대해 많은 이들이 공통적으로 가지고 있는 가치관이라고 할 수 있을 것입니다. 그렇기에 이념이라는 관점에서 바라볼 때 부조리와 모순 앞에서 우리가 해야 할 가장 중요한 일은 그것에 대한 단순한 저항을 넘어 사회를 변화시키는 것입니다. 부조리에 저항하기 위해 죽음을 선택하는 것은 어쩔 수 없는 최후의 선택입니다. 중요한 것은 자신의 존엄이 아니라 부조리와 모순을 변화시키는 것이기에 그는 살아서 할 수 있는 일이 있는 한 살아남아야 합니다. 이러한 관점에서 바비도는 이념을 위해 죽은 것이 아니라 신념을 위해 죽은 사람입니다.

사실 우리가 모순과 부조리에 눈을 떴을 때 우리에게는 단지 순응과 저항이라는 단순한 선택지만 주어지는 것은 아닙니다. 모순과 부조리의 질서라 할지라도 그것에 대한 대안이 없다면 우리는 그것을 변화시킬 수 있다는 믿음을 갖기 어렵습니다. 우리에게는 기존의 질서를 대신할 수 있는 미래의 상이 필요합니다. 일제의 강점이라는 모순과 부조리에 눈을 떴다 하더라도 미래의 독립된 나라에 대한 청사진이 없다면 현실의 변화는 일어나기 쉽지 않습니다. 그러므로 신념이 세속적 가치를 극복하는 원동력이라면 이념은 현실을 변화시킬 수 있다는 믿음의 뿌리라고 할 수 있을 것입니다.

그런데 우리 사회는 이념을 부정적 시각으로만 바라봅니다. 이념이라는 말 앞에는 항상 '낡은'이라는 말이 붙고, 뒤에는 '노예'라는 말이 붙습니다. 이념은 시대에 뒤떨어진 것이고, 이념을 따르는 사람은 주체성이 없는 것이라는 인식을 강요하고 있습니다. 물론 어떤 이념은 현실과 동떨어진 것일 수 있습니다. 모든 이념은 과거에 형성된 것이기에 사회의 변화를 따라가지 못할 수도 있기 때문입니다. 또, 이념의 노예라고 평가될 수 있는 사람들도 있습니다. 인간은 주관적이기에 이념만을 믿고 현실을 무시할 수도 있기 때문입니다. 그러나 모든 이념이 시대에 뒤떨어진 것도 아니며, 이념을 추구하는 사람들 모두가 이념의 노예인 것도 아닙니다. 거꾸로 자신은 어떠한 이념도 없다고 말하는 사람들, 이념보다 실용이라고 말하는 사람들이야말로 '세속적 이익'이라는 낡은 이념의 노예가 아닌지 의심스럽습니다.

비록 바비도의 죽음은 개인적 신념에 의한 것이기는 하지만, 그럼에도 우리는 그의 선택을 가치 있는 것이라 여깁니다. 그것은 우리가 인간에게는 세속적 이해 이상의 존엄이 있고, 또 그것을 실현하는 삶이 옳은 것이라는 이념을 가지고 있기 때문입니다. 마찬가지로 그의 선택을 어리석다고 여기거나, 혹은 어느 쪽이건 그것이 개인의 자유라고 여기는 사람들 역시 그러한 판단을 하게 만드는 이념을 갖고 있기 마련입니다. 그럼에도 불구하고 자신의 이념을 애써 숨기는 사람들은 결국 자신의 이념을 스스로 부끄러워한다는 뜻이 아닐까요?

14세기 영국, 1956년 한국, 그리고 지금

이 작품 〈바비도〉는 우리 소설 중에서는 매우 특이하게도 14세기 영국이라는 낯선 시대, 낯선 나라라는 배경을 가지고 있습니다. 그러나 SF 소설이 아무리 먼 미래의 이야기를 하더라도 결국 오늘 우리 사회의 이야기인 것처럼, 이 작품 역시 창작 당시인 1956년 한국의 모습을 그대로 반영하고 있습니다. 부당한 권력의 탄압과 그에 맞서는 개인은 한국전쟁 전후의 과정에서 온갖 부패와 부정에 시달리던 당시의 시대상을 떠올리게 합니다. 같은 맥락에서 바비도가 보여주는 저항의 의미와 한계 역시 이해될 수 있을 것입니다. 작품 속에서 바비도는 철저하게 개인으로 선택하고 저항합니다. 당연히 개인 혼자의 힘으로 권력과 맞설 수 없기에 그의 선택은 죽음으로 끝날 수밖에 없습니다. 이러한 모습은 한국전쟁 이후 남북이 대치하는 삼엄한 상황, 그리고 이념과 집단적 행동이 철저히 불온시되는 사회 상황의 반영입니다. 당연히 바비도의 저항은 이념에 기반한 것이 될 수 없고 그저 개인의 신념과 존엄을 사수하기 위한 것에 그칠 수밖에 없습니다. 그럼에도 전쟁의 폐허 속에서 무기력을 이겨내고 인간 존엄의 의지를 그려냈다는 점을 생각해보면 이 작품의 가치가 더 생생하게 다가옵니다.

그러나 오늘날 우리는 1956년의 폐허 속에 살고 있는 것은 아닙니다. 우리는 바비도와 같이 혼자서 모순과 부조리를 감당해야 하는 처지도 아닙니다. 그러므로 개인적 신념에만 만족해서는 안 됩니다. 모순과 부조리가 있다면 그것을 변화시킬 미래의 모습을 더 구체적으로 그려내고 나누어야만 합니다.

그럼에도 우리 사회에는 아직도 바비도의 죽음을 구경거리로 삼고 오히려 현실의 모순과 부조리에는 눈을 돌리고 살아가는 스프링필드의 구경꾼들이 너무 많습니다. 21세기 한국 사회에서 어떻게 우리의 존엄을 실현할 수 있을지, 바비도의 죽음을 통해 다시 한번 되새겨보면 좋겠습니다.

조세희, 〈뫼비우스의 띠〉

'백만 년 후의 세계'를 위한 난쏘공 읽기

잘 알려진 것처럼 소설 〈뫼비우스의 띠〉는 연작소설집 《난장이가 쏘아올린 작은 공》에 등장하는 첫 번째 단편입니다. 그리고 첫 번째 소설의 이야기는 마지막 단편인 〈에필로그〉로 이어져 《난장이가 쏘아올린 작은 공》이라는 소설집 자체를 하나의 '뫼비우스의 띠'로 만듭니다. 이런 점에서 '뫼비우스의 띠'는 《난장이가 쏘아올린 작은 공》이라는 소설 전체를 관통하는 핵심적인 주제 의식이라 할 수 있을 것입니다. 《난장이가 쏘아올린 작은 공》이라는 소설집 자체가 여러 인물이 같은 시공간 안에서 복합적인 관계를 맺고 있는 연작 소설의 형식을 취하고 있다는 점도 이 작품을 이해하는데 '뫼비우스의 띠'라는 개념이 얼마나 중요한 것인지를 말해줍니다.

그런데 소설 〈뫼비우스의 띠〉와 〈에필로그〉는 각각 두 가지의 이야기를 담고 있습니다. 하나는 고등학교 교실을 배경으로 '수학 선생님'이라는 화자를 통해 비교적 직접적으로 주제의식을 밝히고 있는 내용이며, 다른 하나는 '앉은뱅이'와 '꼽추'가 살인을 저지르는 내용입니다. 여기서 수학 선생님이 학생들에게 이야기하는 내용은 '앉은뱅이'와 '꼽추'가 살인을 저지르는 내용을 이해할 수 있는 핵심적인 열쇠이며, 이 두 내용을 연결하는 것이 다시 '뫼비우스의 띠'라는 개념입니다.

그렇다면 수학 선생님이 학생들에게 말하는 '뫼비우스의 띠'란 과연 무엇을 의미할까요? 여기서 작품의 내용을 살펴보겠습니다.

두 아이가 굴뚝 청소를 했다. 한 아이는 얼굴이 새까맣게 되어 내려왔고, 또 한 아이는 그을음을 전혀 묻히지 않은 깨끗한 얼굴로 내려왔다. 제군은 어느 쪽의 아이가 얼굴을 씻을 것이라고 생각하는가? 학생들은 교단 위에 서 있는 교사를 바라보았다. 아무도 얼른 대답을 하지 못했다.

잠시 후에 한 학생이 일어섰다.

얼굴이 더러운 아이가 얼굴을 씻을 것입니다.

그런데, 그렇지가 않다.

교사가 말했다.

왜 그렇습니까?

다른 학생이 물었다.

교사는 말했다.

한 아이는 깨끗한 얼굴, 한 아이는 더러운 얼굴을 하고 굴뚝에서 내려왔다. 얼굴이 더러운 아이는 깨끗한 얼굴의 아이를 보고 자기도 깨끗하다고 생각한다. 이와 반대로 깨끗한 얼굴을 한 아이는 상대방의 더러운 얼굴을 보고 자기도 더럽다고 생각할 것이다.

학생들이 놀람의 소리를 냈다. 그들은 교단 위에 서 있는 교사에게서 눈을 떼지 않았다.

한 번만 더 묻겠다.

교사가 말했다.

두 아이가 굴뚝 청소를 했다. 한 아이는 얼굴이 새까맣게 되어 내려왔고, 또 한 아이는 그을음을 전혀 묻히지 않은 깨끗한 얼굴로 내려왔다. 제군은 어느 쪽의 아이가 얼굴을 씻을 것이라고 생각하는가?

똑같은 질문이었다. 이번에는 한 학생이 얼른 일어나 대답했다.

저희들은 답을 알고 있습니다. 얼굴이 깨끗한 아이가 얼굴을 씻을 것입니다.

학생들은 교사의 말을 기다렸다.

교사는 말했다.

그 답은 틀렸다.

왜 그렇습니까?

더 이상의 질문을 받지 않을 테니까 잘 들어주기 바란다. 두 아이는 함께 똑같은 굴뚝을 청소했다. 따라서 한 아이의 얼굴이 깨끗한데 다른 한 아이의 얼굴은 더럽다는 일은 있을 수가 없다.

교사는 분필을 들고 돌아섰다. 그는 칠판 위에다 '뫼비우스의 띠'라고 썼다.

— 조세희, 〈뫼비우스의 띠〉, 《난장이가 쏘아올린 작은공》 수록

물론 '뫼비우스의 띠'가 의미하는 것은 잘 알려진 것처럼 모든 사물의 '상호관련성'입니다. "평면인 종이를 길쭉한 직사각형으로 오려서 그 양끝을 맞붙이면 역시 안과 겉 양면이 있게 된다. 그런데 이것을 한번 꼬아 양끝을 붙이면 안과 겉을 구별할 수 없는, 즉 한쪽 면만 갖는 곡면이 된다. 이것이 제군이 교과서를 통

해서 잘 알고 있는 뫼비우스의 띠이다. 여기서 안과 겉을 구별할 수 없는 곡면을 생각해보자."라는 구절에서 알 수 있듯이 '뫼비우스의 띠'는 '안과 겉'을 구분할 수 없다는 시각, 즉 우리가 서로 무관하다고 생각하는 존재들이 사실은 관련되어 있다는 측면을 말하고 있는 것입니다.

그런데 이렇게만 이해한다면 수학 선생님이 말하고자 하는 내용을 충분히 받아들인 것이라 할 수 없습니다. 여기서 수학 선생님은 하나의 질문에 두 가지의 대답을 하기 때문입니다. 얼굴이 검은 아이와 얼굴이 깨끗한 아이 중 누가 얼굴을 씻겠냐는 공통된 질문에 서로 다른 대답을 제시해줍니다. 먼저 첫 번째는 얼굴이 깨끗한 아이가 씻을 것이라는 대답이고, 두 번째는 그런 일은 있을 수 없다는 대답입니다.

이 두 가지의 대답은 모든 사물이 서로 관련되어 있다는 사실을 넘어, 우리에게 사물의 '상호관련성'과 관련된 보다 깊이 있는 성찰을 요구합니다.

인식에서의 '뫼비우스의 띠'

먼저, 첫 번째 대답의 의미를 구체적으로 새겨봅시다. '얼굴이 깨끗한 아이가 씻는다'는 대답에는 인간의 인식에서 '상호의존성'이 어떻게 존재하는지에 대한 성찰이 들어 있습니다. 왜 얼굴이 검은 아이가 얼굴을 씻을까요? 그것은 상대방의 얼굴을 통해 나의 얼굴을 바라보기 때문입니다. 결국 인간의 인식이 가진 '상호의존성' 때문인 것입니다.

이런 점에서 '얼굴이 검은 아이가 씻는다'는 학생들의 대답 속에는 우리들이 흔히 범하는 중요한 오류가 나타납니다. '얼굴이 검은 아이'와 '얼굴이 깨끗한 아이'가 서로 아무런 관련 없이 자신을 인식한다는 믿음이 바로 그것입니다. 선생님이 말한 첫 번째 대답은 바로 이 오류를 깨닫게 하기 위한 질문입니다.

세상에 홀로 독립적으로 자신을 인식할 수 있는 사람은 없습니다. 무인도에서 홀로 태어나 존재하는 사람은 자아를 형성할 수 없습니다. 우리의 인식이란 타자와의 상호작용을 통해서만 존재하는 것입니다. 그럼에도 우리는 종종 자신의 인식에 영향을 끼친 존재들을 망각합니다. 마치 얼굴이 검은 아이가 스스로의 얼굴을 저절로 인식할 수 있다고 믿듯이 말입니다.

이와 같은 오류는 우리에게 많은 깨달음을 얻게 합니다. 먼저 우리가 가진 지식이 과연 '누구의 얼굴'을 보고 얻은 것인지를 생각해볼 필요가 있습니다. 다행히도 우리가 가진 지식이 우리와 같은 얼굴을 가진 사람들을 통해 얻은 것이라면 그것은 우리의 실제와 일치하는 것이라고 할 수 있을 것입니다. 그러나 만약 우리가 얻은 지식이 우리와 다른 얼굴의 사람들을 통해 얻은 것이라면 그 지식은 우리의 실제와는 다른, 왜곡된 지식이 될 것입니다. 이것은 곧 우리가 지식의 축적 자체뿐만 아니라, 그 지식의 기원에 대한 비판적 의식을 멈추지 않아야 한다는 것을 의미하는 것이기도 합니다. 생각해보면 자신의 처지나 이해관계와는 상반된 정치 행위가 일반화된 대한민국 사회야말로 얼굴이 흰 사람을 보며, 자신도 얼굴이 희다고 착각하는 사람들의 사회라 할 것입니다.

다른 측면에서 얼굴을 씻는 사람도 얼굴이 본래 검은 사람이 아니라는 사실은 우리 사회에 날로 증대하고 있는 부정과 범죄를 이해하는 열쇠를 제공하기도 합니다. 얼굴이 검은 사람이 얼굴을 씻을 것이라 대답하는 사람의 입장에서는 범죄자는 본래부터 얼굴이 검은 사람일 뿐입니다. 그러나 '뫼비우스의 띠'라는 개념을 생각해보면 범죄자는 본래부터 얼굴이 검은 사람이 아니라, 얼굴이 검은 사람을 자주 본 사람일 뿐입니다. 이러한 시각 차이는 특히 외국인 범죄 소식에 대한 반응에서 큰 차이를 나타냅니다. 어떤 사람은 특정 문화 혹은 민족의 성격을 범죄의 원인으로 지적하지만, 다른 관점에서 살펴본다면 우리 사회에서 살고 있는 외국인의 범죄는 특정한 외국인의 집단적 성격 때문이 아니라 우리 사회의 '검은 얼굴'이 반사된 결과라는 시각도 가능한 것입니다.

존재에서의 '뫼비우스의 띠'

이처럼 인간의 인식은 상대성과 상호관련성을 통해 형성됩니다. 〈뫼비우스의 띠〉에 등장하는 '앉은뱅이'와 '꼽추' 역시 마찬가지입니다. 그들이 살인이라는 범죄를 저지른 것은 그들의 얼굴이 본래부터 '검은 얼굴'이었기 때문이 아닙니다. 오히려 '가난한

자'를 착취해 자신의 배를 불리는 '검은 얼굴'들을 보고 학습하게 된 것입니다. 그 과정에서 피해자였던 이들이 가해자가 되고, 가해자는 다시 피해자의 처지에 놓이게 됩니다. '안과 밖'이 구분되지 않는 '뫼비우스의 띠'가 되는 것입니다.

문제는 인간의 인식은 단지 인식에 그치는 것이 아니라, 다시 특정한 행위를 만들고, 이는 존재 자체에 영향을 끼치게 된다는 사실입니다. 이 때 '뫼비우스의 띠'는 단지 개개인의 인식의 틀을 넘어, 모든 사물의 존재 양식을 일컫는 말이 됩니다. 수학 선생님의 두 번째 대답, "그런 일은 있을 수 없다"는 대답은 바로 이러한 진리를 깨우치기 위한 것이라 할 수 있습니다. '얼굴이 검은 자'가 '얼굴이 깨끗한 자'를 보고 자신을 인식하는 것이 아니라, 사실은 누구나 '얼굴이 검은 자'일 수밖에 없다는 사실은 인간의 인식뿐만 아니라, 이 세계의 구성 원리 자체가 '상호관련성' 위에 성립한다는 것을 의미하는 것입니다.

이런 까닭에 수학 선생님의 첫 번째 대답은 '얼굴이 검은 자'와 '얼굴이 깨끗한 자', 양자 사이의 직접적인 관계라는 형식을 취하지만, 두 번째 대답은 '얼굴이 검은 자'와 '얼굴이 깨끗한 자'가 서로 직접적인 관계를 맺는 것이 아니라 '굴뚝'(사회)이라는 제 3자에 의해 매개되는 보다 간접적이면서도, 복합적인 관계를 맺게 됩니다. 그리고 실제 우리가 사는 세계의 '상호의존성'이란 이와 같이 복잡한 관계 속에 존재하는 까닭에 우리는 그 관련성을 종종 망각하게 됩니다.

예를 들어 우리들 대부분은 자신의 이익을 위해 타인에게 직접적으로 폭력을 행사하는 데에는 심한 거부감을 갖습니다. 누군가에게 흉기를 주고, 어떠한 처벌도 하지 않을 터이니 지나가는 사람의 지갑을 빼앗으라고 하더라도 이를 기쁘게 수락할 수 있는 사람은 매우 드뭅니다. 그러나 그 피해가 보다 복합적이고 간접적이라면 인간은 매우 쉽게, 잔인한 폭력을 행사할 수 있습니다. 절도나 강도에 대한 거부감보다도 탈세나 부동산 투기에 대한 거부감이 훨씬 약한 이유도 그 피해가 매우 복잡한 형태로 드러나기 때문이라 할 것입니다.

이러한 상황에서 이 자신들의 행동이 '굴뚝'이라는 존재에 의해 어떻게 매개되는지에 대해 매우 무감각하다는 사실은 당연한 결과입니다. 법조인 혹은 의사가 되어 돈을 많이 번다는 것이 무엇을 의미하는지 의심하지 않습니다. 왜냐하면 나 자신의 행위로 피해를 받는 타인이 바로 눈앞에 존재하는 것이 아니기 때문입니다. 증권과 펀드, 재테크의 열풍을 쫓아다니지만, 그 수익이 어떻게 창출되었는지에 대해서는, 그리고 그것이 어떤 사회적 결과를 초래하고 있는지에 대해서는 철저하게 무감각합니다.

보다 근본적으로 시장경제 원리에서 '굴뚝'의 존재를 상정하는 것은 의미 없는 일입니다. 나 자신의 이익과 타인의 이익은 무관하고, 때때로 배타적인 것입니다. 승자와 패자, 이익과 손해가 칼같이 나뉘는 시장경제 체제에서 누구는 얼굴이 검고, 누구는 얼굴이 깨끗할 수 없다는 주장은 일고의 가치도 없는 주장입니다. 우리에게 필요한 태도는 타인의 얼굴에 검은 칠을 해서라도 자신의 얼굴을 깨끗하게 만드는 일이기 때문입니다.

그러나 불행한 타인이 존재하는 사회에서 행복할 수 있는 개인은 없습니다. 우리 사회에 널리 퍼진, 부유하면 행복하고 빈곤하면 불행하다, 혹은 외모가 뛰어나면 행복하고 외모가 떨어지면 불행하다는 생각은 심각한 착각에 지나지 않습니다. 타인의 불행을 순순히 받아들이면서 행복한 삶을 누리는 인간은 분명 어딘가 결핍된 존재이며, 그러한 존재가 느끼는 행복은 분명 왜곡된 망상에 지나지 않기 때문입니다.

돈이 행복을 결정하는 사회에서는 돈이 없는 사람뿐만 아니라, 돈이 많은 사람도 불행합니다. 언제 돈이 사라질지 모르기 때문입니다. 외모가 행복을 결정하는 사회에서는 외모가 떨어지는 사람뿐만 아니라, 외모가 뛰어난 사람도 불행합니다. 자신의 모든 것이 외모로 평가받기 때문입니다.

《난장이가 쏘아올린 작은 공》 역시 바로 이러한 사실을 말하고 있습니다. 소설집의 마지막은 난장이가 아닌 거인의 시선으로 이야기를 이끌어 갑니다. 〈내 그물로 오는 가시고기〉에서 주인공의 처지는 분명 난장이와 다릅니다. 그는 부유하고 풍족한 삶을 누립니다. 그러나 그는 악몽에 시달립니다. 가시고기로 상징되는 난장이들의 분노가 언제 터질지 두려워합니다. 더 나아가 그는 자신의 인간성을 스스로 파괴합니다. 처절한 생존경쟁에서 이겨야 하는 것은 '거인'인 그 역시도 마찬가지이기 때문입니다. "내일은 정신병원에 가봐야겠다"는 구절에 이르면, 인간이 마땅히 지녀야 할 양심과 애정마저도 파괴당하는 비참한 상황을 절실하게 느끼게 됩니다. 난장이는 불행하지만, 거인은 행복하다는 것은 잘못된 인식입니다. 난장이가 불행하기에, 거인도 불행하다는 것이 진실입니다.

그러므로 내 얼굴만을 씻는다고 '검은 얼굴'이 사라지는 것은 아닙니다. 우리에게 필요한 것은 '굴뚝'을 깨끗하게 청소하는 일입니다. 수학 선생님이 말한 '뫼비우스의 띠'가 갖는 궁극적인 의미는 바로 여기에 있습니다.

'뫼비우스의 띠'와 '백만 년 후의 세계'

그러나 우리의 현실은 이러한 진리와는 거리가 멉니다. 가진 자들은 여전히 자신들의 이루어질 수 없는 행복만을 추구하고 있으며, 가지지 못한 자들은 어떻게든 그 신기루에 동참하기 위해 발버둥 치고 있는 것이 바로 우리의 자화상입니다. 결국 우리 사회라는 '굴뚝'은 오늘도 끊임없이 검은 재를 묵묵히 우리 모두의 얼굴에 뿌리고 있을 뿐입니다. 우리는 모두 더 나은 내일을 희망합니다. 하지만 '뫼비우스의 띠'라는 진실에 눈감는다면 이는 불가능한 일입니다. 왜냐하면 바로 이 순간도 우리는 '굴뚝' 안에서 살아가고 있기 때문입니다.

이런 까닭에 작가는 1970년대에 출판된 이 작품이 여전히 읽히고 있다는 사실에 슬퍼했습니다. 우리가 여전히 작품이 담고 있는 문제의식을 극복하지 못했기 때문에 이 작품의 생명력이 유지된다고 생각했기 때문입니다. 그러나 누군가 《난장이가 쏘아올린 작은 공》을 읽고 있는 사회에는 절망만이 존재하는 것은 아니라고 생각합니다.

'굴뚝'을 벗어나 '뫼비우스의 띠'에 도달하기 위해서 필요한 것은 '굴뚝' 바깥에 대한 상상력입니다. 그것을 《난장이가 쏘아올린 작은 공》에서는 '백만 년 후의 세계'라 표현합니다. 물론 '백만 년 후의 세계'가 어떤 세계일지 우리는 아무도 모릅니다. 한 가지 분명한 사실이 있다면 그 세계에 우리 자신은 존재하지 않을 것이라는 점입니다. 결국 '백만 년 후의 세계'를 생각한다는 것은 나 자신의 이익을 뛰어넘어 사물을 바라본다는 뜻입니다. 나라는 존재가 흔적도 없이 사라진다 하더라도, 세계는 여전히 존재합니다. '백만 년'이라는 우주적 단위의 시간 앞에서 눈앞의 이익이란 단지 티끌과 같이 허무한 것입니다.

그럼에도 우리는 그 눈앞이 이익이 우리에게 주어진 시간의 전부인 것처럼 행동합니다. 그것이 우리를 '뫼비우스의 띠'로 가까이 가지 못하게 만듭니다. 세계를 나와 너로 나누는 역할을 합니다. 이러한 시각을 벗어나지 못하는 한 여전히 우리에게는 불행한 세계가 기다리고 있을 뿐입니다.

그러나 소설을 읽을 때, 내가 없는 세계에 대해, 내가 아닌 타인의 삶에 대해 관심을 기울일 때 우리는 '백만 년 후의 세계'로 첫걸음을 내딛게 됩니다. 그리고 그 걸음걸음의 여정에서 우리는 소설의 세계와 나의 세계가, 타인의 삶과 나의 삶이 이어진 고리들을 발견하게 됩니다. 그 매순간의 발견마다 느끼는 마음의 움직임이 바로 소설읽기가 주는 감동과 재미의 뿌리일 것입니다.

그러므로 《난장이가 쏘아올린 작은 공》을 읽고 있는 사회에는 절망만이 아니라 희망이 존재합니다.

그러니 조세희 선생님. 너무 슬퍼하지 마세요. 여전히 우리는 굴뚝 안에 있기에 선생님의 소설을 여전히 읽고 있을 뿐 아니라, 우리가 아직 '백만 년 후의 세계'를 포기하지 않은 까닭에도 여전히 선생님의 소설을 읽고 있는 것입니다.